JN122629

百貨の魔法

村山早紀

ポプラ文庫

目次

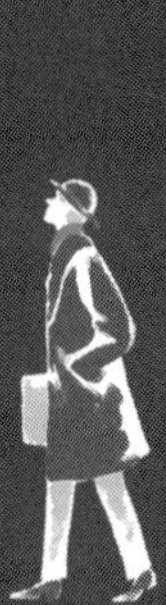

第一幕 ◆ 空を泳ぐ鯨

三月終わりの、ある日のことだった。

風早《かざはや》の街の西にあるこの辺りは、道路沿いにも公園にも桜が多く、そこここに咲き乱れていた。戦後、慰霊《いれい》のために植えられてきたというその苗木が、七十年を経たいま、見事に咲き誇り、花びらが風に流れていた。星野《ほしの》百貨店の周囲の歩道にも桜の花びらは散り敷かれ、一階の正面玄関はもちろん、そこからはいくらか距離があるエレベーターの中にまで、どうかすると花びらが舞い込むような、そんな日のことだった。

星野百貨店のエレベーターガール、松浦《まつうら》いさなは、その日も自らが乗る美しい箱を操っていた。

この百貨店のお客様用のエレベーターは、三基ともすべて手動式で、いさなたちエレベーターガールが操作する。この百貨店が平和西商店街に建った、五十年前

（そう、今年はこの店にとって、記念すべき節目の年なのだった）のその日から稼働しているという、旧式の機械で、つまりはデザインも当時のまま。古くさいというひともいると知ってはいたけれど、美しいなあといさなはいつも思っていた。薄い金色の扉にも内部のあちらこちらにも、見上げれば小さなシャンデリアにも、この百貨店の花、象徴とされている野の朝顔の意匠《いしょう》の飾りがあり、アルファベットのHをあしらった百貨店のマークが描かれている。見る度にいつも綺麗なマークだと思う。

エレベーターはゆるやかに上昇し、また下降する。このかごは二基並んで動いている本館のエレベーターのうちの二号機となる。三基目のエレベーターは別館で動いていた。

いさなは今日は遅番で、途中休憩を数回はさみつつ、八時の閉店時刻まで、この二号機をメインで操ることになっていた。いさなはこの仕事がたいそう好きで、一日中だってエレベーターの操作ができそうに思うけれど、いわばこの道のプロであるエレベーターガールも、乗り続けていると酔ってしまうのだ。体育会系でがっしりした体つきをしていて、子どもの頃から体力には自信があるいさなだって例外ではないのだった。実際、一度、体調が悪いときに、ひどく酔ったことがある。そのとき、九州は長崎の海育ちのいさなは、子どもの頃、海で遊びすぎたときの酔いを思いだした。一瞬暗くなった視界の中に、海の中から見上げた、空の光のかけらが見えた。

（一日、空を泳いでいるようなものだものね）

ここ星野百貨店のエレベーターは、その三方がガラスとアクリルの板でできたシースルーエレベーター。地下二階から屋上八階まで吹き抜けになっているフロアの奥の、ガラス張りの壁に沿って上下する。店内を浮遊するように、ゆっくりと上下運動を繰り返す。

扉についた細長い窓越しに見下ろし、また見上げる店内、その中央には、見事なダブルクロスエスカレーターが、これも一日、規則正しくベルトを動かしている。豪華なシャンデリアと吹き抜けの窓から降りそそぐ日差しを受けて、エスカレーターはとても華やかに、美しく見える。悲しいかな、消費が冷え込んで、百貨店業界が斜陽の時代のいまでは、お客様もずいぶんゆとりをもって乗るようになっていて、少しばかり大げさすぎる、豪華すぎるエスカレーターに見えないこともない。

さて、エレベーターは、店の外に向けて設置されている、大きなガラス張りの壁を移動するので、いさなの仕事は、この風早の街の景色の中を、日に何度も上昇し、下降することでもあった。

季節ごと、時間の経過につれて移り変わって行く街の情景――。レバーを操る合間に、窓の外を振りかえるたびに、空も街もなんて美しいのだろうと、飽きずに何回も思うのだった。

（空を泳いでいるみたい）

いまの季節、空の水色と雲の白、桜の花の薄桃色の波の中を透明な箱は上下する。自分が、日に何度もこの街の空に飛び込み、浮上する生き物になったような、そんな空想をひそかに楽しむときもあった。空を泳ぐ大きな魚になったように。


窓の向こうの街の景色が夕方の淡い色に染まってきた頃、いさなは勢いよく箱の中に入ってきたお客様たちを笑顔で迎え入れた。迎えたお客様は、雀《すずめ》の雛《ひな》のように元気のいい男の子たちだった。

「屋上をお願いします」

「屋上です」

「お願いしまーす」

さえずるように子どもたちが声を上げる。

「承りました。屋上へ参ります」

いさなは身を屈めるようにして、彼らに微笑みかけ、他のお客様が来ないことを確認してから、白い手袋で撫《な》でながら、薄金色の扉を閉めた。

見知った顔の子どもたちだ。繁華街の近所にある小学校や塾に通う子たちが、放課後や土日にこの百貨店に来て、子どもたちだけでエレベーターに乗るのはたまにあることだった。少しだけ緊張した表情と、背伸びした仕草で、子どもたちはエレベーターに乗る。目指すのは、書店やおもちゃ売り場のあるフロア、そして屋上だ。

星野百貨店は、古い商店街の中心部に建つ店だ。百貨店としての格は低くはないけれど、街のひとびとに愛され、その日常に溶け込むタイプの庶民的な店だった。なので、この子たちのように、子どもたちだけのお客様がフロアに立ち寄ったり、通り抜けたりすることもある。中でも、子どもたちのための楽しいものがたくさん用意され、並べられている屋上は昔からの彼らの遊び場だ。

そこには、緑と水があふれる美しい庭園を背景に、子どもたちがお小遣いで遊べる程度の遊園地がある。回転木馬《メリーゴーラウンド》や小さな観覧車、ゴーカート。クレーンゲームや子ども向けのビリヤードがある、素朴なゲームセンター。冬にはスケートの小さなリンクもできた。かわいい小鳥や犬や猫、金魚を見ることができるペットショップの建物もあった。エレベーターが屋上へ上がると、店内BGMと一緒に、小鳥たちのさえずりがわっと押し寄せるように響いてくるものだ。

スリルとおやつを求めて、地下一階のフードフロアの市場やテナントの和洋菓子店あたりで、味見の品を片端からさらっていく猛者《もさ》の子どもたちもいるらしい。

もっとも、ほとんどの子どもたちは、いつも少しだけ身を縮めるようにして、百貨店に遊びにきた。

百貨店に子どもだけで来るというのは、やはりハードルが高いものなのだろう。

自分たち子どもにも向けられる笑顔とサービスにどきどきしつつときめきながらも、

身分不相応な場所に来ているような気がして怖くなることを、いさなは知っている。この輝く美しい場所が大好きでも、怖いものは怖いのだ。百貨店が怖くなくなったのは、いつのことだろう、と、いさなは懐かしく思う。

さて、いさなが、制服の襟《えり》元のスカーフと肩の上で切りそろえた髪を揺らして、いつものように、「本日も、当、星野百貨店にようこそいらっしゃいませ」から始まる口上《こうじょう》を述べようとしたとき――フィンランドのとある都市の、市民オーケストラのコンサートが、来月――もう間もなく、別館のコンサートホールで行われる、その宣伝をしようかと思ったときだった。――少年のひとりが、その不思議な猫のことを訊《たず》ねてきたのは。

「この百貨店には、『魔法を使う猫』がいるって、ほんとうですか？」

質問した子どもを、他の子どもたちは、驚いたように見たり、楽しげに背中を叩いたり、おいおい、と困ったように目をそらしたり。

誰かがはっきりと、「そんなこと大人に訊《き》くなよ」と怒ったようにいった。

「――ええと、魔法を使う猫ちゃん、でございますか？」

いさなは、真鍮《しんちゅう》のレバーに白手袋の手を置いたまま、まばたきをした。

(今日、何か、そういうイベントがあったっけ？)

とっさに考える。何かそう、屋上遊園地や地下一階のイベント広場とか、五階のおもちゃ売り場、六階の銀河堂書店あたりで、そういう子ども向けのイベントでもあっただろうか。

考えながらも、操作盤に他の階でお客様が呼んでいることを示す灯りがいくつもついたので、いさなはなめらかに真鍮のレバーを動かして、エレベーターを上昇させ始めた。


いさなが百貨店勤務を始めて一年、つまりエレベーターガールになって一年。これまで自分が操る箱に乗せたお客様から、百貨店についてのいろんなことを訊かれてきたけれど、いま男の子から訊ねられたような、現実離れした質問に遭遇《そうぐう》したのは初めてだった。

(冗談かしら?)

(からかっているのかしら?)

お客様の中には、エレベーターガールをからかってくるひともたまにはいて、そういうあしらいには慣れているのだけれど(長崎にいた学生時代に居酒屋でバイトをしていた、その経験がいかされたといさなは思っている)、質問した男の子の目はまっすぐにいさなを見上げている。冗談をいっている目には見えなかった。

子どもたちは八階——最上階まで昇るので、いさなが他の階の扉を何度か開閉し、お客様を迎え、見送るくりかえしの間も、ずっとかごの中にいた。七階を離れたとき、エレベーターの中は、またその子どもたちといさなだけになっていた。

「次は八階、屋上遊園地と庭園、ペットショップのフロアです」

子どもたちの降りるフロアだ。

いさなはいつもの通りにそう告げて、質問をした男の子に、そっと声をかけた。

「あの、さっきの猫ちゃんのことですが――」

「いえ、もういいです」子どもは、首を強く横に振った。

八階。大きなガラス張りの窓の向こうに、遊園地に灯る電飾が華やかに映った。

ペットショップの小鳥たちの眠たげな声が、ふわりと響いた。鳥たちの夜は早い。

この時間にはもう、止まり木の上で羽を膨らませ、丸くなっているのだった。

子どもたちは、開いた薄金色の扉を抜けて、そちらへと駆け出してゆく。

質問をした子の横顔が耳まで真っ赤に染まっているのが見えた。男の子は駆けてゆく。友達と一緒に。エレベーターの中で自分が投げかけた質問を振り捨てるような勢いで。

遠ざかる子どもたちの誰かが、魔法の猫がなんとかといったけれど、フロアに流れている音楽と、小鳥たちの声に紛れて、よくはわからなかった。

エレベーターの操作盤に灯りがついた。七階で呼ぶひとがいる。いさなは八階のフロアに向かってお辞儀をすると、薄金色の扉を閉め、箱を下降させた。

休憩時間になった。いさなは同僚と交代し、夕食をとるために社員食堂に向かった。食堂は七階レストランと同じフロアにある。といっても、厨房《ちゆうぼう》を境にして、お客様からは見えないような造りになっていた。造り自体はレストランと同じで、厨房を間に置いて対称形になっている。つまりは、景色が良く、日の光がよく当たる気持ちの良いフロアに、従業員向けの食堂もまたあるのだった。調度品も簡素ながら美しい、居心地の良い空間がそこにあった。

これは、この百貨店が建ったそのときから変わらずにそうで、従業員の福利厚生にも熱心だったという、創業者の気持ちの表れのひとつだとされていた。昼夜二回の従業員向けの食事が、基本無料であることも、栄養に気を配って考えられた献立のそれが、いつも作りたてで温かく、あるいは冷えていて、美味であるということも、昔から変わっていないそうだ。五十年前に建ったこの百貨店では、食堂の食事目当てに就職したひとびともまだ多かったという。高度成長期に入っていたとはいえ、その頃の日本はまだ貧しかったのだ。

数年前、この百貨店は経営が傾いたことをきっかけに、東京の大手の百貨店の系列に入り、いまではほぼ子会社のようになっているのだけれど、その大手百貨店から出向してきた新しい役員たちからの「改善意見」を、旧経営陣は受け入れなかったのだと、聞いたことがある。

経費削減のための提案のうち、そのいくつかは受け入れても、従業員への「手厚すぎる」処遇を切り捨てる道をこの百貨店は選ばなかったのだ。その上に、情に厚すぎる経営陣は、こういう場合のセオリーの「人減らし」をすることができないまま経営を続けているので、この百貨店を沈み行く巨大な船にたとえるひとびともいるという話だった。

かつて、風早に星野百貨店ありと称えられ、地元の誇り、文化の守護者、とまでいわれたという百貨店は、静かに滅びつつあるのだと――その気配は、いさなにも感じ取れていた。

（でも、今日明日のことじゃない――よね）

いつものようにおしゃべりや笑い声が聞こえ、活気のある食堂で、他の社員やアルバイト、テナント勤務のひとびとといっしょに、トレイを持って並びながら、いさなは窓の外の夜景を見る。見下ろす風早の夜景は今日も美しく、街にはさんざめく明かりが灯り、海には灯台が投げかける灯りが、揺れ動いていた。

かすかに聞こえるBGMは、レストランで奏でられているピアノの自動演奏。時間帯によっては、ピアニストが演奏したりもする、見事なグランドピアノが置かれているのだった。

定食は今夜は鶏ひき肉と刻んだ里芋の和風ハンバーグ。とろみのあるたれから、生姜《しょうが》と醤油のとても良い香りがしてお腹が鳴った。それにガラスの器に盛られた胡瓜《きゅうり》とトマトにぱらりと刻んだ塩昆布のあしらわれた和風のサラダに、山芋の細切りとお麩の入った赤出汁の熱いお味噌汁。デザートには一口サイズのババロアと、小さな蜜柑が添えてあった。

席について、熱々の和風ハンバーグを一口口にして、「わあ、美味しい」

いさなは幸せな気分で、ふふ、と笑った。甘辛いたれには、刻み生姜の風味が効いていて、仕事で疲れたからだに温かく染みる。閉店の八時まで頑張れそうだった。

「いさなちゃん、お疲れ」

「ここいいですか？」

仲がいいひとびとが、同じテーブルにトレイを持ってきた。いさなは笑顔で場所を空けた。

銀河堂書店の古株の学生アルバイト鵜野《うの》かおる（高校時代から働いていて、いまは大学院生だそうだ）に、インフォメーションのチーフ、美人で有名な宝田《たからだ》ゆかり（かなり以前からここに勤めているらしい、年齢不詳の美女だ。面倒見がいい性格で、みんなに慕われている）のふたりだ。

女同士、美味しいものを囲んでの夕食は、各自、仕事に戻る時間を気にしながらではあるけれど、いろんな話に花が咲く。学歴も年齢も育ってきた環境も違う三人なのだけれど、なぜか気があい、話していると楽しかった。——といっても、話しやすいといさなが感じるのは、彼女たちだけというわけでもなかった。

ここは古い百貨店。三人がそうであるように、様々な年齢や職歴、学歴のひとびとが働いている。正社員に派遣社員、パート従業員に嘱託のひと。テナントの本社から来ている社員たちに、それぞれの店や百貨店のアルバイト、といろんな立場のひとびとが、同じ職場を共有してもいる。

そういう職場なのに、立場の違いを意識した嫌なやりとりを見ることがほとんどなかった。そこは人間同士、多少の諍《いさか》いや仲違いはあるとしても、あまりにも剣呑《けんのん》なやりとりをしている場面を見ることはない。基本的に、仲がよく、和気藹々《あいあい》としている職場だった。

季節ごとに行われるレクリエーションにも参加者が多かった。百貨店創業の頃から、福利厚生の一環としてそういう行事が多く、総務部の大切な仕事のひとつとされているという話だった。新人歓迎会を兼ねた春のお花見、夏のバーベキューに秋の運動会、とイベントが続き、そのどれも参加率が高かった。家族も参加するので、そこから家族ぐるみのつきあいが始まったりもするらしい。繁忙期の冬だけはイベントがないけれど、有志によるキャロリングは行われていた。クリスチャンである創業者の星野誠一《ほしのせいいち》が寄付をしている古いキリスト教の教会があり、その教会の行事に、希望者が参加するのだった。いさなも去年誘われて参加した。蠟燭を手に夜の街をめぐり、病院や福祉施設や、ひとり暮らしのお年寄りを訪ね、庭で賛美歌をうたう——真冬の夜はしんしんと冷えて寒かったけれど、それは胸の奥が透き通ってくるような美しい行事で、いさなはふだんはともに働く仲間や先輩たちと、クリスマスイブの街を歩くことが楽しかった。

イベントが多いせいか、あるいは一日同じ場所で働くせいか、昔から社内結婚が多いそうで――星野百貨店の雰囲気がどこか和やかなのは、そのせいもあるのかも知れなかった。

高校時代からのアルバイト生活で、いろんな職場を見てきたいさなには、この店は居心地が良すぎて、天国のような場所に思えた。

正直、風早の街の他の百貨店やスーパーに比べると、お給金ははっきりと下がる。けれど、人間関係に無駄なストレスを抱えないですむことの方がいさなにはよほど嬉しかった。もしかしたら同じように思うひとは多いということなのか、星野百貨店の離職率は低かった。

昔と違い、豊かな店とはいえなくとも、できうる限り、従業員が大事にされ、守られている――そのことへの感謝の思いが、そうさせているのかも知れない、といさなは思う。店の悪口ともとれる発言を時に遠慮無く口にする、古参の社員たちの、その言葉の端にさえ、ふと滲《にじ》む百貨店への愛着を感じるときがあるからだ。

グランドピアノが奏でる曲の、その旋律が、かすかに聞こえてきた。何かの映画の主題歌だと思った。音楽と映画は好きなので、大概の曲のタイトルは見当がつく。耳をそばだてると、美しい旋律は、「MY HEART WILL GO ON」――映画『タイタニック』の主題歌で、いさなは聞かなかったことにしようと思った。好きな曲だし、映画だけれど、何だか不吉な感じがして。

「――『魔法を使う猫』？」

食後の蜜柑をむきながら、いさなが少年から訊かれた言葉の話をすると、宝田ゆかりと鵜野かおるは、目と目を合わせ、ああ、というようにそれぞれ笑い声を上げた。

「わたしも昔、エレベーターに乗ってた頃、子どものお客様から訊かれたことあるわよ」

懐かしそうに、ゆかりが笑みを浮かべる。いまはインフォメーションカウンターのチーフだけれど、若い頃はエレベーターガールだったといさなに話してくれたことがある。

「つい訊ねたくなったんでしょうね」くすくすと笑う。

「その、魔法の猫のことをですか？」

「ええ」

「エレベーターガールに？」

「箱の中だから訊きやすいんじゃないかしら。それに、エレベーターガールって、子どもから見たら、百貨店のことを何でも知っていそうなひとに見えるんじゃないのかしら？」

勤めて一年目のいさなには、そこまでの知識も自信もない。

けれど、この店では、エレベーターガールの所属部署はインフォメーションカウンターと同じ情報サービス課で、お客様に情報を伝えるためのセクションである。百貨店内部のことについて知識がある（べきだとされている）のは事実だった。う、と小さくうめいた。

ゆかりは、大きな急須から二人におかわりのお茶をついでくれながら、言葉を続けた。

「そっか。忘れてたなあ。いさなちゃんは、この街で育った子じゃなかったものね。あのね、この百貨店には昔から、そういう猫がいるって噂があるのよ」

「有名な猫ですよね」書店員のかおるがおかっぱの髪を揺らし、興味深げにうなずく。

「金目銀目の白い子猫が、気がつくと店内を歩いている。いつのまにか、誰かのうしろや足下にいる。はっとすると、光のような速度で走っていってしまうっていうんです。流れ星みたいに。

神出鬼没のその子猫を見つけて話を聞いてもらえれば、願い事をなんでもひとつ、きっと叶えてくれるっていうんです。不思議な猫は魔法を使う。ええ、この街じゃ有名な話ですよ」

このひとは寡黙なたちなのだけれど、一度スイッチが入ると、話し続ける傾向がある。

「実をいうとですね、うちの店にも魔法の猫のことを調べにやってくる子どもたちがたまにいるんですよ」

うちは本屋で図書館じゃないんですけどね、と、かおるは口を尖らせた。

「インフォメーションに訊きに来る子たちもいるわよ」ゆかりが楽しげに言葉を続ける。

「こっちにはあんまり来ないけどね。エレベーターガールや本屋さんに比べると、正面玄関のインフォメーションカウンターは、さすがにちょっとハードルが高いんでしょうね。まあ、その猫はこの百貨店に出るっていうんですもの。ここにいるおとなに訊こうと思ったり、ここにある店で調べようとする気持ちもわかるわね。RPGゲームの主人公みたいな気持ちになるんじゃないかしら」

なるほど、といさなはうなずく。

(魔法を使う猫、ねえ)

金目銀目ということは、目の片方が黄色くて、片方が青いきれいな猫のことだろう。それで白い子猫だというのなら、かわいいんだろうな、と猫好きのいさなはまず思った。

子どもの頃、母と二人で母方の実家に身を寄せていた時期がある。離島のその家はいわゆる猫屋敷で、いさなはたくさんいる猫たちに囲まれ、寄り添って眠った。

さみしいときも不安なときも、柔らかなぬくもりがあれば怖くなかった。泣きたいときは、猫たちが、ざらついた舌でなめてくれた。

　もともと住んでいた町は同じ島にあったけれど、大きな港のそばにあり、活気があっていつも賑やかだった。でも母の実家は、島の反対側、海からの風ばかり吹き、海鳥の鳴く声が響き渡る、さみしい僻地の村にあった。まわりは老人ばかりの、友達のいない村での暮らしでも、猫たちが友達になってくれたのだった。ひとりっ子のいさなには、きょうだいのような存在でもあった。

　父と暮らしていた頃の家には、たくさんのぬいぐるみがあった。手先が器用な父が、型紙も無しにあまり切れでぬいぐるみをこしらえて娘への贈り物にしていたのだ。ぬいぐるみには全部名前がついていて、友達だったのだけれど、祖母の家に来るときに、無人の家に置いてきた。

　猫たちは、あるいは、置いてきたぬいぐるみの代わりでもあったかも知れない。じきに同じくらいに大切な存在、あるいはもっと大切な友達になっていったのだけれど。

　大きくなったいまでも猫が恋しいし、ほんとうは一緒に暮らしたい。百貨店の寮(悲しいかなペット禁止だった)に入っているいさなには叶わない夢だけれど。

「――あれ、でも、百貨店の店内を猫が歩いてたらいけないんじゃないですか?」

空気を読めていない滑った発言をしているな、と思ったけれど、ついいさなは訊いていた。

少なくとも、いさなはこの一年間、魔法を使える猫も使えない猫も、この百貨店の中で見たことなんてなかった。屋上のペットショップのケージの中にいる、豪華な猫たちをのぞいては。

「どこからか迷いこむにしても、ちょっとそれは不可能というか……」

商店街の真ん中にあるこの百貨店には、地上と地下に「正面玄関口」「地下道口」などと名付けられたいくつかの出入り口があるけれど、そのどの場所にも、ホテルのようにドアマンが立っている。金モールのついた制服を着込んだ、古風な趣のある、がっしりした番人たちだ。商店街に接していて、猫が迷いこみやすそうなのは、正面玄関になるだろうけれど、そのかわり人通りも多く、猫が迷いこんだりしたら、たちまち騒ぎになりそうだ。

書店員のかおるが笑った。

「だから、『魔法の猫』なんですよ。この話、特に、子どもたちの間で信じられてるみたいで。実際、わたしも子どもの頃、信じてましたし。だってその猫、子どもが好きで子どもの味方だって話もあるんですもの。

小学生の頃、この百貨店に、不思議な猫を探しに来たことだってありますよ。その頃、何か大切な願い事があったんです。もう何を願いたかったのかも忘れちゃいましたけど——そういえば、いまも心のどこかで、この店で不思議な子猫に遭遇できないかなって思ってますね。

　思えば、この街に書店はいくつもあるのに、銀河堂書店本店でアルバイトしようと思ったのは、心のどこかに、その魔法の子猫のことがあったからかも知れませんね」

「いさなさん、猫のことに興味があるなら、今度詳しくお話ししましょう」

　書店員のかおるは手元に置いたスマートフォンの時計を見て、トレイを手に立ち上がる。

「この街で育った風早っ子には常識みたいな話ですから。なんでも訊いちゃってください」

　話が弾みすぎた。あとの二人も腕時計や旧式の携帯電話（これはいさなだ。彼女はとても物持ちが良かった）で時間を確認して、席を立つ。

　あと二時間働けば八時。星野百貨店の閉店時間だ。

　いさながトレイを片付けていると、隣でやはり片付けていたゆかりが、話しかけてきた。

「今度また、エレベーターに乗っているときに、小さなお客様に魔法の猫のことを訊かれたら、はい、そういう猫はたしかにおります、って答えてもいいんじゃないかしら？」

「えっ」いさなは思わず訊き返した。そういうのってありなのだろうか。

しかし、同じ情報サービス課所属の、キャリアのある先輩は、笑顔だけれど真面目な表情で言葉を続けた。

「ほら、本館の正面玄関の吹き抜けの天井のステンドグラス——白い子猫がいるでしょう？」

星野百貨店の正面玄関そばには、吹き抜けの高い天井がある。シャンデリアが輝き、明かり取りの窓からステンドグラスを通した色とりどりの光が降りそそぐ、光溢れる空間の、その天井だ。

丸いガラス窓のその中央に、白い子猫の姿が輝いている。百貨店の象徴である青い野の朝顔と、月と星と太陽の意匠に囲まれて。いさなが日に何度も見上げる、美しいステンドグラスだった。

「その子猫がときどきそこから抜け出して百貨店の中を歩いているっていう言い伝えがあるのよ。猫は天井からいつも店を見下ろしているから、この店のことはなんでも知っているんですって。つまりはその子猫が、願い事を叶える魔法を使うことができるんだってお話」

「ステンドグラスの中の、猫がですか？」

なるほどそれなら、この百貨店に玄関から出入りする必要はない。すでに店内にいるのだから。

　いさなは納得した。いやそんなことはありえないんだけど、と思いながら。

「子どもが魔法の猫を探しているような素振りを見せたり、そんなことをいったら、本館のステンドグラスを見に行くように話すといいと思うの。『あの猫は、星野百貨店の守り神。たまに抜け出すそうですよ。そのうちにまた抜け出して、あなたも会えるかも知れないですね』、って」

「でも……」

　くす、とゆかりは笑った。

「もしかして、ほんとうにはそんな猫がいないとしても、楽しいじゃない。願い事を叶えてくれる、魔法使いの猫が、この百貨店にいるって。季節に関係のないかわいいサンタクロースみたい。そんな罪もない魔法のお話ならば、おとながいっしょに信じてもいいじゃない。そう思わない？」

「――はい」いさなは小さくうなずいた。

　ゆかりは、優しい声で、

「おとなの役割はきっと、子どもを無理に夢から覚ますことじゃないわ。見ている夢をそのままに見守ってあげてもいいんじゃない？　魔法の夢を見ていた時代は、あとできっと、幸せな思い出になるもの。辛いことや悲しいことがあったときに、奇跡を信じた記憶は、心の中のお守りみたいなものになるとも思うの」

いさなは思わず、胸元で手を握りしめた。「素敵ですね」

正直いさなにはまだわからないところもあったけれど、いいなあ、と思ったのだ。

ゆかりは照れたように、でも得意そうに笑い、言葉を続ける。

「それとね、魔法を使う子猫がいるって、もしかしたらほんとうの話かも知れないじゃない？　世界にたくさんある、不思議な話や奇跡の中には、もしかしたら――『ほんとうの夢』も交じっているかも知れないってわたしは思うの。世界には魔法も奇跡もちゃんと存在していて、たまには願い事が叶うこともあるかも知れない」

「……」

「なあんてね」と、ゆかりはさみしげに笑った。「願い事を叶えてくれる魔法の子猫が、ほんとうにいてくれたらいいのにね。そうしたら、わたしにだって、叶えて欲しい願い事はあるわ」

そのひとは優しい目で、広々とした食堂と、そこにいるひとびとを見回した。

「たとえばわたしは、いつまでも、お昼と夜に、この素敵な食堂で、みんなといっしょに美味しいごはんが食べたいです、って願いたいな。その願いが叶ったら、そうね。もう一生、どんなご馳走も食べなくていいわ。綺麗な服も上等なコスメも香水もいらない。旅行にもダイビングにも行かなくていい。っていうか、この世にあるどんなものも、欲しくないかもね」

いさなは、そのひとといっしょに、食堂のひとびとを見つめた。仲間と会話しながら、あるいは新聞を読み、スマートフォンの画面を見ながら、食事をしているひとたち。資格試験の勉強なのか、販売士検定の参考書を眺めながら箸を動かしているひともいる。冗談をいいあっているのか、どこかでわっと笑う声も聞こえる。厨房の方では、調理をする器具や食器が当たる音や、「はい、できました」と、声をかけあうひとたちもいて。

——もし百貨店という名の船が沈むなら、この情景も失われてしまうのだろうか。この明るい賑やかな空間には誰もいなくなり、やがてなくなり、忘れられてしまうのだろうか。

二人して黙り込んだとき、フードフロアで働くおばさまがそばに来て、話に割り込んできた。

「宝田ちゃんは、もし願いが叶うなら、息子ちゃんのことを願うかと思ったんだけどな」

ああ、といさなは思い当たった。たしかにそうだ。共働きのゆかりは、とてもそんな大きな子どもがいるような年齢には見えないのだけれど、浪人生のひとり息子がいる。弁護士志望で、もう何年も、超難関の大学を受験するために頑張っているらしい。

ゆかりは噴き出すように笑い、手を振りながらいった。

「そういう、本人の努力さえあれば何とかなるようなことは願っちゃいけないと思うんですよね。人事を尽くして天命を待つ。魔法の猫に頼るなら、その上でのことでしょう」

腰に手を当てて、うんうんとうなずいた。「ま、うちの旦那の方は、そこまで悟ってないのか、土日はお寺と神社を回ってて、学業成就のお守りのコレクターみたいになっちゃってますけどね。――あ、いけない。交代の時間だわ」

美しいひとは笑い、洗面所に向かった。身繕いをして、持ち場に戻るのだ。

いさなは、ふっと笑うと、トレイを片付けた。自分も急いで持ち場に戻らないと。

（願い事を叶える猫、か）

サンタクロースがいないのと同じように、きっとそんな魔法の猫はいないだろう。

でももし、そんな猫がここにいるとしたら、自分はその猫に何を願うだろう。

（ああそうか――）

自分には大切な願い事がひとつだけあったかも知れない。その願い事を叶えるために、魔法でなく、自分の力で叶えるために、いさなはひとり故郷を離れ、この街に来たのかも知れなかった。

耳が、聞き慣れたメロディを捉えた。どこか能天気に明るく聞こえる、そんな曲。

昔のアメリカのヒットソングだ。そういえば、ちょうどこの百貨店が建った前後くらいの年に流行った曲ではないかしら、と、いさなは思う。

タイトルは、「Do You Believe In Magic」。

『魔法を信じるかい？』

陽気なピアノのメロディから、そう訊ねられたような気がした。

いさなの父が好きで、よく口ずさんでいた歌だった。もう十年近くも、その声を聴いていないはずなのに、鼻歌のような楽しげな歌声は耳の底に残っていて、残響のように聞こえてきた。

（昔のことなのに）

ほんとうに昔のことなのに、さみしいという気持ちが、鮮やかに蘇《よみがえ》ってきた。

もう十年近くも昔に、いさなの前から姿を消したひとなのに。さよならもいわずに。

同僚と交代して、二号機のエレベーターに乗り込む前、いさなは本館一階のエレベーターホールから、はるかに高い天井を見上げた。

明かり取りの窓には、野原に群れ咲く朝顔と空を模したステンドグラスがはめ込まれていた。その中央には、一匹の白い子猫がいる。ちんまりと座って、こちらを見下ろしている。

といっても、この時間、夜にはステンドグラスはよくは見えない。とっぷりと暮れた夜空の暗闇に、ガラスがなかば溶け込んでしまうからだ。ステンドグラスを飾るように下がっている巨大なシャンデリアの輝きの方に、目を奪われる、そのせいでもある。

「あそこから猫が抜け出すって……」

まさかね、といさなは笑った。少しだけ背中が寒くなる。

昼間よりは、お客様の数も気配も減ったいま、夜の館内の空気は、エアコンで調整されているはずなのに、そこはかとなく寒い。花冷えの、桜の花の時期であるということを、建物の中にいても感じるような気がした。

昔この街は、空襲で焼かれたのだそうだ。いまから七十年も昔、いさなが生まれるよりもずっと前の時代の出来事なのだけれど。

この百貨店が建つ風早の街の西側は、太平洋戦争がじきに終わるという昭和二十年の八月に、空から降りそそいだ焼夷弾によって、ほぼ完全に焼き尽くされた。

それまでここにあった古い商店街も、そこにいた住人たちとともに、灰になった。

いまある平和西商店街、そしてこの星野百貨店は、戦後、かつての商店街の関係者——生き残った、その子どもたちの手によって、新しく建て直されたもの、つまり、廃墟と墓標のあとに生まれた場所なのだった。なので、地下一階の広場にある噴水は、ただの飾りではなく、空襲で亡くなったひとびとの魂を永遠に慰めるための慰霊の水であるというプレートが飾ってある。

噴水の水は地下から自然に湧いている泉の水。この辺りは、湧き水が多いのだという話だった。海が近いにもかかわらず、真水で、とても美味しい水であるらしい。

さらさらと音を立て、湧き続ける泉の水を見下ろすように、はるかに高い天井には、野の朝顔と月と星と太陽に取り巻かれた、愛らしい子猫の姿が飾られているのだった。

「それにしても、なんで、ステンドグラスに猫、なのかしら」

あの天井のステンドグラスは、百貨店の創業者にして、いまは星野グループの会長の星野誠一氏が、百貨店開業のとき、自らデザインし、海外の業者に発注して作り上げたものだという。ステンドグラスにあしらわれた野の朝顔は、この百貨店を象徴する花、包装紙にも使われている花だから、そこにあっても違和感はないのだけれど、なぜに白い子猫がその中心に？

「会長さんは、よっぽど猫がお好きだとか？」

いさなは肩をすくめて笑った。趣味が合いそうだ。

そのひとはいまも存命だけれど、からだを悪くして、この街の病院にずっと入院中だという。齢八十を過ぎ、その年齢のせいもあって、病状は好転せず、いまは意識不明のまま、こんこんと眠っているという話だった。もう駄目だろう、という噂もある。

そのひとの若い頃の写真は、いまも別館の、資料室や広報部のあるフロアに額装して飾ってある。そういえば、就職のための面接のとき、会場になった会議室や社長室にも、そのひとの写真は飾ってあったかも知れない。目元が優しい、少年のような、どこか泣きそうな笑みを口元に浮かべた、立派な紳士だった。

少年時代、そのひとは戦災孤児として焼け跡で育ち、親族から残された財産と人脈を元手に、星野百貨店の基礎を築き上げたのだという。もとはこの地には、星野呉服店という歴史のある大きな店があり、誠一氏はその家のたった一人残った子どもだったのだ。

誠一氏は、焼け野が原になった風早の荒野で、幼なじみだった商店街の店の子どもたちや、復員してきた従業員とともに、闇市から商店街を復活させ、平和西商店街を作り上げた。そして昭和四十二年、その中心に、星野百貨店が開業した。星野百貨店は、そのふところに、地元の市場を抱き、テナントを多く入れた、街の復興の象徴だった。戦災で失われた街が、手を携えて復活するための、象徴としての百貨店だった。

野の朝顔が百貨店の花として定められたのは、その不屈の生命力がひとびととの悲願とその実現の象徴にふさわしいからという理由なのだと、去年、入社式の役員挨拶で聞かされた。いさなは、思わず涙ぐんだ。いまでも思い出すたびに、鼻の奥がつんとする。こういった話には弱いのだった。

開業のその前の夜、百貨店に煌々《こうこう》と明かりが灯り、シースルーエレベーターが光を放ちながら、空に向けて上昇するのを見た誠一氏と商店街のひとびとは、肩を抱き合い、叩き合って、涙したという。明けて開業の日には色とりどりの風船と鳩が晴れた空に放たれ、近辺のひとびとが波が寄せるように詰めかけ、集まったのだという。

平成のいまでは百貨店の建物も美しいままに古くなり、街にはもうひとつ、駅のすぐそばに、東京資本の、大きく立派な百貨店もできている。街中と郊外に巨大なショッピングモールが建ったことも影響して、駅前を行くひとの流れも変わってしまった。星野百貨店はいまでは、「古い方の百貨店」「小さな方の百貨店」と呼ばれてしまうこともある。

星野百貨店社長の座を継いだのは、誠一氏の息子星野太郎《たろう》氏で、先代と同じに百貨店の店長も兼ねている。太郎氏は従業員たちからは、好意を持たれている。けれど、いさなが見た感じでは、上に立つ者として尊敬され慕われているのは、創業者にしていまは会長の誠一氏だった。

ハンサムだけれど、ほおが福々しい太郎氏は、毎日百貨店にやってくる。のんびりと店内をめぐり、売り場のみんなに挨拶をして、何をするでもなく去って行くのだった。澄んだ目をした、どこか植物のようなひとだった。風にゆれる柳の木のような。

「毒にも薬にもならないって、ああいう感じかしら」

同期のエレベーターガールが、そうつぶやくのを聞いたことがある。

（悪いひとじゃないと思うんだけど……）

センスも悪くはない。美しいものを見極める感覚が人一倍鋭敏なのは、生来の才能にプラスして、芸術の守護者であった両親と商店街のひとびとから、惜しみない愛と訓育を受けたから。星野百貨店がいちばん売り上げを上げていた頃に、店の跡継ぎとして、裕福に育てられ、成長したからだという話を聞いたことがある。ある意味、性格がいいのも育ちのせいかもしれない。

何よりも美しいものが好き。お人好しで人間も大好き。だからというべきなのか、惚れっぽいひとなのだとも聞いた。そして底知れない純粋さと邪気のない賢さ故に、女性に好かれる。おまけに優しすぎ、共感しすぎて、情にほだされやすく、争いごとを避けようとして、ひとにたやすく流されてしまう。

そのひとは若い日に、化粧品フロアのリーダーだった美容部員を見初めて娶《めと》り、子どもをもうけたものの、取引先の令嬢との浮気がきっかけで妻に愛想を尽かされ、見捨てられたらしい、という噂を聞いたことがある。その令嬢が彼女を追いだしたという説もある。いずれにせよ、子を連れて百貨店を出て行ったその妻の方がはるかに才覚も人望もあったそうで――創業者夫妻や、古くからいる役員たち（主に商店街のひとびとで構成されている）も失望したそうだ。その辺りの事情もあって、太郎氏は店の従業員たちからいまひとつ尊敬されていないのかも知れなかった。

太郎氏は、浮気相手との間に男の子をもうけたものの、その子を連れて乗りこんできた新しい妻はやがて覇気のない夫に愛想を尽かし、息子を連れて実家に帰ってしまったという。ひとのものが欲しくなり、手に入れるといらなくなるたちの人間というのはいるものだ。去っていった二度目の妻はそういう類《たぐ》いのひとだったのだろうか、といさなは想像している。

　ある意味踏んだり蹴ったりの目に遭った太郎氏なのだけれど、その後は独身のまま、何を思うやら、荒れるでもなく怒るでもなく、笑顔のまま日々を暮らしているようなのだった。

　太郎氏の跡を誰が継ぐのか、ということはたまに従業員たちの間で話題になっていて――けれど、もうそんなことを考える必要も無いよね、と、誰かがやけのようにいい放つこともあった。

　この百貨店は、じきに万策つきてその歴史の幕を閉じるだろう。大手の百貨店チェーンに、このまま完全に吸収されて、名前を変え、その店の看板を掲げることになるかも知れないし、あるいは――その店からも見放され、どこかに売られて、美しい建物は取り壊され土地だけにされてしまうのかも知れない。風早駅近くのこの場所なら、いっそ立体駐車場にでもした方が儲かると、そう判断されるかもね、と、いつだったか、店の誰かがいっていた。

　もちろんその頃には、いま働いているひとびとは、もう誰も残っていないだろう。

　あれは、去年のクリスマス頃だったか。華やかに飾り付けられた屋上の遊園地で、たまたま遭遇した役員の佐藤《さとう》からも、そんな話を聞いたことがあった、といさなは覚えている。

別館六階の宝飾品と時計のフロアのマネージャー、佐藤健吾《けんご》は、そのとき、古い回転木馬が回るのを、柵に寄りかかるようにして、ぼんやりと眺めていた。

木馬を照らす色とりどりの光と、流れる明るい音楽、背中に笑顔の子どもたちを乗せて、駆けるように上下に動きながら、回る木馬たち。木馬の背で手を振る子どもたちと、見ている親たちの表情。それは楽しげな情景で、けれど、お客様たちを見守るようにして立っている健吾の沈痛な面持ちは、その場にそぐわなかった。長身を包む、仕立ての良い黒いスーツは、夜の闇に溶け込んでいってしまいそうだった。

あのときは、どういう流れで、この百貨店の行く末の話になったのだろう。

健吾は、目を伏せてつぶやいた。白い物の交じった髪が夜風に揺れた。

「――変わらずその地にあり続けることが、百貨店の使命のひとつなのですけどね」

いつも姿勢がまっすぐで、どこか執事めいたそのひとは、宝飾品と時計のフロアの責任者として若い時期に抜擢され、以後長く務めている。百貨店の役員のひとりでもある。

別館六階で扱っている商品のことはもちろん、この百貨店のことで、知らないことは何もないと噂される。接客も完璧で、言葉や表情のひとつひとつにお客様への愛が感じられるひとだった。街のひとたちに愛され、信頼され、著名人や国外のお客様からの評価も高く、理想のデパートマンとして、数え切れないほどに雑誌や本、テレビで紹介されてきたという。

そのひとにはとても仲が良いお嬢さんがいるそうで、それもあってか、いさなたち若い娘たちに向けるまなざしが優しい。その話しやすさのせいか、いさなはそのひとに自分の父の話をしたことがある。隠しているわけでもないけれど、あまり人には話さないような話を。

「ひとはひとりでも育つものです」優しく、いってもらえた。「親と縁が無いのはやはり寂しいことですが、代わりに、地上にしっかり立てる足を手に入れられるような気がします。——なぜいいきれるかといいますと、わたし自身が、そういう育ちをしたからです」

同志ですね、と、にこ、と笑った。どこか少年のようなまなざしをして。「肉親の縁に恵まれなかった代わりに、わたしは自分にもたらされた縁を大切にするようになりました。一度きりのような挨拶や笑顔でも。その思いが、いまの仕事に役立っているような気がします」

いさなは自分もいつかこんな風に笑えるようになるといいなあ、と思ったことを覚えている。

ここに勤めてまだ一年の自分だって、もしこの百貨店がなくなれば悲しいけれど、古くからこの店を愛しているだろう、そのひとの悲しい表情を見るのは切ないなあ、と、思ったのだった。

(もしも、魔法を使う猫が、この百貨店にいるのなら――)

(そしてもし、佐藤さんがその猫とあったなら――)

そのひともまた、ゆかりと同じように、この店が続くことを願うのだろう。きっと。

(そんな猫、いるわけないけど)

いさなは首を横に振る。同僚が乗った二号機が一階に到着した。開閉ボタンを手で押さえたまま、箱から降りてきた同僚と短く挨拶を交わしあい、エレベーターの鍵を受け取る。手袋の手と手で軽く握手をし、入れ違うようにかごの中に入った。

操作盤のそばに立ち、いさなはお客様たちに、いらっしゃいませ、と、深く頭を下げる。

「本日も当星野百貨店にようこそいらっしゃいませ。当館ではただいま――」

イベントの説明を軽く済ませつつ、手袋の手でボタンとレバーを操作し、薄金色の扉を閉める。

ガラス越しの、輝く街の夜景に目をやりながら、笑顔で軽く片手を上に上げる。

「上に参ります。ご利用の階がございましたら、いつでもお声がけくださいませ」

その夜、勤務を終えたいさなは、従業員用の出口から、店の外に出た。肩に掛けたバッグが重いのは、宝田ゆかりから借りた分厚く古い本、『風早の民話と都市伝説』が入っているからだった。読み終えた本を彼女はロッカーに入れていて、笑顔で貸してくれたのだった。魔法を使う猫の話だけでなく、星野百貨店にまつわる不思議な話もいくつか収録されているのだという。その手の話は、別館の資料室にある、百貨店発行の小冊子や本の数々にも詳しいと先輩のエレベーターガールにも教えて貰った。資料室の本は禁帯出なので、今度読みに行こう、と心に決める。

春の宵。桜の花びらは夜風に舞い、柔らかな風は薄いコートをまとったからだに心地よかった。

どこからかアコーディオンの音が聞こえてきた。サン＝サーンスの「白鳥」だった。正面玄関の前の小さな公園で、誰かが弾いているのだろう。前に見かけたことがある、おじいさんだろうか——見やるとやはりそのひとがベンチに腰を下ろして楽器を抱いていた。

その公園には夜遅くまでライトアップされている噴水と、小さなベンチがふたつほどあり、ストリートミュージシャンたちがそこでよく、こんなふうに音楽を奏でていた。

この街のひとびとは音楽を奏でるのも聴くのも好きなのだと、入社時のオリエンテーションのとき、総務部の長から話を聞いた。小さいけれど音響の良いホール「星野ホール」と名画座である「星野座」を持つ星野百貨店は、文化の守護者であり、それを発信する場所であろうとしてきたけれど、実のところ、この街のひとびとに支えられ、育てられてきた店なのだ、と。

（たしかに、来月の演奏会のこと、お客様によく訊ねられるものね）

一週間後、星野ホールで行われる、フィンランドの市民オーケストラの演奏会も、チケットがほぼ完売という話だった。楽団のあるその都市が風早の姉妹都市だから、という親しみもあるのだろう。地元のオーケストラと共演する演奏会であるということもあるだろう。それにしても、売れ行きがよい。フィンランドの市民オーケストラはアマチュアながら、知る人ぞ知る有名なオーケストラであるらしい。それがわかるほど街のひとびとに知識があるから、そして星野ホールの音響とそこでのイベントを信頼しているから、ということなのだろう。

異国の楽団員たちは数日前に来日していて、星野百貨店の別館にあるホテルに滞在している。別館には客室七十室ほどの、古く小さなホテル、星野ホテルがある。そちらと百貨店側はあまり交流がなく出入りもしないので、いさなは詳しくないのだけれど、瀟洒《しょうしゃ》で美しいホテルだということは知っている。

楽団は別館のホールで練習をしているときもあって、そばを通ると聞こえる楽の音に、いさなたちも耳をそばだてたりした。お祭りの前のような気分になって、どきどきした。

曲目は古典の、モーツァルトにバッハ、ヴィヴァルディのあれやこれや。優しい響きの、聴き慣れて耳に馴染んだ曲ばかりだったから、いさなにもそのオーケストラの演奏がすばらしいということがわかる。「G線上のアリア」なんて、聴いているとメロディの描く端正な螺旋《らせん》の中に飲み込まれ、溶けていってしまいそうだった。

北欧の客人たちは、百貨店で買い物をしてくれることもある。日本の百貨店の品物に目を輝かせ、あるいは面白がり、楽しんでいた。彼らの楽団には、学生もいれば社会人もいるそうだ。それぞれ休みを取っての旅行と滞在だった。笑顔が明るいのは、観光気分、海外での休暇を楽しんでいる、そんな思いももちろんあったのだろう。

いさなも笑顔の客人たちを何度もエレベーターに乗せたことがある。

北欧では英語教育がしっかり根付いているので、流暢な英語で話しかけられる。

『日本に来られて嬉しいわ』

オーボエを吹くという女性は満面の笑みを浮かべてそういった。『フィンランドには日本を好きなひとが多いの。「さくらさくら」の歌も子どもの頃学校で教わったわ。街には桜の花も咲くのよ。こちらよりもっとあとだけど。日本ではいまが花の時期なのね』

ゆっくり上昇するエレベーターの窓越しに、薄紅色の雲のようにけぶる満開の花に見入って、うたうようにいった。『いま、この街に来られて良かったってみんないってるわ』

アコーディオンの音色は、どこか切なく、でもあたたかく、夜風を静かに震わせる。「白鳥」のメロディは、白鳥の美しさや水の煌《きら》めきを思わせる。そしてこれからはばたいて行こうとする、はてしない空への、憧れとときめきがメロディになっているように、いさなには思えるのだ。

その音色は、ホテルに泊まる異国の楽団員たちの耳にも届いているだろうか、と思った。日本の、この街の夜の思い出として、空の彼方の国に、持って帰ってくれるだろうか。

今夜はこのまま、寮には帰らずに、商店街のカフェで借りた本を紐解こうと考えて——。

いさなはふと、足を止めた。色とりどりの照明に照らされて、水が輝くそのそばに、そのときひとりの若い女性が姿を現したのだ。

音楽に誘われるように、商店街の方から、光の中に歩み寄ってきた、その様子が夜空から舞い降りてきたように思えたのはどうしてだっただろう。小柄な体には丈が長めに見えるワンピースの背に淡い色の長い髪がかかるようすが、どこか翼めいて見えたからかも知れない。それとももっと単純に、そのとき「白鳥」が奏でられていたからかも知れなかった。

　ローランサンやいわさきちひろの絵のような、華奢で儚げな若い女性だった。いさなより少し年上くらいに見えたけれど、もっとおとなびた雰囲気もあった。整ってはいるけれど、華やかな目鼻立ちではない。けれど引きつけられる表情と容姿のひとだった。

　初めて会ったはずなのに、知っているひとのような気がするのは気のせいだろうか。

　細い腕で、四輪の車輪のついた大きな古いトランクを引いていた。このひともホテルの泊まり客なのかな、と、いさなは思った。足取りは重たげで、疲れているようだった。長旅の後、やっとこの街に辿り着いたところだというように。

　この辺りの道はわずかに上りの坂になっているし、道は石畳なので、トランクは押すより引く方が安定する。四輪付きのトランクにはそれが辛そうに見えた。けれどそのひとの表情はどこか楽しげで、よいしょ、と弾みをつけて引きながら歩いてくると、ベンチにふわりと腰を下ろした。トランクを自分のそばに引き寄せ、笑みを浮かべて、アコーディオンの音色に耳を傾けた。

　いさなの視線に気づいたのか、こちらに目を向けて、にこ、と笑った。ひとなつこい笑顔だった。いさなはどぎまぎして、会釈すると、そのままそばを通り過ぎようとした。

が、ふいにそのひとのトランクが、持ち主の手を離れ、坂の下へと逃げていこうとした。慌てたように白い腕が伸びて、捕まえようとしたけれど、その指先をそれて石畳の坂道を転がって行ってしまう。悪いことに、トランクがゆく先に、親子連れの野良猫が、通りの向こう側へと渡っていこうとしていた。商店街に棲み着き、別館の中庭にも遊びに来る野良猫たちは、人慣れしておっとりしている。母猫も子猫たちも、きょとんとした顔をしてその場に立ち止まった。

「危ない」

いさなは数歩駆け、回り込むようにして、トランクを捕まえ、受け止めた。いて、と声を上げたのは、トランクの車輪につま先を轢《ひ》かれてしまったからだ。けれど、野良猫たちが何事もなかったような顔をして道を渡っていったので、よかったと思った。

「ありがとうございます」

その華奢なひとがいさなに駆け寄り、身を屈めて、トランクを受け取った。薄茶色の瞳が、感謝の思いを込めて、いさなを見上げる。

「ありがとうございます。猫が死んじゃうって、心臓が、止まりそうになって」

澄んだ声で、小鳥がさえずるように、そのひとはそういった。息が上がっていた。

間近で見ると、ほんとうに華奢で、何でこんな儚げなひとが、こんなに大きくて重いトランクを引いて歩いていたのだろう、と、不思議になった。自分のような体格と、運動神経の持ち主でも、この重さは厳しい。――なのに、大きなトランクはそのひとが旅慣れていることを表すように、いろんな国のステッカーが貼られ、古びたものだった。

大きくて重そう、といえば、そのひとの左手首に輝く時計もそうだった。トノー型の、文字盤が紺色に光る美しい時計が、白く細い手首にある。アンティーク風の高価そうな時計だった。

「いえ、そうたいしたことじゃ」

いさなも微笑んだ。「何事もなくて、よかったです」つま先の痛みも、たいしたことはない。

そのとき、正面玄関の上のからくり時計が、その日の最後の時を告げた。静かに鳴り響く電子オルゴールの音色とともに、文字盤の下の扉が開き、レールに乗った人形たちが、踊りながら滑り出てくる。一時間に一度、その時間ごとに違う音楽と、人形たちの踊りで街に時を告げるこの時計は、星野百貨店の開業当時からある名物のひとつだった。閉店から一時間後の夜九時におやすみなさいのメロディを奏でると、朝八時までは眠りにつくのだ。

九つの鐘が鳴る。文字盤の下で踊るこびとや妖精の人形が街に向けて手を振り、ひとりひとり別れを告げて扉の向こうへと消えてゆく。おやすみなさい、また明日、と。

女性の目が、時計を見上げるのが見えた。まるで子どものように夢中になって、見つめた。そのまま星野百貨店全体をゆっくりと見渡した。春の夜の空気の中で、ショーウインドウとネオンサインを輝かせ、静かに眠りについている姿を。

噴水の照明がそのひとの瞳に映り、輝いていた。瞬間、そのひとの目に、いろんな表情がよぎるのをいさなは見た。懐かしさと喜びと——切なさと、そしてわずかな不安と。

そのひとは深いため息をつき、しばし目を伏せた。けれどまた目を上げると、百貨店を見つめた。静かな、けれど強いまなざしで。そのときいさなには、そのひとが何かささやいたように思えたけれど、夜風の吹きすぎる音を聞き違えたのかも知れなかった。

その次の日——。早番だったいさなは、本館一号機をいつも通りに操っていた。開店時間前からエレベーターを操作する早番の仕事を、いさなは好いていた。特に春のいまの時期は、外に向いたガラスとアクリルの窓いっぱいに降りそそぐ日の光を全身に浴びることができる。光の中を上下するのは、とても心地よかった。

操作盤の点灯する光に呼ばれるように、軽く瞑目して、箱をその階へと向かわせる。お客様を迎え、希望のフロアへ連れて行くために。白い手袋の手を真鍮のレバーに添えて。

パンプスの中の、ゆうべトランクの車輪に轢かれたつま先は、見事にあざになっていたけれど、猫たちを守った故の名誉の負傷、という気がして、誇らしかった。

地下一階にある広場は、駅に直結する地下道に続く扉のすぐそばにあることもあり、百貨店のお客様たちに限らず、よく街のひとびとの待ち合わせ場所に使われていた。

本館のエレベーターは、その広場のすぐそばを通過して上下する。

エレベーターの扉には細長い窓があり、窓は、建物の外、街の方だけでなく、この広場にも向いている。なのでいさなは、日に何度も、広場の様子を見るともなく見ていた。

地下の広場なのに、花が咲くそこには、天井と窓から、そして屋外から光ファイバーや反射板を通して伝えられる太陽の光が入る。尽きることのない噴水の水が、きらめきながら溢れ、流れていた。噴水の水は地下水で、汲み上げられて、地上一階の正面玄関前の噴水にも水を溢れさせ、さらには、屋上にある庭園をも潤しているという、豊かな水の流れなのだった。

エレベーターの箱の中からは聞こえないけれど、そこ――地下一階の広場にはいつも、水のせせらぎの音とともに、ピアノの自動演奏の美しい音色が流れているはずだった。まるで映画のワンシーンに登場しているような気持ちになれる、そんな素敵な場所なのだ。

噴水を囲むように置かれたベンチが、その日、どうにも気になったのは、そこにずっと同じひとが座っているように見えたからだった。何度地下一階に降りていっても、そこにそのひとは座っている。長い金色の髪の、若い女性に見えた。背が高くて手足がほっそりと長い。外国のひとのようだ。傍らには黒い楽器のケース。あれはたぶんバイオリンだといさなは思う。

(来日中の楽団のひとかしら?)

それならば、平日の昼のこの時間、あの場所にいるのもわかる気がした。練習時間以外は自由にしていいことになっているらしい。この機会にと春の日本を満喫している楽団員も多く、できる限りの観光を試みるひとびとのために、ドアマンたちはよくタクシーに彼らを乗せていた。この百貨店にはコンシェルジュがいないので、代わりにインフォメーションカウンターのメンバーが彼らに近辺の情報を調べて教え、相談相手になっていた。

休憩室で、宝田ゆかりが、笑顔で愚痴をこぼすのを聞いたことがある。

畳の部屋に置かれたテーブルに肘をつき、常備してあるクッキー缶からクッキーを出しながら。

「インフォメーションカウンターでコンシェルジュの役までこなすのは、やりがいはあるけど、正直ちょっときついわね。守備範囲が重なっていても、方向性が違うお仕事だもの」

　いさなはゆかりやみんなの湯飲みにお茶を注いでゆきながら、首をかしげた。

「あのう、実はインフォメーションとコンシェルジュの違いがよくわからないんですが……」

　どちらもお客様のために、情報を探し、相談に乗る部署なのではないのだろうか？

　同期のエレベーターガールが、「わたしも違いがわからないです」と、うなずいた。

　お茶を口に含み、美味しい、と微笑みながら、ゆかりは、若い仲間たちに語りかけた。

「そうね。百貨店のコンシェルジュはね、インフォメーションよりもうちょっと、深く、広く、お客様とおつきあいする感じかな」

　彼女の説明によると、それは、百貨店内だけでなく、近隣の街の情報までも把握して、お客様の希望に応える職種らしい。さらには、他の百貨店やホテルのコンシェルジュとの交流もあり、互いに知識を交換し合ったり、助け合ったりするのだとか。日本ではコンシェルジュといえばホテルだけのものと思われがちだけれど、海外ではひとが多く集まる場所には置かれている職種で、日本でも東京の大きな百貨店にはそうしたひとたちがいて、お客様のために働いているらしい。

いさなは同期のエレベーターガールと顔を見合わせた。そういえば、テレビドラマで、ホテルのコンシェルジュが活躍するものを見たことがある。あれの百貨店版みたいな感じなのだろうか。

「かっこいいお仕事なんですね」

「いさなちゃん、やってみたい？」

「いやいや」と、いさなは頭をかいた。「わたしはエレベーターが好きですし。頭も勘も察しもいまいち良くないですので、その仕事が自分に向いてるとは思えません。ただ——」

その仕事のひとが、働くところを見てみたいと思った。きっとお客様のために、颯爽と店の中を歩き、自分の持つ知識と情報、そして人脈を思うままに駆使するのだろう。

そう話すと、ゆかりは笑った。

「うちの百貨店にもコンシェルジュがやってくることになってるんですって」

「え？」

「そろそろ正面玄関そばに、デスクが用意されるみたいよ。誰を採用するかはもう上のひとたちで決定済みで、もうじきわたしたちもそのひとに引き合わされるみたい。情報サービス課の仲間になるの。みんな、いずれここに来るその方と仲良くしてあげてね」

いさなたちが、きゃあきゃあ盛り上がる様子を見て、ゆかりは小さくため息をついた。

「どうせならもうちょっとだけ早く、コンシェルジュさんに来て欲しかったなあ」

一週間後、コンサートが終われば、楽団員たちは故国に帰ってしまう。残りわずかな滞在時間を、彼らは惜しみながらも、精一杯楽しんでいるようだった。

そう考えると――いさなはベンチにいる若い女性のことが気になってきた。

(ずっとあそこにいて、暇じゃないのかな)

(時間が、もったいなくないのかな)

おや、まだいる、と、意識して見るようになってからも、彼女はずっとそこにいた。

最初は誰かを待っているのかも知れないと思った。けれどそれにしても、待ち時間が長すぎる。朝からもう二時間近くも、あのベンチにいるのだ。ひとりのんびり時間を過ごしているのかも知れない、と思ったけれど、くつろいでいる様子にも見えない。

うつむいているように見えるのも気になる。もしかしてからだの具合が悪くて立ち上がれないのではないだろうか。――そう思い始めると、いよいよ気になった。

昼の休憩時間になった。いさなは一階で同僚と交代して、箱から降りた。気になる彼女の姿を探して、そのままエスカレーターに乗って、地下へと降りた。エスカレーターが降りてゆくにつれ、噴水の水音とピアノの音色と緑の匂いが、いさなのからだを包み込む。

地下一階は、フードフロアに地元の市場が入っていることもあり、人通りが多かった。——百貨店が不況の昨今でも、変わらずに賑わっているフロアだといえるかも知れない。

コーヒーや日本茶の店の方から、良い香りが漂ってくる。その中をいさなは噴水のそばのベンチに向かった。いつか急ぎ足になっていた。

（いた——）

やはりまだその娘はそこにいた。大学生くらい、だろうか。うつむいて、ベンチに腰を下ろしている。それとなくそばを通り過ぎつつ、様子をうかがう。百貨店の制服が心の支えになった。話しかけても不審がられることはないだろう。

声をかけようとしたとき、いさなは、彼女の傍らにあるものに気づいて、息を呑んだ。

黒いバイオリンケースのそばに、もたせかけるように置いてある、それは——。

全身に焼け焦げたあとのある、大きなくまのぬいぐるみだったのだ。

娘の方も、ほぼ同時に、いさなを見上げた。細い金属のフレームの眼鏡の奥の目が透き通るような青色だった。白い肌に浮いたそばかすが愛らしい。

はっとしたのは、美しい大きな目に薄く涙が浮いていたせいだった。

彼女は白い頬に涙がつたったのを慌てたように手の甲で拭った。

いさなが何を見ているか気づいたような表情を見せると、動揺したように立ち上がった。かばうように「それ」を抱きあげ、バイオリンケースと一緒にかかえるようにする。

もとは桜色のくまだったらしいことが焼けていない胸元や肩の辺りの毛並みでわかった。けれど、手足や丸い耳の先は焼け落ちて、いびつに短くなっている。人間の赤ちゃんほどの大きさがあるので、その姿はよけい無残に見えた。茶色いガラスの瞳が悲しげだった。

あとずさるようにベンチを離れながら、その娘は一瞬、迷うような表情を見せた。いさなの姿を上から下まで見つめ、顔を見上げて、何かをいおうとして、あるいは訊ねようとして、でもやっぱり、というようにため息をついて、くるりと背中を向けて歩きだした。

「お客様」

いさなはとっさに呼び止めようとしたけれど、娘は「それ」をぎゅっと抱くようにして、道を急いだ。人通りの多いフードフロアの、ひとびとの群れに紛れてしまおうとするように。

そのときだった。地下道口に続く扉から、小柄な女性が、フロアへと入ってきた。

どこかで見知ったようなひとに思えて、いさなは一瞬気をとられた。

（ああ、ゆうべ、正面玄関前の公園で見かけたひとだ。トランク転がしちゃったひと）

一方そのひとは、百貨店の制服を着た人物が金色の髪の娘を追いかけて、呼び止めようとしているのが気になったらしい。その娘の腕の中の焼け焦げたぬいぐるみの姿にも驚いた様子だったのが、視線から見て取れた。娘の涙で濡れた瞳にも気づいたかも知れない。

半ば立ちふさがるようにして、そのひとは若い娘を見上げ、なめらかな英語で話しかけた。ひとと会話することに慣れている話し方と笑顔だと思った。

と、娘は、驚いて立ち止まり、はずみでその場に倒れそうになった。ちょうどその辺りの木の床が長年のお客様の靴あとに磨かれて滑りやすくなっていた、そのせいもあっただろう。

追いついたいさながうしろから支えたのと、小柄な女性がその場に身を沈めて、金髪の娘を抱き留めるようにしたのがほぼ同時だった。

娘は危うく踏みとどまると、英語でふたりにお礼をいい、その場を立ち去っていった。

小柄な女性は、床に膝をつき、ふと、何か小さいものを拾い上げた。てのひらのそれに視線を落としたあと、いさなに見せる。

それは古ぼけた小さな布の欠片——生成りの布地に金糸でアルファベットのHが一文字と、青い朝顔の花がそれを囲うように刺繍されている、焦げて汚れたタグだった。

「——こちらの百貨店のタグですよね？」

いさなに手渡しながら、そのひとが問うた。

「はい」いさなはうなずいた。「こちらは、プライベートブランド——当館で開発され、販売されるオリジナルの品につけられるものだと存じますが」

何についていたものだろう。どうしてこんなに焦げ、汚れて、千切れているんだろう。西暦らしい数字も並んで刺繍されているけれど、読めなかった。

「いまのお嬢さんが落としていきました」

そのひとはいった。金色の髪の娘が姿を消した、地下道口の方を見やる。

「あの子の抱えていたテディベアから落ちたように見えました」

「あ、くまのぬいぐるみから、ですか」

そのひとは軽くうなずくと、気遣わしげに眉をひそめた。「どうしてあんなに焦げちゃったんでしょうね。かわいそうに」

いさなもうなずいた。——そしてあの娘は、なぜ焼け焦げたぬいぐるみを持ち歩いていたのだろう？

立ちあがりながら、そのひとはふと小首をかしげた。「どこかでお会いしましたっけ?」

薄い色の目をまばたかせ、何か呟いて、その次の瞬間には、ああ、と手を打っていた。

「ゆうべ、猫たちとわたしを助けてくださった親切な方ですね。ありがとうございました。制服をお召しになっていたので気づきませんでした。星野百貨店にお勤めだったんですね」

笑顔が嬉しそうに輝いた。

疲れていたように見えた昨日に比べると、元気そうだと思った。よかったよかったとうなずき、そしてふと、広場のそばにある時計を見て、しまったと思った。

お昼休みが終わってしまう。

目の前のひとに会釈して、いさなは、七階の社員食堂に急ぎ足で向かった。昼食をとり、メイクを直し、歯磨きもして、と、しなくてはいけないことはいくつもある。

あのくまを抱いた娘のことは気になるけれど——。

てのひらの中のタグをそっと握りしめる。また会えるだろうか?

休憩時間になるごとに、いさなは地下一階の広場へと足を向けた。あの娘を探してのことだったけれど、もうその姿を見ることはなかった。閉店後、また降りてみた。その日は結局、夜まで店にいた。何度かゆかりたち先輩にやんわりと帰るよう促されたりもしたのだけれど、帰りそびれた。

夜の店内はしんとしている。そこここでスタッフが働いてはいるのだが、明かりを落としているフロアも多いので、無人の場所のように感じられる。

あのあと、情報サービス課の他のスタッフにあの娘のことを伝え、みんなと情報を共有してはいたけれど、彼女を見かけたものはいなかった。課長にも相談した。課長は星野ホテルの宿泊部及び星野ホールの関係者に連絡を取ってくれたけれど、こちらの望むような返事のないままに、夜の八時を過ぎ、閉店の時間になってしまったのだ。

(明日も早番だから、ほんとはもう帰った方がいいんだけど)

エレベーターガールという職種は、体力を使う仕事だ。こうしている間にも、からだを休めるための時間が、砂時計の砂が落ちるように減っていっているのを意識していた。

けれど、それでも、もう一度だけ、地下一階の広場に行ってみたかった。あの金髪の娘が涙ぐみ、何かを思いながら、ひとりきりで長いこと座っていた場所に。眠るように明かりを絞り淡い光を落とすシャンデリアに照らされた、噴水のそばの小さな広場に。

焦げて汚れた小さなタグは、遺失物係にあずけてあるけれど、いまもてのひらの中にあるような気がして、いさなは握りしめた。運転を止めたエスカレーターを、低いヒールの靴で下りてゆく。ＢＧＭの消えた店内に、噴水の水音とともに、いさなの靴音だけが静かに響いた。

（あのくまさん、かわいそうだったなあ）

もとは自分の勤める店で売られていた品物となれば、さらに痛々しく思えた。持ち主のあの娘は、もっと辛いだろう。

あのくまが彼女の大切な友達だったとしたら――いさなにはその気持ちがわかるのだ。

子どもの頃、大切な友達だったぬいぐるみたち。ただの布や毛糸、綿やスポンジでできているだけの存在のはずなのに、父から手渡されたあとは、魂のある「お友達」になった。その友達が、もしあんな風に焼け焦げてしまったら。もしそれが、大好きな誰かからのプレゼントなら――ぬいぐるみは大切な友達であるだけでなく、その誰かの思い出がかたちになったものでもあるのだから、思い出が壊れてしまったようなものじゃないか、と思った。

いまの時間、店に並べられている品々には、埃よけの布がかぶせられている。まるで布団を掛けられて眠っているような風景だった。一階のカジュアルなアクセサリー類や、コスメコーナーの鏡や化粧道具類、バッグ売り場のワゴンにも布は掛かっている。

噴水とそこに灯る明かり、高い天井のシャンデリアから降りそそぐ光は、開店しているときよりも光量が絞られているけれど、あたりを月の光のように、優しく照らし出していた。

百貨店の中心にあたるこの縦のラインは、地下一階から吹き抜けの天井の八階まで、建物の中心部に一本の光を抱くように、その灯りを消すことはない。五十年前の開業の日からそうなのだそうだ。天に向けて立ち上がる蠟燭の明かりのような灯火、慰霊の灯《ひ》であり、この地に灯りを絶やしてはいけないという誓いの灯りだからだと先輩社員に聞いたことがある。

地下一階のその広場には、この時間のこと、誰もいなかった。お客様は当然もう外に出ているし、建物に残っている百貨店のスタッフも閉店後の作業のあれこれがあるから、こんなところにいるはずもない。いさな自身、このあたりに来ることはまずなかった。仕事柄、閉店後には用のない場所だし、お客様がいなくなったあと、水の流れ以外は静かになる時間のこの場所に、どこか畏れのようなものを感じていたからかも知れない。——と思っていたら。

「あら、こんばんは」

涼やかな声がして、小柄な姿が、広場の片隅、植え込みの間から現れた。

あの鳥のような華奢なひとだった。これで会うのは三回目だ。彼女も同じことを思ったのだろう。楽しげに、片手をひらりとあげて、「またお会いしましたね」と笑う。

「ちょうどよかった。昼間の、あのお嬢さん、どうなりました？」

「――あの、お客様？」

このひとはまさか閉店後も帰らずに、この店のどこかに潜んでいたのだろうか？どこに？

そう思ったのが顔に出たのか、そのひとはいたずらっぽく笑った。

「わたし、別館のホテルに宿泊してますので」

いさなはきょとんとしたが、すぐに思いだした。ホテルがある別館の地下フロアからこの本館地下一階の広場までは直通の通路があって、夜も来ることができるのだ。

「ああ、ホテルのお客様でいらっしゃったんですね」

出会ったとき思ったように、このひとは旅行者だったのだろう。

星野ホテルは風早の他のホテルより室料が高いはずだ。裕福なお客様なのだな、と思った。そう思ってよくよく見れば、彼女が身にまとっているワンピースも、質の良さそうなものだ。

「いいえ」けれどそのひとはそう答えた。「わたしはお客様ではなくて――」

「？」

そのひとは、にこ、と笑った。

戸惑っているいさなに、「芹沢結子《せりざわゆうこ》といいます。よろしくお願いしますね」差し出された白く小さな右手に、勢いに呑まれるように、自分も手を差し出していた。

よろしい、というように、結子はいさなの手を握り返した。

「――わたくしは、松浦いさなと申します」

「まあ、古風でかわいらしいお名前。いさなさん、とお呼びしてもいいですか？」

「ええと、はい」

彼女と握手したあとのてのひらには、かすかな香水の香りが残っていた。水辺の花を思わせるような、澄んだ優しい香りだった。

結子は独特な間合いの持ち主だった。ときどきこういう、ひとの懐に入る能力に長けているひとがいることを、いさなは知っている。

といっても、いさなの方では、彼女にお客様の話をするわけにもいかない。けれど結子はいさなの表情から色々と読み取ったのだろう。軽くうなずいて、ベンチに腰を下ろした。

「――あのお嬢さんとはあれっきりになってらっしゃるんでしょうね。そしていさなさん、あなたは、どうやら、あのお嬢さんのことが気がかりでしょうがない。優しい方ですね」

　笑みを含んだまなざしで、いさなを見上げた。「大丈夫。彼女、たぶんまたここに来ますよ。テディベアのタグがなくなったと気づき次第、ここに探しに来ると思います」

「どうしておわかりになるんですか？」

「推理です」人差し指を立てて、結子はいった。

「あのタグは彼女にとって――というよりも、テディベアにとって大切なものだから、です」

　結子に手で招かれるままに、いさなは彼女の隣に腰を下ろした。

「いさなさん。あのテディベアは、もしあの古いタグがあの子のものならば、この百貨店で作られ、売られていたものに間違いないですよね？」

「はい。それは間違いございません」

　その件に関しては、本館六階のサービスカウンターの遺失物係にタグを届けに行ったとき、係長であるひとに断言された。ひどく焼け焦げているので、いつのものとまではいえないけれど、これは間違いなく、星野百貨店のプライベート商品につけられたタグである、と。

　惜しいのは今日に限って、おもちゃ売り場の責任者が店を空けていて、くまのぬいぐるみについての話を聞けなかったことだった。店にいた若い従業員たちは、「そんなぬいぐるみ、うちで扱ったことがあったかな」と、首をかしげた。少なくとも、ここ数年は百貨店オリジナルのぬいぐるみは扱っていないような気がする、という自信の無い返事が返ってきた。

（昔の、ごく短い間だけ作られたぬいぐるみだった、とかなのかなあ？）

いさなはため息をついた。

そのときだった。結子がそっと、いさなに目配せをした。

その視線を辿ると――あの金髪の娘がいた。いた、と思ったときには、いさなはベンチから立ち上がり、制服姿にふさわしい、お客様を迎える姿勢をとった。

あの娘は、ホテルからの直通の通路の、その出入り口にぽつんと立って、戸惑ったように、こちらを見つめていた。植栽の緑の間に、金色の髪の妖精のように。焼け焦げたくまのぬいぐるみもバイオリンケースも持っていないけれど、あの、昼間にここでひとり泣いていた娘であることは間違いなかった。そして、この時間ここにいるということは、やはりこの娘は、ホテルの宿泊客であり、おそらくは、北欧からの旅人のひとりなのだろう。

その娘は、制服姿のいさなを見ると、顔をまっすぐに上げて、急ぎ足に近づいてきた。

綺麗な英語で、『探しているものがあります』といった。

『古いテディベアについていたタグをなくしてしまって。今日のお昼くらいまでは、たしかにあったんです。ここに、このベンチにあの子と一緒にいたときは』

青い目の目元に、ふわりと涙が浮かんだ。

『古くて、小さくて、汚れていて、もしかしたら、ごみみたいに見えるかも知れないんですけれど、大切なものなんです。——昔、母がこの百貨店で買ってくれたベアについていたタグで……』

いさなは微笑み、軽く身を屈め、

『大丈夫ですよ、お客様』優しい声で、そう答えた。

『お客様の大切なくまちゃんのタグは、たしかに当館でお預かりしております。本日はもう係のカウンターがクローズしておりますので、お待たせしてしまって申し訳なく思うのですが、明日、ご宿泊先のホテルのフロントへお届けする、ということでもよろしいでしょうか？』

ぱあっと、娘の表情が輝いた。まるで別人のようだった。

『いいえ、わたしが明日、こちらにタグを受け取りにきます。ああよかった。日本を発つ前に、間に合ってよかった。タグがないと、あの子、どこの誰かわからなくなってしまいそうで』

笑顔をくしゃくしゃにして泣き笑いするその表情は子どものように見えた。

『ひとつうかがっていいですか？』

そのとき、結子が自然な感じで、泣きじゃくる娘に訊ねた。『あなたはあのテディベアの「火傷」を治してあげたくて、この百貨店につれていらしたのではないですか？』

はっとしたように、娘は目を見開いた。

いさなは驚いて、結子と娘を交互に見た。やっと気がついた。

（そうか。そういうことなのか）

百貨店は販売した品物、お送りした品物に責任を持つ。不良品を取り替えるのは当たり前として、壊れた品物の修理などは長い年月を経ても引き受けるものだ。それがつまり、その店の包装紙に包まれて手渡される品々への愛情とプライド、責任を持つということなのだ。

金髪の娘は、深くうなずいた。

『市民オーケストラが日本のこの街のホールに招かれて、演奏をするということが決まったとき――星野百貨店の名前を聞いたとき、テディベアを連れて行こう、と思いました。お店のひとに見て貰おうって。もう長いこと、焼け焦げたままのかわいそうな状態でお部屋に置いていたので――直すことなんて思いつきもしなかったんですけれど――街とお店の名前を聞いた瞬間に、連れて行かなきゃって。百貨店なら、直してくれるかも知れないって。でも――』

娘は首を横に振った。『日本に来るまでは、救われたみたいな気持ちになって、幸せで、わくわくしてたんですけど、いざとなったら……お店の方にベアを見せる勇気がなくて』

『どうしてですか？』結子が優しく訊ねる。

『あの』いさなは思わず言葉を差し挟んだ。『修理代が高くなるのではと思われたとかでしたら』

わざわざ海外からぬいぐるみを持ってきてくれたのだ。少しでも安くなるように、係のひとに頼めないだろうか。うん。頼んでみよう。

娘は、いさなの思いが通じたのか、ありがとうございます、と笑った。

『あのテディベアを直すためなら、いくらでも惜しくないんです。アルバイトで貯めていたお金も多少はありますし、それで足りないようでしたら、家族に相談だってできますもの。

でも――直るんでしょうか？　あんなにひどい有様なのに。お店の方に見せて、もしだめだっていわれたら、と思ったら。そしたら、あのテディベアが死んでしまうような気がして』

『係の方にお話ししてみましょう。まずは訊いてみなくては』

結子がいった。励ますように。『それともこのまま、あのかわいそうなテディベアを連れて、お国に帰るつもりですか？　せっかくここまで連れていらしたのに』

『そうですよ。明日にはわたくしが、本館五階のおもちゃ売り場までご案内いたしましょう』

いさなが言葉を続けると、結子が人差し指を振り、いさなに向けていった。

「お客様とテディベアをご案内するフロアは、本館五階ではなく、別館六階になると思います」

「?」いさなは首をかしげた。

「別館六階といいますと、贈答品と宝飾品、時計などを扱うフロアになりますが……?」

「それでいいんです。あのベアは世界でひとつの、特別なテディベアなんですから」

いさなはなるほど、と思った。赤ちゃんが生まれたときに、テディベアを贈る、そんなシーンを映画かドラマで見たことがあったかも知れない。つまりあれはそんなぬいぐるみなのだろう。別館六階というと、佐藤健吾がマネージャーを務めるフロアだけれど、あそこで扱っている品ということは、このぬいぐるみはただのおもちゃではなく、特別な品、記念品だったのだろう。

いさなたちの会話をどう思ったのか、異国の娘は涙を拭い、ため息をついた。

『そうですね。奇跡のように、わたしはあの子を連れて、星野百貨店にくることができたんですもの。勇気を出して、あの子を見ていただかないと』

それでだめだったら、諦めもつきますよね、と、おとなびた目でいった。何回も大切な思いを諦めてきた、さみしい少女の目のようにいさなには思えた。

『この百貨店の名前は覚えていました。だって、「にっぽんの、かざはやの、ほしのひゃっかてん」――そこで特別なテディベアをわたしのために買ったのだと、あの日、電話越しに何回も聞いたんです。母は上機嫌で、お酒に酔ってもいるみたいでした。あなたの十歳の誕生日プレゼントに、最高なものを選んだのよ、って。もう十年も昔のこと、わたしが子どもの頃のことですが、いまも耳の底にあの日聞いた、得意げな母の声が残っています。母から受け継いで、音感と耳は良いもので、たぶん、永遠に忘れません』

娘はくすっと笑った。まだ目の端に涙がにじんでいる、そんな表情で。

『修理ができるといいなあと願っています。少しでも元に戻せたら。なぜって、あのテディベアは、わたしの十歳の誕生日プレゼントだったというだけではなく、母の……』

わずかにいいよどみ、言葉を続けた。『母の形見かも知れないものなのです』

『形見かも、知れない？』

胸がどきりとした。

『ベアだけを残して、わたしの母は行方知れずになりました。もう諦めなさいというひとも多いです。父やきょうだいもそういいます。でも――昔から、ふらっと出ていったり、死んだふりをしたりすることが好きな母だったので、いまもどこかにいるのだとわたしは信じています』

娘はおとなびた笑みを口元に浮かべた。

『そうですか』いさなは自分の胸元を押さえるようにして、異国の娘の言葉を受け止めた。

『あのテディベアは、とても大切なぬいぐるみだったんですね』

娘はベンチに腰を下ろし、胸をそらせるようにして、はるか上の明かり取りの窓を見上げた。

『ほんとうに、海の底にいるみたい。母はたぶん、この場所から、九歳のわたしに電話をかけてきたんです。このベンチから、携帯電話で。すごい広場があるのよ、って。ベンチに座って上を見上げると、海の底から空を見上げているような気分になるのよ、って』

娘は白い喉をそらして笑い、言葉を継いだ。

『そんなことわざわざ海外から電話をかけてくるようなことじゃないでしょう、って、九歳のわたしは怒って、ろくに会話もしないうちに電話を切ってしまったんです。誕生日のプレゼントなんていらないって。それがもう数年ぶりの母からの電話だったのに。そしてそれきり母から電話はかかってこなかったんです。あれが彼女との最後の会話になってしまった。――もしかしたら、わたし、すねていたのかも知れないですね。久しぶりの電話なんだから、もっと……もっと母親らしいことをいってほしかった、みたいな。いい機嫌で酔っ払ってたんです、母。大好きだった日本に、仕事で呼ばれて、それも大好きな桜の花が満開の春に、訪問することができて、はしゃいでたんでしょうね。そう、あれは十年前の春だったんです。ちょうどいま咲いているのと同じに、街に桜が咲いていたんだろうなあと思います』

娘の母は、音楽家だった。バイオリニストだったのだけれど、即興でポップスをアレンジして演奏することを得意とし、そのうち故国を出て、アメリカのレコード会社からデビュー。当時、世界的に著名なアーティストとなったのだそうだ。日本には新譜の宣伝に来たらしい。

名前を聞いたけれど、いさなはその名を知らなかった。昔のことだから、と、娘は寂しげな笑顔を見せた。当時はハリウッド映画の主題歌まで手がけたりしていたそうだ。

『母は自分の夢を追いかけて、遠い空にはばたいていきました。家族を巣に置き去りにして』

娘は軽く肩をすくめた。『きっと彼女の帰りを待つ家族のことなんて、忘れちゃってて、どうでもよかったんです。でもたぶん多少はそれがうしろめたくて、それで、高価なテディベアを、日本旅行のお土産に買うことにしたんでしょうね。綺麗な桜色のテディベアがあったから、あなたのために注文することにしたわ——母はあの日、上機嫌な声で、わたしにいったんです。最高の誕生日プレゼントを見つけたの。世界一、あなたにふさわしい子を見つけたのよ、って。——わたしの名前、サクラっていうんです。母がつけました』

『サクラ——花の、桜ですか？』

『はい。母は日本と桜の花が大好きでしたので』サクラは微笑んだ。『学校で、同じ名前の子に会ったことがあります。日本の文化が好きなひとが多いわたしの国では、女の子の名前として選ばれることもあるのでしょう。それに、桜はとても綺麗な花。長い冬の終わりを告げる、美しい花ですものね』

『素敵な名前をつけてくださったんですね』

いさながいうと、サクラは寂しげに、

『でもわたしは、母に酷いことをしてしまいました。プレゼントを、送り返してしまったんです』

『ぬいぐるみのくまさんをですか？』

『電話から一ヶ月後くらいでしたでしょうか。日本から、綺麗な朝顔の模様の紙に包まれた、桜色のテディベアが届きました。でも十歳のわたしは、父に頼んで、母のアメリカの家へ送り返してもらったんです。こんな、大きくて重たいベア、いらないって』

結子が微笑んだ。『まあたしかに、「あれ」は大きくて重いベアですよね』

『結局はすねてたんでしょうね。ろくに見ようともしませんでしたもの。異国からの珍しい贈り物なんかより、ただ母に家に帰ってきて欲しかったんだと思います。素直にそういえばよかった。

それからそうたたないうちに、母は地中海で海難事故に遭いました。CDのジャケットの撮影のためにスタッフと一緒に乗っていた客船が、思わぬ火事で沈んだんです。――それが馬鹿みたいな話で、母以外の乗客はみんな無事だったのに、母は荷物を取りに行くって、ひとり沈みかけた船に戻ってそれっきり、行方知れずになりました。母が取りに戻ったはずの、その荷物だけが引き上げられて、わたしたちのもとに送られてきました。半分燃えたトランクに、他の荷物と一緒に桜色のテディベアが入っていました。あちこち焼け焦げた、ひどい姿で』

サクラは目元に指先をあてた。『母が、あのテディベアを持っていたとは思いませんでした。もしかして、あのベアを助けるために、母は沈みかけた船に戻ったんじゃないかって、つい思ってしまって。だってトランクには他には、特別なものは何も入ってなかったんです。だから、もしかしたらって。でもそれも、そう思いたいだけかも知れません。わたしは母を大好きだったけど、母はきっと、家族のことなんてどうでもよかったんですから。だからいまも、母は家に帰ってこない。どこかで遊んでいるんです』

噴水の水音が、静かにあたりに響いていた。見上げると、明かり取りの窓にはステンドグラス越しに夜空が見え、光量を落としたシャンデリアからは月の光のような優しい光が、静かに階下へと放たれていた。幾百ものクリスタルガラスが光を反射する様子は、水の煌めきのようで――。

（たしかに、海の底から空を見上げているような気持ちになるかも知れない）

いさなはそう思った。十年前に、こうして高い窓を見上げた、外国のひとのことを思って。

夜のステンドグラスは昼間ほどははっきり見えないけれど、その中央に白い子猫の姿を浮かび上がらせている。月と太陽と星と、野の朝顔に取り巻かれた愛らしい子猫の姿を。

子猫は、十年前のその日、そのひとをあそこから見守っていたのだろうか。

上機嫌に酒に酔って、我が子に電話をかけていたという、そのひとの姿を。

『母は海が好きでした。海の生き物も好きで、魚とか、鯨《くじら》とか。鳥も好きでした。とにかく飛ぶものが好きで、いつも空を見上げていました。空を泳ぐ鯨を子どもの頃見たことがある、嘘じゃない、いつか探しに行くんだ、なんて妄想もよく家族に話していましたね』

肩をすくめた。『子どもの頃は、母の言葉を信じていました。母はよくいえば夢想家、実際は嘘つきでした。とりとめもない話ばかりしていて、いつも夢の中に生きていました』

いさなは、ふっと笑った。悲しいのに、あまりのことに笑えてしまったのだ。

『お客様、こういうことを申し上げるのも失礼かと存じますが、わたしの父も夢想家で、やはり――子どもの頃に空を泳ぐ鯨を見たことがあるといっていました』

『まあ』楽しそうにサクラは笑った。いさなも笑みを浮かべたまま、

『お客様のお母様もそれをご覧になったというのでしたら、もしかしたら、ほんとうに空飛ぶ鯨は世界のどこかに存在しているのかも知れませんね。いまも、どこかの空を泳いでいるのかも。――お客様のお母様と、わたしの父には、その不思議で美しい存在が見えていたのかも知れません』

いさなはステンドグラスの向こうの夜空を見上げた。思いがけない会話が楽しくて、おかしくて、そしてやはり、悲しかった。

(そんな鯨、いるわけがないんだけど)

父の話を聞く度に、その姿を夢想していたから、心の目に鯨の姿は見えるのだ。まるでほんとうの記憶のように。小さい頃から何度も想像し、心に描いた魔法の生き物だから。

サクラも同じように高い天井を見上げ、そして思いだしたようにいった。

『母は、猫も好きだったんです。――この百貨店には魔法を使う猫がいる。ママはさっきその猫を見つけて願い事をした、っていってました。あなたの分も願ってあげるから、願い事をいいなさいっていってしつこかったから、それで電話を切ってしまっ

たんですけど。
　ほんとにそんな話があるんですか？　見つけたら願い事を叶えてくれる白い子猫だなんて』
　いさなが笑顔でうなずくと、サクラも笑った。
『じゃあ、母に願い事を頼めば良かった。ちょっとだけ思ったんですよね。その猫に、わたしのバイオリンがうまくなるように願って欲しい、って。母の後を追いかけるように始めたバイオリンを、母のように上手に弾きたかったんです。それがわたしの夢でした。ええ、いまも。
　もうひとつ、浮かんだ願い事もありました。そちらを頼めば良かったのかも知れない』
　青い目を伏せ、サクラはそっと笑った。『ママの心が知りたい、と思いました。わたしのことを好きなのか、それともどうでもいいのか、ほんとうの思いを知りたいって。そうですね。願い事ならそれでしょうね。だってバイオリンは練習すれば上手になりますもの。魔法に頼らなくても、大丈夫だから』
　ふと、その瞳が瞬いた。『あら、猫――？』
　まなざしが、すうっと植栽と噴水の間の薄暗がりの方を追ってゆく。声が笑った。
『白い子猫が、いま、そこを駆けていったんですけど、もしかしてあれが、その魔法を使う猫、だったんでしょうか？』

その目は笑っていたけれど、口元が少しだけ、とまどい、怯えているようだった。

いさなは目で辺りを探したけれど、白い子猫なんて毛ほども見えなかった。

明かりを落とした地下の広場でのことだ。きっと錯覚だったのだろう、と思う。

サクラが自分にいいきかせるようにいった。

『ホテルの中庭で、猫を見ました。いろんな毛色の猫がいっぱいいて。みんなかわいくて。その中に白い子猫もいたかも知れません。うっかり迷いこんだのかも』

なるほど、といさなは思った。危うく助けた野良猫親子の姿を思い出す。

本館には猫が迷いこめる場所はないかも知れないけれど、別館には猫が入れる隙間があるのかも知れない。そこから本館に迷いこむ猫がいないとはいえないだろう。あるいは過去にそんなふうにして、実際に百貨店に入り込んだ猫がいたのかも。

――意外とそんなところから、百貨店をさまよう、魔法を使う猫の伝説が生まれたのかも知れない。

けれど、そのとき、結子がいった。不思議な、楽しげな笑みを浮かべながら。

『魔法の猫だったかも知れませんよ。だとしたら、いま言葉にしたあなたの願い事は叶いますね。きっと猫は聞いていましたもの』

サクラは何もいわず、うつむいた。少しして、口を開いた。

『もしほんとうに、願い事を聞いてくれる魔法の猫がいるとしたら、十年前の母の願い事も叶うのでしょうか？　――母はあの日、いったんです。ひどく酔った、はしゃいだ声で。ママが何を願ったかわかる？　どんなにあなたを大好きか、思いを伝えて欲しいって、そう願ったのよ、って。すてきな日本の百貨店の、正面玄関で、バイオリンを弾いたの。あなたの名前の曲よ。「さくらさくら」。酔っ払って気分が良かったから、弦も調《ととの》えずに弾いたのに、日本のひとたち、みんなたくさん拍手してくれたの。すごい拍手。あなたにも聴かせたかったわ。いまからここでもう一度弾きましょうか。あの魔法の子猫にもバイオリンを聴かせてあげたいから、って。馬鹿みたい、って思いました。酔っ払いが何をいってるの。何が魔法の猫よ。嘘つき、って。だからわたし、電話を切ったんです』

夜更け、古い寮の部屋のベッドで、いさなはふと目を覚ました。

いつの間にか、雨が降り出していた。雨音が潮騒《しおさい》のように部屋を包んでいた。

（ああ、かわいそうに。桜が散っちゃうなあ）

ぼんやりと思いながら、身を起こし、膝を抱えた。

夢を見ていた。夢の中でいさなは、子どもの頃のサクラだった。そっけない声で、けれど心の中では泣きながら、母親から久しぶりにかかってきた電話を切っていた。

頬に涙が伝ったのは、それが夢ではなく、自分の経験のように思えたからかも知れなかった。

「——洋の東西を問わず、ロマンチストすぎる親を持つと、子どもも困るよね」

手の甲で涙をぬぐい、ため息をつきながら、口の端が笑う。

夢を追いかける親たちは、いつだって、子どもを置いていってしまうのだ。


いさなの父親もまた、夢見るひとだった。サクラの母親のように、その道で成功を収め、スケールの大きい人生を辿ったわけではないけれど、ひととしては似たもの同士だったに違いない。

長崎の離島で生まれ育ったそのひとは、たばこ屋兼業の小さな書店の主。自分には絵や文学の才能があると信じていた。歌が好きで、作詞作曲もできると自慢をしていた。

子どもの頃のいさなには、正直、父の作るものたちが良いものなのかどうかわからなかった。でも父のことが大好きだったので、その良さがわかっているふりをした。それに、父親はすごいひとだった。世界のことを何でも知っていて教えてくれる、賢者のようなひとだった。わからないことがあったとき、父に訊けば何でも教えてくれたし、面白い話も、不思議な話も、父は何でも知っていた。知らないことなんてないんじゃないかと思っていた。半分神様みたいに思っていたかも知れない。

こんなにすごいひとが自分のお父さんだということが、いつだって自慢だった。

だから、本人がいうとおりに、そのひとには才能があるのだと信じていた。

だけど、父の絵も文学も作詞作曲も、世界の誰からも認められることはなかったし、もちろん、郷土のひとたちも、その才能を認めることがなかった。

いつかきっと有名人になる、みんな俺の才能にまだ気づいていないんだ、と折に触れいっていた父を、ひとびとは、「これだから、〈ほら吹きたっつぁん〉は」と笑った。

「そんなこといってると、空から鯨が迎えに来るぞ。空飛ぶ鯨がやってくるぞ」

〈ほら吹きたっつぁん〉。

それが子どもの頃からの父の渾名だった。

子どもの頃、父は離島の空に浮かぶ、大きな鯨を見たのだという。鯨は、そのひれで雲をかきわけ、ゆったりと気持ちよさそうに宙を漂い、遠い空へ泳ぎ去って行ったのだと。

そんなことあるわけがない。空飛ぶ鯨なんて、いるわけがない。

いさなの父は、子どもの頃から、ほら吹きと笑われ、虐められて育った。背丈が小さく、病気がちだったことも祟ったようだった。でもいさなの父は、自分が見たもののことを、一度だって、見なかった、嘘だった、とはいわなかった。ひょろりとした細身の、いつもへらへら笑っているような父だったのに、おとなになっても、そうしなかった。

それが真実だったことの証明のように、父は高校の同級生だった母と結婚した後、生まれた娘に、いさなという名前をつけた。

いさな、とは、勇魚。昔の日本の言葉で、鯨のことをいう。

「いつかおまえは、自分の夢に向かって、揚々と空を泳ぐような人間になりなさい」

そういう想いを込めて名付けたのだと、これは立派な名前なのだと聞かされて育った。

その名付けが変な風に効いたのか、いさなは幼い頃から、骨太の、がっしりとした体格に育っていった。背丈もどんどん伸び、同級生の女子たちよりも、頭ひとつぶんもふたつぶんも大きな女の子に成長していった。それこそ、大きな鯨のように。基本的に明るい性格だから根には持たなかったけれど、いつも名前のことで、からかわれて育ったものだ。

いさなが小学校を卒業する頃、父は突然家からいなくなった。島からもいなくなった。こんな田舎はもう嫌だ、都会に行って自分の才能を試してくる、きっと東京ならば、自分の才能を認めてくれるひとがいる、そう書き置きを残して。娘ではなく、父自身が、夢の実現を求めて、遠い空に泳ぎ去って行ってしまったのだった。

その後、父からの連絡は何ひとつ無かった。元気なのかどうなのか、生きているのか死んでいるのかさえ、わからない。——いや、もう死んだらしいという噂を聞いたことはあった。ある日訪ねてきた父の古い友人が教えてくれたのだ。遠くの街の工事現場で、足場から落ちて死んだらしい、と聞いたけれど、と。所持金もなく、ただ数冊の読み古した岩波文庫だけしか持っていなかったらしい、とそのひとから聞いたとき、父らしい話だと思った。けれどそれがほんとうなら、なぜ家族に連絡が来ないのだろう。父の友人も噂以上に詳しい話は知らないそうで、その死者が父なのかどうかは、いまもわからないままだ。

いさなも母も、父が消えたあと、それなりに苦労して暮らしたので、正直いさなは、父はもういないひとだと思いこもうとしてきたところがある。綺麗に忘れてしまおうと。

空飛ぶ鯨を見ただなんて、子どもじみた嘘をつき続ける父親なんて、あるかどうかもわからない才能を花開かせようと旅だって、そのまま消えてしまった父親なんて知らない、と、やさぐれるように思ってみたりもした。そのひとは、いさなと母を田舎に捨てていったのだ。

でも、長崎市内の短大を卒業する頃、気がつくと、つてを頼って、関東にある風早の街で就職先を探していた。少しでも東京に近いところ、都会を目指した父親に近いところに、就職先を決めていた。ありがたいことに、星野百貨店には遠方から来る社員のためにと寮も用意されていた。

実際には、この街に来たからといって、父親を探そうとも思わない。だって、ここを起点に東京に足を延ばしたとて、連絡先もわからない父親に、ばったり会えるはずもない。それに、噂の通りに、父は、どこか遠くの街の工事現場で死んでしまっているのかも知れないのだから。

（でも――）

来ちゃったのよね。といさなは笑う。

ひとりぼっちの部屋で、膝を抱えて。静かに降る雨の音を聴きながら。


次の日、開店時刻の十時になる頃には、サクラはもう正面玄関前にいた。空は青く、光がいっぱいに満ちていた。雨が上がっていて良かったといさなは思った。

一晩眠れなかったのか、それともまた泣いたのか、サクラの目は赤かった。タオルにくるんだぬいぐるみと一緒に、今日もバイオリンのケースを持っているのをいさなが目にとめると、『このあとラジオ局に取材を受けに行くんです』と笑顔で答えた。

『大丈夫ですか？』

つい気遣うと、サクラは青い瞳にどこか勇者のような、強く得意げな笑みを浮かべた。

『わたし、学生なのにコンサートミストレスだから、がんばるしかないんです。ヴィヴァルディの「四季」の「冬」の第二楽章、ラルゴのソロも弾くんです』

コンサートミストレスということは、そのオーケストラでも一二を争うほど、巧みにバイオリンを奏でる演奏者だということだ。彼女は母親から音楽の才能を受け継いでいるのだろう。「冬」の第二楽章、ラルゴといえば、どこか懐かしい感じの曲、家族と一緒にあたたかい暖炉のそばにいるような気持ちになる旋律だ。この子はきっと、優しくバイオリンを奏でるのだろう。その表情が見えるような気がした。

『がんばってください』いさなは笑顔でいった。

『あの曲、大好きなんですよね。心があたたかくなります』


情報サービス課のチーフである宝田ゆかりに昨夜のうちに電話で事情を伝えてあった。エレベーターの搭乗の順番を同僚と替えて貰って、いさなはサクラを連れて、まずは本館六階の遺失物係のカウンターへゆき、タグを引き取った。そのまま、別館六階に向かった。

佐藤健吾は別館六階のフロアマネージャー。いさなをかわいがってくれているといっても、そこは他の部署のマネージャーなので、勤務時間以外に連絡を取ることはできない。自宅の連絡先を知るわけもない。さて、これからどう説明すればいいかと考えをまとめながら、フロアに着くと、なぜかそこにあの芹沢結子がいて、健吾とともに、サクラといさなを出迎えた。結子は笑顔で、

「おはようございます。差し出がましいかとは思いましたが、サクラさんの滞在日数も限られていますので、わたしの方からこちらに、事情は伝えておきました」

さらりといった。柔和な表情を浮かべている健吾の、結子に向けるまなざしが、

あたたかく優しくて、

（あれ、このふたりは知り合いだったのかな）

いさなはちらっと思った。まるで娘に向けるようなまなざしに見えたのだ。もともと誰にでも優しいひとではあるのだけれど。それにしても何か違う気が。

結子がサクラに話しかける。『こちらへいらしてくださいな』

健吾の手元――そばにあるショーケースの上に、古びたファイルがいくつか広げてあった。たくさんの文字が書き込まれた書類が綴じてある。時を経た物なのか、紙もインクも色褪せて見えた。

健吾が、サクラに会釈をして話しかけた。『このフロアの、電算処理をするようになる以前の、お客様とのやりとりがこうしてファイルに綴じてあるのです。今朝方、すぐに探し、ご用意いたしました。サクラ様のお母様から注文をお受けしましたのは、わたくしでしたので』

品が良く流暢な英語で、いさなはああさすがだなと思った。自分がこのレベルで喋れるようになるまでには、いったいどれくらいかかるだろう、とつい思ってしまう。

慈しみを含んだ優しい笑顔で、佐藤健吾は、サクラに語りかけた。長身でクラシカルなスーツを着た彼がそうすると、ひっそりと時が止まったようなこの静かで美しい空間の精霊が、人の姿をとってそこに立ち現れたように見えた。

『サクラ様のお母様のことは、記憶にございます。今度のお誕生日で十歳になるお嬢様に、その年の限定品だった、桜色のテディベアを送って欲しい、というご依頼を受けました。そのときのお母様の表情が、とても嬉しそうだったのと、ご注文の前にひとつご相談を受けたので、記憶に残っていたのです。本来、このベアは生まれたばかりの赤ちゃんに誕生の記念に贈るもの。娘は十歳だけれど、贈ってもいいものか、と訊ねられたのです。もちろんです、とわたしはお返事いたしました。娘の名前はサクラ。日本の桜の花からつけた、だから今年のこの色のテディベアがいい、と、おっしゃいました。わたしは、こうしてご注文をお受けしたわけです』

健吾は書類のある場所をそっと指さした。

流れるような筆跡で、そこに書かれた文字を見つめ、サクラの目元が潤んだ。

『ちなみに、今年のベアは若草色です。こちらもいい色でございましょう？』

健吾がふかふかしたテディベアを抱きかかえ、ショーケースの上に載せた。

無邪気な顔をしたぬいぐるみは、耳に今年の西暦が刺繍されたタグをつけていた。星野百貨店のイニシャルHと野の朝顔の刺繍も入っている、豪華なリボンでできたタグだ。昨日地下一階の広場でサクラが落とした、あのタグは、焼け落ちる前はこんなかたちで、ぬいぐるみの耳に縫い込まれていたのだろう。両足の裏にも美しいデザインで、何か文字と数字が刺繍してあるようだ。おそらくはここに、赤ちゃんの誕生日が入るのだろうといさなは思った。桜色のテディベアの焼け落ちた足の裏にも、この刺繍は入っていたのに違いない。

サクラが笑みを浮かべ、深いため息をついた。

『かわいいですね。なんて美しい。すねないで、受け取っておけば良かった。もし母がわたしや家族のことを忘れて暮らしていても、わたしはこのベアを大切にすれば良かった。わたしはママが——母が大好きで、尊敬していたんですから』

静かに、結子が訊ねた。

『お母様は、サクラさんのこと、ほんとうに忘れていたのだと思いますか？』

結子は白い指で、ぬいぐるみの足の裏の、その刺繍の辺りを指さした。

『このベアは赤ちゃんの誕生の記念に贈られるベアです。だから足の裏に、その赤ちゃんの名前と誕生日、生まれたときの身長と体重が刺繍されます』

健吾が言葉を継いだ。

『そして、このテディベアは、お子様が生まれたときの、身長と体重そのままに作られるのです。お生まれになったそのときの姿を象《かたど》ったぬいぐるみなのですよ。赤ちゃんの身長と体重をお知らせいただかないと、ご注文はお受けできません。サクラ様のお母様は、十年前のその日そのときのあなたの身長と体重を注文の書類に書き込んでくださいました。迷いもせずにです』

結子が、サクラに話しかけた。そっと語りかけるように。

『もし、お母様があなたのことを忘れていたり、どうでもいい存在だったら、そんなことができるでしょうか』

サクラはテディベアを抱きしめた。タオル越しに、ぎゅっと顔を押しつけた。

『さあ、サクラ様、あなたの桜色のテディベアを見せていただけませんでしょうか？』

佐藤健吾が、その手をさしのべた。

サクラはうなずき、そして、タオルにくるんだそれを、ショーケース越しに彼に渡した。

焼け焦げた桜色のテディベアと向かい合った健吾は、じっとそれを見つめ、やがて微笑んだ。

『大丈夫です。綺麗に直りますよ。布地は製造を委託している国内の工場にまだ十分なストックがあるはずです。グラスアイもひびが入っているようですので、替えた方がいいかも知れません。こちらもドイツの工場に、ストックがあると思います。お待たせして申し訳ないのですが、一ヶ月ほど、こちらでお預かりしてもよろしいでしょうか？』

サクラの表情が、明るく輝いた。まるで長い悪夢から覚めた子どものようだった。

いさなはよかったよかったと口の中で繰り返しながら、ふと、無意識のうちに呟いていた。

「――そうか、焦げた毛皮や焼け落ちた手足が元通りになるわけじゃないんですね」

考えてみれば当たり前だ。生き物ではないのだから、薬を塗って治すわけにはいかない。いたんだ布地を丁寧に剝ぎ取り、新しい布地で作った手足、耳を縫いたすしかないだろう。

（それって、ぬいぐるみのアイデンティティーはどうなるんだろう？）

考えていることが顔に出がちだと自分でもわかっている。そのときも、そう思ったことが通じたのか、健吾がベアを腕に抱いて、サクラと、そしていさなに見せた。

『テディベアのこの胸元には、ハートのかたちをした銀のプレートが埋め込まれております。贈られるお子様の名前と、お贈りするお母様やお父様の名前、生涯の幸福を祈る言葉が彫られたものです。わたしどもはそれを、「ベアの心臓」と呼んでおります。子どもたちとの日々の中で、毛並みが汚れ、グラスアイが欠けることがあったとしても、それを、何度新しいものにとりかえたとしても、ベアの心臓はもとのまま、変わらずここに、胸の奥深くにあるのです。贈られた方が、大切なお子様にこのベアを贈ろうと思ったその日の気持ちとともに。永遠に』

サクラはただ、その言葉を聴いていた。健吾の腕の中のベアを見上げて、笑顔で健吾に訊ねた。

『修理代はおいくらでしょうか？』
『ご自宅までこのテディベアが帰るための、その送料だけ、ご負担いただけたらと存じます。
どんなに汚れても、傷つき古びても、再び三度《みたび》綺麗になって、お子様たちの傍らに戻れるように。贈られた方の想いとともに、ずっとそばにあるように。そのための修理費は、いわば当館からのお誕生祝いの贈り物。いつまでも当館との絆が続きますように、という想いも込められております』
にっこりと健吾は笑った。

いさなと結子は一階の正面玄関まで、サクラを送って降りていった。

吹き抜けのはるかに高い天井の、その明かり取りの窓から、ステンドグラスは色とりどりの光をフロアへ降らせ、シャンデリアは、虹色の輝きの欠片を、四方へと投げかけていた。

光の中で立ち止まり、サクラが振り返る。

『来週のコンサート、おふたりを招待したら、きてくださいますか？』

『もちろんですよ』強くうなずいて、いさなは答えた。

『ありがとうございます』結子も笑顔でうなずく。

サクラもまた笑顔でうなずいた。そしてふと床に膝をつき、バイオリンのケースを開け、慣れた手つきで弦を調えた。楽器を手にして立ち上がり、はるか上方の、ステンドグラスを見上げた。

ひとつ息をして奏でたのは、「さくらさくら」。

フロアにいたひとびとは振り返り、サクラが楽器を下ろすと、拍手が響いた。

礼をして、照れくさそうにサクラは笑った。

『次にこの街に来るときは、もっと上手になれていたら、と思います。昔ここでバイオリンを奏でた、母のように。そのひとの音に近づけたら、と思います。もしそのひとにもう会えないとしても、追いかけることはできるので。近づくことも』

サクラはもう一度、光が溢れる高い窓を見上げた。

ステンドグラスのその中心にいる、白い子猫の姿を見つめ、話しかけるように。

『それがわたしの新しい夢になりました。大丈夫。今度は自分で叶えます』

正面玄関の自動ドアが開き、春の風が吹き込んできた。桜の花びらが幾枚も舞い込み、春の風がサクラの金色の髪をふわりと巻き上げた。


四月になった。

階段を一階まで下りていくと、吹き抜けの天井から、ゆたかな日の光が降りそそいでいた。シャンデリアが、それを反射させ、フロア中に、輝きの欠片が踊っている。

あの日、サクラがここでバイオリンを奏でたときと同じように。

コンサートは無事に成功し、サクラと彼女の属している市民オーケストラは、北欧へと帰っていった。別館六階に預けられた彼女のぬいぐるみも、やがて修理が終われば、彼女のあとを追って、帰って行くだろう。青い野の朝顔があしらわれた、星野百貨店の包装紙にくるまれて。

地下二階まで続いている吹き抜けを、丸く囲うようなスペースが各階にある。一階のそのスペースで、星野百貨店初のコンシェルジュ——芹沢結子が、親子連れのお客様と笑顔で会話していた。光が降りそそぐ中に立つその姿は制服がとても似合っていて、最近この店で働くようになったばかりの新人には見えない。

(まさか、新しく来るコンシェルジュがあの結子さんだとは思わなかったなあ)

自分以外の誰かだったら、もっと早く結子の正体に気づいただろうか。

彼女が情報サービス課のメンバーとして挨拶に現れたとき——あれは彼女と再会してまた別れたコンサートの日の、次の週のことだった。課の朝礼に、彼女は突如、制服姿で現れたのだ——思わず、いさなはなぜそうだと教えてくれなかったのか訊ねてしまった。

結子は笑い、ごめんなさいと謝って、「なぜかしら。いいそびれちゃったんですよね」といった。「昔から星野百貨店が大好きだったんです。子どもの頃から。ある方からコンシェルジュにと声をかけていただいて、嬉しくてお引き受けしたものの、いざ久しぶりに帰ってきてみると、自分にそれがつとまるかどうか自信が無くて。迷いがあったからだと思います」

「ええと、とてもそうは見えませんでしたが……」結子は肩をすくめた。「わたし、たぶん観客がいるとがんばれちゃうタイプなんです。——あと、種明かしをすると、実はわたしもあのテディベア、持ってるんです」

「えっ？」

「作られた年が違うので、サクラさんのベアとは色違いですけれど。わたしのベアは雪の色。わたしが生まれたとき、父が星野百貨店で記念に作ってくれたんです。赤ちゃんのときからお友達で、十代で海外に渡ってからもそばに置いていました。引っ越しが多い生活をしていたんですが、どこに行くのもいつも一緒でしたね。おとなになったいまもそばにいます」

にこ、と結子は笑う。「だから、あの子のベアを一目見たとき気づきました。タグを見て確信しました。ほうっておけないって思っちゃったんです」

「——あの、それで、いまは自信は？」

結子はしばし悩むように視線を落とし、そしてまた目を上げた。

「やっぱりないですけど、開き直っちゃいました。サクラさんとテディベアの役に立つことができたように、星野百貨店のために、そしてお客様のために、できることがあるとしたら――」

　わたしにもできることがあるのなら――そういいそえ微笑んだ。真新しい制服の襟元の、この店のコンシェルジュの証――黄金の鍵に青いエナメルの朝顔をあしらった襟章に朝の光を受けて。

　小さな子どもをふたり連れたお客様――若いおかあさんは、とても楽しそうだった。からだに馴染んだ仕立ての良い服からして、裕福そうなのだけれど、この百貨店に来たのが初めてなのか、上気した頰をして、あちらこちらを見回している。子どもたちがおかあさんにまつわりつき、手や服の裾を引いて小鳥のように話しかける。中国語だった。

　結子は、制服に包まれた華奢な腕を、つと吹き抜けの天井に向けて伸ばし、天窓を指す。

『ステンドグラス中央に、ほら、子猫の姿がございますでしょう？　あの猫は、いつもお客様やこの店の従業員たちのことを見守っている、優しい猫だといわれています』

　流れるような中国語だった。いさなの使うそれよりもはるかにうまい。

　結子はコンシェルジュとして働くのは初めてなのだそうだ。それどころか、いままでほぼ働いたこともなかったという。働いたことがないということは、結子はいい家のお嬢さんなのかも知れない、といさなはひそかに思っている。

（それで別館六階の佐藤さんとも知り合いなんじゃないかしら）上得意様のお嬢様だとか。

それならば、上層部だけの話し合いで、彼女の採用が決まったとしてもおかしくはない。

（だからほら、あんなにスペック高いんじゃないかしら）

一体何カ国語話せるのかわからないほど、結子は器用に外国語を操る。きっといろんな国に留学したり、旅するような生活をしていたのだろう。

（いいなあ。うらやましいなあ）

いつか仲良くなったら、そんな話も聞かせてくれるだろうか。

彼女は意外なほど、自分のことを語ろうとしない。同じ情報サービス課に所属するひとびとといるときは笑顔で聞き役に回っている。仕事のあと、お茶や食事に誘おうとしても、いつの間にか姿が見えなくなっている。まるで猫のように。いつも少しだけ、謎めいた距離を感じる。

光の中で、結子はお客様に話し続ける。

『その猫は魔法を使うなんていい伝えもあるんですよ。ときどき窓を抜け出して、お店の中を歩いて、お客様の話に耳をすましているのですって』

子どもたちが声を上げた。きらきらした目で、光の中の子猫を見上げている。

結子はどこか妖精めいた様子で微笑んで、人差し指を立ててみせる。

『もし、この百貨店の中で、ステンドグラスを抜け出したその子猫にあうことができたなら、猫はひとつだけ、願い事を叶えてくれるんですって』

子どもたちは天井を見上げたまま、我先に、駆け出した。

おかあさんが慌てたように、荷物を抱え、そのあとを追う。『お店の中で走っちゃいけません』

「――芹沢さん」

親子の、その後ろ姿を見守る結子に、いさなは声をかけた。

「あら。いさなさん、こんにちは」

「芹沢さん、あの猫の話、どう思います？」

「そうですね」滑らかな言葉が続く。「コンシェルジュとしては、こういう話題は大歓迎ですね。この百貨店に初めていらしたお客様、特にお子さまたちにお話しするには、ちょうどよい、素敵な話題じゃないですか」

「ええと、その、そういう意味じゃなく」

「？」

「魔法の猫、なんて信じますか？」

本気で信じているのだろうか。あの日、サクラにいってきかせたように。

結子はにっこりと微笑んだ。

「はい」躊躇《ためら》いもなく、うなずいた。

「この街には、もともと不思議な話が多いですしね。このお店にも、伝説のひとつやふたつ、あったっていいと思いませんか？　ステンドグラスの中の猫が抜け出して、百貨店の中を歩くなんて、かわいくて素敵じゃないですか」

たしかに、それはそうかも知れない。

サクラの笑顔をいさなは思い出す。地下一階広場の噴水のそばのベンチで、傷つき焼け焦げたぬいぐるみをかたわらに置いていた、異国の娘。その彼女が願ったことが叶い、笑顔になれたのは、直接的には、いさなが、そして何より結子が手をさしのべたからだ。それはわかっている。――だけど。

（魔法が働いたからだ、と思うのも悪くない――のかな）

光の中でバイオリンを奏でた、サクラの笑顔を思い出すと、そう思える。

クリスマスイブにサンタクロースがトナカイの引くそりに乗って、空を駆けると信じるように、この百貨店には、魔法を使う猫がいると信じるのも楽しいことなのかも知れない。いさなには、おとなのごっこ遊びのように思えるものだとしても。

「それにわたしは」結子が白いのどをそらして、ステンドグラスを見上げた。

そこから放たれる、色とりどりの宝石のような光を浴びながら。

「世界には、魔法も奇跡も、きっとあるって信じてますから」

（夢を見るのは嫌いじゃないけれど）

（そういうひとのこと、いいなって思うけど）

昼休み。屋上で、空を見上げながら、いさなは思う。時間がなかったので、地下のフードフロアで買ったサンドイッチと牛乳で済ませた、慌ただしい昼食のあとのことだ。

屋上庭園の桜の花が満開で、風に花びらを散らせていた。遅咲きの品種なのか、ここの花はこの界隈ではいつも最後に咲いて散るのだった。

いつもはお客様や従業員たちの誰かがいる屋上なのに、その日その時間は珍しく、いさな以外にひとの気配は無かった。携帯電話で時間だけ確認して、いさなはまた空を見上げた。

（ひとによっては、あまりロマンチストすぎるのも良くないってわたしは知っている。夢って、見るひとによってはそう良いものじゃない。毒になるってことも）

春の風を背中に感じながら、とぼとぼと歩き出した。

光に照らされて、足下にくっきりと落ちた、自分の影を見る。

こんなに大きく育って、おとなになって。いまもし、父親に会えたとしても、父親がいさなをいさなだとわかってくれるかどうかわからない。小学生のときから、会っていないのだから。

けれど、いさなの心の中には、いまも幼い頃のままのいさなが変わらずに生きているのだ。

父から空飛ぶ鯨の話を聞き、自分も見たいと憧れて、一日中空を見上げていた、あの幼い日のいさなは、いまも心のかたすみに棲んでいるのだ。

「馬鹿みたい」

そうつぶやくと、心の中の幼いいさなが傷つき、涙ぐんだような気がした。

いさなは苦笑する。春の日差しの中で、風に乱れた髪を直し、制帽をかぶり直しながら。

心の中にいる小学生の頃の自分を慰めるように、優しい声でいった。

「空飛ぶ鯨、いるかも知れないって、信じてみようか。信じるだけなら、誰の迷惑にもならないし、夢見るのは、ちょっと楽しいよね」

そうだ。想像してみよう。

空を泳ぐ鯨は、世界のどこかにいるのかも知れない。それは心が綺麗すぎるひとにだけ見える存在なのかも知れない。夢見ることが得意なひとには、見える存在なのかも。

(世界のどこかに、空飛ぶ鯨の棲む国があるのかも知れないな)

そこは鯨たちの故郷、巣のような場所で、そこで空飛ぶ鯨たちは生まれるのだ。

もしかしたらその地にサクラの母親も、いさなの父親も住んでいるのかも知れない。そこでの暮らしは夢見るひとたちにはきっと幸せで、あんまり幸せだから、こちらの世界には戻ってこないのだ。

（だとしたら、まあ、しょうがないなあ）

空を見上げて、いさなは微笑む。

「もし、この世界に魔法や奇跡が存在するとして——つまり、この百貨店に、願い事を叶えてくれる魔法の猫がいるとしたら……」いさなは呟いた。「そうしたら、わたしは、『夢を信じる力』を与えて欲しいと願いたいな。世界に魔法があるということを、心からの祈りが誰かに届くこともあるのだということを、信じられるようになれたら、なんて」

ふと、足下を光がよぎったような気がして、いさなはまばたきをした。

いま、白く光る柔らかい、小さな毬《まり》のようなものが、足下を駆け抜けていったような。

風が吹いて、襟元のスカーフが揺れたから、そのせいで見えた錯覚かと一瞬思った。

でも、白い光は跳ねながらまた駆け戻ってきて、ふわりと小さな猫の形をとった。

金銀の瞳の白い子猫は、いさなの足下に座ると、いたずらっぽい表情で小さく鳴いた。

いさなは途方に暮れた。人間はこんなとき、何も考えられなくなるのだと思った。念のために、目の前のそれに訊ねてみた。「もしかして、あなた、『魔法の猫』なの？」

身を屈め、そうっと手を伸ばそうとすると、猫は嬉しそうに目を細め、そして、ふいに気まぐれを起こしたように、鮮やかに横に飛んで、そのまま空へと高く跳ね上がった。

まるで、背中に見えない翼があるように。光の中にはばたいていったように。

いさなはそこにしゃがみ込んだまま、白く小さな猫を目で追った。

そして、いさなは、空に鯨を見た。大きな鯨が、春の空を、ゆっくりと泳いでいた。

桜の花びらが風に流れる空を、鯨は楽しそうに、のんびりと泳ぎ去って行く。

風の音に紛れて、父の歌声が聞こえたような気がした。音程とリズムが少しだけ外れた、でも楽しげな調子の声が。

上機嫌で、魔法を信じるかい、とうたう、その歌声が、春のあたたかい風に乗って、桜の花びらといっしょにいさなの耳元を、ふわりと吹きすぎていったのだった。

第二幕・シンデレラの階段

咲子《さきこ》の店、百田《ももた》靴店は、星野百貨店の地下一階にある。いわゆる「地下道口側」の玄関に近い辺りの店舗の中の一軒だ。百貨店の正面玄関とはフロアが違う上に、位置的には真反対の場所にある。通称、裏側、と呼ばれる側の地下にあるのだった。

同じフロアの中心部には、生鮮食料品に総菜、緑茶やコーヒー豆などを扱う百貨店側の店と、テナントで入っている老舗のケーキ店や輸入食料品の店に、地元の昔ながらの市場がぐるりと広がっている。耳を澄ませば、市場から、えー、いらっしゃいいらっしゃい、と、塩辛い感じの声が聞こえてくる。世の中が変化して、百貨店本体に以前のような勢いがなくなっていても、このフロアは常にお客様が行き交っているので、活気があった。駅へと続く地下道に直結しているフロアであるということも幸いしているのだろう、と咲子はいつもありがたく思っている。

といっても、百田靴店のある一角は、市場や食料品の店があるコーナーからは、いくらか離れ、壁沿いの奥まった場所にある。薬局に鍵店にクリーニング店、コインロッカーや地下駐車場への入り口などが並んでいる、どことなく裏通りめいた雰囲気のある辺りだ。

それでも、その一角が不思議と明るく感じるのは、店の二つある出入り口のうち、片方が階段（通称裏側の階段、と呼ばれる階段だ）のそばにあるから。その踊り場にある、ここからは見えない大きな窓からの光が、差し込んでくるからだった。

いちばん光が降りそそぐ時間に、店の中から階段の方を見上げると、まるでここが海の底で、上にははるかな水面があるような、そんな気分になることがある。

「人魚姫になったみたいな気がする」

なんてことを、いつだったか、たまに店を手伝いに来てくれる姉に話したら、

「やだ、咲ちゃんたら、メルヘンぽい」

けらけらと笑われた。

「キャラにあわないっていうか、かわいいの。詩人だなあ」

「なによ、もう」

咲子が売り物のサマーブーツにブラシをかけながら口を尖らせると、姉はふと笑うのをやめた。

「そうだよねえ。咲ちゃんは詩を書くひとだったんだもんね」と、目を伏せた。

ごめんね、と小さく口が動くのが見えた。

咲子は何も答えずに、肩をそびやかした。

まあたしかに、と自分でも思う。

（わたしの柄じゃないわよね）四十路の女の発想でもない。

七月。店内には海の底のような飾り付けをしていた。そのせいで、そんな連想が働いたのかも知れない。

リゾート地で履くときっと素敵な、白い麻のサンダルは、ディスプレイ用の棚の上に置いた、透明なプラスチックの台に飾っている。台の下には白い砂利。そばには小さなシャコ貝の貝殻。青いビー玉をいくつも置いたそのまわりには、向日葵《ひまわり》の造花もあしらってある。

そして店内の、靴を並べた棚のいたるところに、飛び跳ねるイルカたちや、横歩きのカニ、ヒトデに珊瑚、クマノミたちのフィギュアが泳いだり、顔をのぞかせたりしているのだった。まるでこの百田靴店そのものが、海の底にある靴屋だとでもいうように。

目をとめたお客様たちに、かわいいと何度か褒められたので、自分でも気に入っていた。

若い頃から、このお店を素敵に飾ることに生き甲斐を感じているのかも知れない。誰かに褒められると、ありがとうございます、と慣れた感じでお礼をいいつつ、心の中では、

「よっしゃ」と、いつだって叫んでいるのだ。

かわいいものやきれいなものが好きなのは、亡き母譲りかも知れない。いつも、店の中を飾っているとき、ふとしたはずみで、咲子はそのひとのことを、ほろ苦く、そして懐かしく思い出す。

「ごめんね」

姉がまた繰り返した。

「ごめん」泣きそうな顔をして。

こんなときの表情は、昔から変わらないなあ、と思いながら、咲子は、いいよ、と笑った。

そのとき、馴染みのお客様が顔をのぞかせたので、話はそこで終わったのだけれど。

今日も階段に、日差しは降りそそいでいる。

咲子からは見えない窓から、七月の——夏の日差しは降りそそいでいるのだ。


「……ねえ、聞いた？　例の噂」

同じフロアのすぐ近くにある、ひまわり薬局の店長の野々宮明子《ののみやあきこ》が、白衣姿で、ひらひらとやってきた。年齢は咲子よりも一回りほど上のはずなのだけれど、気の置けない性格のせいか、若く見える。巻いた長い髪に白髪が見えていなければ、咲子と変わらないくらいの歳に見えそうだ。

「聞いたって何をですか？」

床下の倉庫から出してきた靴の箱を開けながら、咲子は訊いた。

明子はサンダルの足で跳ねるように店の中に入ってきて、耳元でささやいた。

「――太郎さんの子どもが店に帰ってくるかも知れないんだって。でもって星野百貨店を継ぐことになる可能性もあるとかなんとか」

「子ども？」

咲子は手を止めて、そして、

「ていうことはもしかして、あの大福……」

と、声を上げて、慌てて声を潜めた。

明子も声を潜めて、

「……うん、たぶんあの大福のことだよね。この百貨店、株式会社なんだし、無理して創業者の血縁が後を継がなくてもいいのにね」

「……ですよねえ」

咲子の店も、明子の店も、本店は平和西商店街の方にある。老舗である本店の規模に比べると、こちらはけっして大きい店ではない。古くからこの百貨店に店を出していたわけでもない。

テナントといっても、本館六階に本店を構える銀河堂書店や、別館の美容室サロン・ド・スギエなどの、五十年前に百貨店の創業とともに開店した大きな店とは立場が違う。

百貨店からの扱いが違うということではない。むしろ星野百貨店は、咲子たちの店のような、いわば新参者の小さなテナントにも手厚く平等であろうとする、立派な大家だと尊敬している。ただ、そういわれなくてもこちらからは引け目と遠慮を感じてしまうのだ。それは接客業の習い性というか、空気を先読みして遠慮しがちな性格故のことかも知れないけれど。

でももちろん、咲子は風早の街で子ども時代を過ごした者として、この百貨店が好きだったし、長年この地下で働いているからこそ育まれたさらなる愛着もあった。いずれにせよ、星野百貨店の経営がうまくいってくれないと困る。大家と店子《たなこ》——そう咲子がまだ二十代だった頃に百田靴店がここに支店を出した二十数年前から、そうなのだ。いわば、一蓮托生《いちれんたくしょう》の間柄なのだから。

「……マジで、あの大福が、星野百貨店を継ぐかも知れないっていうんですか?」

「噂だけどね」

でもね、と、明子は白衣の腕を組んだ。「後継者をどうするか、なんてデリケートな話は、もし決まっていても、小さなテナントのわたしたちには教えてくれないような気がするのよね。経済紙や地元のマスコミに発表が出る頃、社内で説明があるんじゃないかしら」

「じゃあつまり……」

「そう。極秘のはずの決定が、どうしてだか漏れてしまって、店の中で噂になって流れてるのかもと、推理したわけよ」

「なるほど」

それにしても、なんだかなあ、と思った。

「噂がほんとうなら、どうして、偉いひとたちは、そんなこと決めちゃったんでしょうね？

よくまあ反対意見が出なかったというか」

そもそも星野太郎氏は傍から見ていても、いささか問題がある経営者なのだし、その息子が跡を継ぐ、なんてことには反感や疑問を持っている社員や株主も多そうなものなのに。

「それも、よりによって、あの大福を」

「ほんと、よりによって、あの大福を」

二人でため息をついた。

数年前に見かけた、その少年の横顔を咲子は思い出す。商売柄、ひとの容姿を覚えるのは得意なせいもあって、面差しをいまもはっきりと覚えている。

現社長である星野太郎氏は二回結婚している。その二度目に迎えた妻——のちに離婚して実家に帰ったひとが、ひとり息子が星野百貨店を継ぐことを強く望んでいたという話があった。彼女が家を出る前のことだ。あのときもどこからともなく、そんな噂が流れた。

　その子がまだ十代の頃の話だ。どんな子だろうね、とフロアのみんなで話していたら、ある日、父親に連れられて店にやってきた。

とろんとした大福のような頬をした少年だった。ここがもうすでに自分の店であるというように、父親や地下一階のフロアマネージャーの横に得意げに立っていた。

大きな声で笑えない冗談をいっては、自分で手を打って笑う。趣味も品も悪い少年だなあと思った。

　もう一つ付け加えると、スニーカーの踵《かかと》を潰して履いているのが嫌だった。その季節に出たばかりのブランドものの限定品、その年齢の少年が履くような物ではない。かなりの値段で、国内では手に入りにくいものだった。それなのに、あんなに汚して、踵を潰して履くか、と思った。

　何より咲子がこの子は駄目だと思ったのは（あとで聞いたら明子も同じことを思っていたという）、彼には他者の存在がその視界に入っていないように見えるということだった。

　地下のフロアは店と店が接している部分も多い。必然的に、パーティションや棚の数も多く、まっすぐに歩くには狭く感じるところもいくつかある。そんな中、小さい子ども（だってもちろんこの店の大切なお客様のひとりだ）が彼のそばを通りたそうにしていても、彼は道をあけてあげようとしなかった。その子が弾みで転んで泣いてしまっても、むっとしたような表情で見下ろしているだけで、咲子が駆けよってその子を抱き起こしたのだった。

彼は咲子をちらりと見ただけだった。子どもの様子を気遣うでもなく。まるで地球上の、自分以外の人間がみんな背景か大道具に見えているような、そんな類いの無関心なまなざしだった。

（接客の才能はないなあって思ったんだ）

ついでにいうと、経営者の才能もない。商店街の古い靴屋の娘でしかない自分だけれど、あのとき、冷めた頭でそう思った。

上に立つ者なら、現場に立たないのなら、接客のセンスがなくても大丈夫かというと、そういうものでもないだろうと咲子は思う。接客の基本は、相手を尊ぶことだ。自分を尊ぶように、他者を――お客様を尊ぶ。品物を通して幸せであるように祈る。その思いが、床に膝をつき、靴を捧げ持つ姿勢になるのだと、子どもの頃から聞いて育った。

百貨店はいわばひとつの大きな店だ。

その経営者に、お客様を尊ぶ姿勢がないなんて、あっていいはずがないと思った。

地下一階のフロアでは、あの日、その少年に、「大福」という渾名がついた。咲子だけでなく、他の店員たちも、あちこちで誰ともなくいいだして、そう定着したのだった。

百歩譲って、社会経験が無い子どもゆえのことだったといえるかも知れない。あるいは、自分にとってアウェイな場所だったから、斜に構えていたのだと思えなくもない。

彼の母親はもと、百貨店の取引先のとある企業の社長令嬢だった。けれど、最初の妻を追い出して妻の座に座ったらしい。去っていった最初の妻は、かつてこの百貨店の従業員だったそうだ。それも一階のコスメコーナーのカウンターを率いていた、人望が厚い美容部員だったらしい。

お客様にも従業員たちにも人気があり、誰からも愛される、ほとんどアイドルのようなひとだったとか。妻の座を追われ、いなくなったひとに対する仲間意識と、判官贔屓《はんがんびいき》も働いた結果、あの大福のような頬の少年は、百貨店のみなから冷たい目で見られがちではあったのだ。何しろ、その最初の妻だったひとに会ったことがない咲子でさえ、うっすらとした反感を、星野親子に持っているくらいなのだから。

太郎氏への評価が低いのは、きっとそのせいもある。

(でも、それはそれとして——)

もし、あの「大福」が経営者として、ここに帰ってくるというならば、少年の日の斜に構えたまなざしのままでは、困るのだ。そんなろくでもない経営者と一蓮托生は御免被る。

あの日の少年も、もしかして多少は成長しているのかも知れないけれど、接客人生を生きてきた咲子が見るに、人間の地の性格というものは、そうそう変わらないもののような気がする。

両親の離婚の後、あの少年が、実家に帰る母親に連れられて、この街を出て行ってくれて、正直咲子はほっとしていた。たぶん他にもそういう人間は多かったはずだ。

いま、この斜陽の百貨店が後継者のことや、今後のことでもめているらしいことは、何とはなしに伝わってきてはいるけれど――。

百貨店全体の行く末は、テナントの小さな店の店長がどうこういえることではない。誰がトップに立つことになろうと、粛々として従うだけだ。それはわかっているけれど。

それがね、と、明子が口元に手を当てて、ささやいた。

「――サロン・ド・スギエのまり子様が、太郎さんの子どもがあとを継ぐことに賛成らしいのよね」

「ええっ。まり子様が？」

「そう。星野百貨店の女帝様が。――ちょっと驚きでしょう？」

杉江《すぎえ》まり子――。彼女はただ古いテナントの経営者というだけではない。星野グループの大株主でもある。もとを辿れば、星野百貨店創業のとき、創業者星野誠一氏をバックアップして百貨店開業を成功させた、当時の仲間だった。誠一氏の幼なじみにして、百貨店建設前の平和西商店街で商いをしていたひとりでもある。

杉江まり子は、この商店街――平和西商店街の前身となった、風早神社の門前町だった古い商店街に店を構えていた、古く大きな美容室のひとり娘だった。空襲で焼け野が原になった、風早の街で、助け合って生き抜いた商店街の子どもたちのひとりでもある。星野百貨店はその創業に際して、地元の名士が多数関わっているのだけれど、彼女はそのひとりでもあった。

咲子は百貨店に店を出すようになる前、子どもの頃から、両親にその辺りの話を繰り返し聞かされていたので（平和西商店街に店を出す者にとっては、まり子は郷土の英雄のようなものだった）、いまでも店内でまり子の姿を認めると、胸がときめくのだった。

老いて病み、店内を電動車椅子で移動する身となっていようとも、杉江まり子は生きている伝説だった。実際、老いてなおそのひとは品良く美しく、凛としたまなざしを失わない。

この百貨店の女帝とも呼ばれる彼女が、あの大福があとを継ぐということに賛成しているとしたら――。へたしたら――しなくても、その意向は通ってしまう。

「何でまたそんなことに……？」

よりによって、あの大福を。

「だよねえ。やっぱりそう思うよねえ」と、明子がうんうんとうなずく。

戦前戦中の子ども時代から大胆さと勘の良さ、優れた商才を見せていたというまり子は、誠一氏が星野百貨店を経営していく上で、数々の助言を与えてきたといわれている。

彼女は、誠一氏のひとり息子太郎氏に経営者の資質がないということをいち早く見抜き、彼が社長の座を継ぐことに反対していたという話もある。

けれど、そんな彼女が大株主として正面切ってそれを阻止しようとしなかったのは、古い友人への情愛ゆえのことだっただろうし、それまでは見事な采配を見せていた誠一氏が判断を誤ったのは、親子の情がそうさせたのだろうと、商店街のひとびとは噂した。

若くして百貨店を建設するための資金と協力者を集め、見事に開店させた、星野誠一。時流が味方したということもあるけれど、昭和の時代、天才的な経営者と称えられたという星野誠一も、結局はひとの子の親だったのだろう。経営を息子に任せたあと、誠一が病に倒れ、それをきっかけにしたように星野百貨店が本格的に傾き始めたとき、まり子は自らを責めたという。こういう事態になる前に、自分にはいくらでも手を打てただろうと。

彼女は、その数年前に誠一氏と同じ病で倒れ、半身不随の身となっていた。そのときにサロン・ド・スギエは血縁のない後継者に任せ、綺麗に引退した。

ひとり暮らしのまり子は、星野百貨店の別館にあるホテルの一室に住んでいる。電動車椅子で移動しつつ、たまにサロン・ド・スギエに顔を出したりしながら、悠々自適に暮らしているのだ。センスの良い服を着て、店内で買った花束やケーキを膝に載せ、自由気ままに店内を移動している様子は、咲子には変わらずに美しく、楽しげに見えた。

そのまり子がいま、後継者として誠一氏の孫、あの大福を後押ししているというのは――。


明子がそっとささやく。

「……いいたくはないけど、そのね、惚《ぼ》けちゃったとか。まり子様もいいお歳のはずだし」

病気のせいで判断力が鈍った、という可能性もなくはない、と咲子は思う。――商店主たちの平均年齢が上がっている、平和西商店街ではよく聞く話だ。しっかりしていたおばあちゃんが最近どうも惚けてしまって、以前のように頼りにならなくて、とか。

「もう八十代、ではありますけどね。でも――どうでしょうねえ？」

つい最近もまり子が車椅子で行くところを見かけたけれど、元気そうで、生き生きして見えた。――思い返すと、今年の春くらいから、以前よりも多く、彼女の車椅子を見かけるようになった気がする。

そのとき彼女は、コンシェルジュデスクで、コンシェルジュの芹沢結子に何やら楽しげに話しかけていた。孫にでも話しかけるような優しいまなざしをして。

（そういえば、コンシェルジュを置くことを提案したのも、まり子様だっていう噂があったっけ）

あれは誰から聞いたのだったか。地下一階のフロアマネージャーからだったか。それともタウン誌の取材……いや、星野百貨店広報部か宣伝企画課の誰かから聞いたのだったような気がする。この夏は創業五十周年記念のイベントの一つとして、例年より大規模な子どもたちののど自慢大会が行われるので、その関係で、広報や宣伝関係の部署のひとびとが、何かと店に来ていたから、そのどちらかから何かのタイミングで聞いたのかも知れない。

急にコンシェルジュを置くことが決まって、四月に実際に結子が配属されてきたとき、咲子はいまのこの百貨店に、そんな職種が必要なのだろうか、と思っていた。

コンシェルジュとかバトラーとか、そういったたいそうなものは、ここのような商店街の小さな百貨店ではなく、東京の銀座辺りの大きな百貨店にならし必要かも知れないけれど、と思った。そんなものに人件費をかける余裕があるのだろうか、とも密かに心配していた。すでに館内の二カ所に配置されている、インフォメーションカウンターの活用でいいのではないか。

（それが、そうでもなかった、というか）

結子はたまに地下のフロアに降りてくる。新製品や売れ筋の商品の話などを聞いてゆく。そして、靴を探しに百貨店に来たお客様に、良い感じにこの店を紹介してくれるので、とても助かっていた。

コンシェルジュは、リアルタイムの情報を、有機的に組み合わせ、よりよい形でお客様に伝えることができる。頭の回転の速さと百貨店のすべてのフロア、そして風早の街についての知識が要求されるので、難度の高い職種だと思うのだけれど、咲子の見る限り、結子は軽やかに、かつ楽しげに、仕事をこなしていた。華奢で小柄な体軀を、のびやかに動かして。

一階正面玄関のそば、コンシェルジュデスクのうしろに、いつも美しい立ち姿で佇み、自分の情報を必要としているお客様はいないか、静かに視線を走らせている。口元に笑みを絶やさない様子は、百貨店という大きな舞台を背負って立つ、女優のようだった。

(それか守り神か、精霊、妖精のような)

体重を感じさせない、軽やかな足取りのせいもあって、ときどき人間離れして見える、結子は実はいろいろと謎めいたコンシェルジュなのだった。

いちばん謎なのは、彼女の出勤や退勤の様子を目撃しているひとがいないということだ。彼女は毎日いつの間にか店に来ていて、いつの間にか、姿を消している。フレンドリーで誰とでもにこやかに会話できる娘なのに、気がつくと彼女自身のことは誰もよくは知らない、というのも不思議といえば不思議なことだった。

まだここにきてほんの三ヶ月ほど、ということもあるし、前例のない、かつひとりしかいない職種なので、従業員と親しい付き合いもしていないようだった。そのせいもあってか、彼女がどこに住み、どういうきっかけでこの百貨店にコンシェルジュとして採用されたのか、などなど、個人的な情報を知っているひとはいないようだ。少なくとも、咲子の知る範囲では。

そうしてそのわりには、少なくない従業員たち、特に古株の、つまり浮ついた発言はしないはずのひとびとが、彼女に不思議な親しみを覚え、

「芹沢さんって、前から知っていたひとのような気がするのはなぜだろう。ほんの数ヶ月前にここにきたばかりのひとのはずなのに、店にいることに違和感がない。昔からいるみたいだ」

と思うようなのだった。

「たしかにどこかで会ったことがある気がするというか、何か懐かしいというか」

それは咲子自身も思っていることだった。

まなざしやふとした仕草、その笑顔を知っているような気がするのだ。それがあと少しで思い出せそうなのに、どうにも出てこない。

そう思うのがひとりやふたりなら、錯覚や記憶違いで済みそうなものだけれど、わたしもわたしも、と声が上がるというのは、一体どういうことなのだろう。

「――だからその辺が、あの子が普通の人間じゃないってことなんじゃないか？」

面白半分に、そう語る従業員たちもいる。

芹沢結子は、実は人間じゃないのではないか、などという噂があったりするのだった。あれは幽霊とか精霊とかもののけとか、何かそういう、この世ならぬ存在なのではないかという。

空襲の焼け跡に建った建物なだけあって、この百貨店には怪談が多い。もともとこの風早の街にも、神様の話やら妖怪の話やら、不思議な話が妙に多かったりするので、明るいうちにはまさか、と笑いあっている、他愛のない冗談でも、黄昏《たそがれ》時や夜、ふとしたはずみでフロアにひとりきりになったときに思い出すと、

（もしかして）などと思ってしまうのだった。

最近、咲子がバックヤードで耳にしたのは、結子は実は伝説の魔法の猫の化身なのではないか、という話だった。本館の中心にある、吹き抜けの高い天井の、いち

ばん上にある丸いガラス窓のステンドグラス。そこに描かれた金目銀目の白い子猫が、たまに天井から抜け出しては、店内をひとり歩くらしい、という伝承がこの百貨店にはある。

幸か不幸か、咲子はまだその猫に遭遇したことはないのだけれど、噂がほんとうならば、白い子猫は店内で遊んでいるときに自分を見つけた者の願い事を叶えてくれるのだという。ひとつだけ、魔法の力で、奇跡を起こしてくれるのだという。

何しろ魔法を使う猫なので、人間に化けたりもするのではないか、それが謎のコンシェルジュ芹沢結子なのではないか、と、まことしやかな噂があるようなのだった。

結子はこの春から星野百貨店に勤め始めたばかりなのに、どうも店のことや街のことに詳しすぎる、それはつまり、百貨店が開業したそのときから、ステンドグラスの猫として天井から店と商店街を見守ってきたからなのではないか、という説がある。

それを聞いたとき、咲子は噴き出してしまったものだけれど、たしかに、軽やかな身のこなしといい、賢くかつ愛らしい雰囲気といい、芹沢結子は子猫っぽいといえないこともなかった。

（まあ、正体は何でもいいんだけどね）

彼女の正体が猫だろうと妖怪だろうと、どうでもいいのだ。もちろん普通の人間でも。咲子は働き者が大好きなので、結子に対して好感を持っていたのだった。

そして咲子は、結子の歩き方の軽やかさが気に入っていた。靴の選び方や履きこなし方もよいと思っている。海外の歴史あるブランドの靴の、派手すぎず履きやすそうなものを履いている。体軸がまっすぐに通っている。そういう足取りで歩く。

靴屋に生まれ靴屋で育ち、靴屋の店を任された人間としては、そのひとの靴や歩き方を見れば、どんな人間なのか当ててみせる、といいきりたい自信があった。思えば、あの大福少年が気に入らない、その大きな理由が、踵をつぶして履いたスニーカーなのだから。

（ただ、芹沢さんの、あの足——）

つい最近のことだ。彼女に足を見せてもらったことがあった。結子に似合いそうなかわいい靴があったので、休憩時間、店のそばを通り過ぎた彼女を呼び止めて、ちょっと履いてみませんか、と、軽い調子で、試し履き用の椅子に座らせたのだ。

小さな布の造花で飾られた、妖精が履きそうな白い靴だった。絶対似合うはず、履かせてみたい、と、うずうずしていたのだった。思った通り、サイズも合いそうだ。

「わたし、足が綺麗じゃなくて」

はずかしそうにいう結子の足から、パンプスを脱がせてみて、一瞬、声をのんだ。ストッキングの上から見てもわかる、いびつな形の足だったのだ。くさび形に変形して、皮が固くなっている。指の形もおかしい。爪の形が変わり、色も変わっている。

靴を扱う仕事をしていると、いろんな足を見る機会がある。たとえば、外反母趾《がいはんぼし》になったお客様の足は何度も見てきたけれど、結子のそれは、過去に見たどの足よりも、歪んだ足だった。

ふくらはぎや足首が華奢で美しいだけに、よけいに痛々しく見える。

「――あの、この足は」

つい訊ねてしまう。でも自分の耳に聞こえた言葉に、強く後悔したのだけれど。

「ええ、ちょっと昔に」笑みを含んだ声で結子は返してきた。そのまま、白い靴を試し履きして、かわいい、綺麗、と声を上げた。ふわりと立ち上がり、店の鏡の前で、襟のスカーフと制服の裾をくるりとひらめかせて、素敵、と笑う。

そして結子は、その靴を買った。

「お休みの日に履きますね」

嬉しそうにいいながら、靴の箱を入れた、百貨店の紙袋を抱きしめた。

「こんな靴、一度履いてみたかったんです」

野の朝顔の輪にHの一文字、白地に青で描かれた星野百貨店のマーク。それをあしらった紙袋を提げ、弾む足取りで帰っていった。

従業員は、お客様用のエレベーターは使わない。従業員用のエレベーターに乗るか、階段で移動する。結子は階段を軽やかに上がっていった。光が射す海の上を目指すように。

あの足は、痛くないんだろうか？

咲子は思った。そしてふと、人魚姫の足は、あんな足だったんじゃないのかな、と思った。

人間になりたかった人魚の姫が、魔法の薬で授かった二本の足。一歩歩くごとにナイフで切られるように痛んだという足は、あんな足だったんじゃないのかな、と思ったのだった。


彼女のことが気になるのには、もうひとつ理由があった。

あれは五月。ゴールデンウイークがやっと終わった頃のことだ。今年の連休は、お客様が多くて、ほんとうに多くて、そのこと自体は嬉しいことではあったのだけれど、どの店も、アルバイトが確保できなくて、大変なことになっていた。咲子自身も、何連勤かわからないほど働き続けて、げっそりしていた。目が回るような日々がやっと終わって、心底ほっとしていた頃のことだ。

閉店時刻になり、最後のお客様を見送ったあと、パソコンを使って売り上げの計算をしていたら、思わぬ遅い時間になった。疲れてうつらうつらしながらのことだったからだろうと思う。

気がつくと、店内の灯りがだいぶ消されていた。エアコンもすでに止まっている。フロアには誰も居ないのか、ひとの気配は無く、空気はしんとして淀んでいた。計算も帳簿付けも、あと少しかかりそうなので、従業員休憩室で熱いお茶でも飲んでこようかと、裏側の階段に向かった。踊り場に非常口があり、そこからこのフロアの休憩室に入れるのだ。

階段近くの灯りも落とされて、薄暗がりになっていた。そちらへと踏み込もうとしたとき――。

かすかに、誰かのすすり泣く声がしたのだ。

咲子はぎょっとして足を止めた。しばらく耳を澄ませる。

幻聴か、いや幻聴であってほしい、と思ったのだけれど、静かな声はまだ続いていた。

ひどく悲しそうな、切ない、すすり泣きだ。押し殺すような、そんな声。

どうしよう、と咲子はしばし考えた。背筋が寒くなった。腰から下は全力でここから逃げだしたいと訴えていた。何しろ怪談の多い百貨店だ。七不思議などと呼ばれるお化け話がいくつかある。あの怪談か、それともあの幽霊か、と、記憶の中の怖い話が、ぐるぐると脳内を駆け巡り、心臓がばくばくと鳴った。

けれど理性が、いや、駄目だ、あれをほっておいてはいけない、と足を前に動かした。

(もしかしたら、お客様が、いらっしゃるのかも知れない……)

(帰りそびれちゃったとか)

(何か理由があって残っているとか)

以前、小学生の男の子たちが閉店後の店内に残っていた、という事件があった。何事もなく見つかったから良かったけれど、事故でもあったらと思うと、ぞっとするような出来事だった。

(ステンドグラスの中の猫に、願い事をしたかった、って、あの子たちはいったんだっけ)

そういうことをしたいなら、店内が明るいときにしてほしいものだと思う。

(とにかく)と、咲子は手を握りしめて、階段に向かった。

(誰かいるのなら、もしかして、お客様なら、帰ってもらわないと)

それにしても。なぜそのひとは、薄暗い階段で泣いているのだろう?

声を殺して。ひどく悲しそうに。


「あの、どうなさいましたか?」

覚悟を決めて、階段をのぞきこむ。

「――えっ? あ、はい」

慌てたような声が返ってきた。

芹沢結子だった。両手で涙を拭いながら、立ち上がる。

(お化けでもお客様でもなかったんだ)

そのことにはほっとしたけれど——。

「どうしたんですか?」と、つい訊いてしまう。

結子はもう笑顔になっていて、明るい声で「ごめんなさい」と、答えた。

「お騒がせしました。大丈夫です」

「ほんとうに?」

「はい」いつもの様子に戻ると、頭を下げて、階段を軽やかに駆け上がっていこうとする。

「あの……」

ほんとうに、大丈夫ですか、そう訊ねようとした、咲子のその思いに気づいたのか、結子は階段の途中で振り返り、ありがとうございます、と、丁寧に頭を下げた。

「祖父が重い病気で。大好きで、尊敬している祖父なのに、長いこと、離れて暮らしていたので、いままで、何もしてあげられなくて。——子どもの頃、あんなにかわいがってもらったのに。たくさんのものを与えてもらったのに。わたしは一体、何をしていたんだろうと……」

薄暗い中でも、その目に新しい涙が盛り上がるのがきらめいて見えた。すみません、と、結子は指先で涙を拭って笑った。「ひとりになると、祖父のことを思い出してしまうんです。今更悔やんでも仕方がないことだと思おうとしても、後悔するんです。お客様がいらっしゃるときは、気が張ってますし、泣けないですからね」

咲子は、階段の上を見上げて、いった。

「それは心配ですね。おじい様、早く良くなりますように」

結子は微笑んで頭を下げ、そして、階上の薄暗がりの中にふわりと消えていった。

妖精のようなコンシェルジュにも家族がいて、そのひとの身を案じて泣いたりするんだな、と、そのとき咲子は思ったのだ。病気の身内を案じる気持ちは、とてもよくわかるので、それ以来、結子を身近に感じていたのかも知れなかった。


(それにしても)

咲子はあの日から、思っている。

(あの足——ああいう足って、前に何かで見たことがあるような気がするんだけどなあ……)

店で、ではない。何かの写真か映像で、あんな風に歪んだ足を、見た記憶があるのだ。その記憶が頭の片隅に引っかかっていて、あと少しで思い出せそうなのだ。

(何だったかなあ)

嫌な感じではなく、何かその画像に心打たれたような気がする。

ところで、とひまわり薬局の明子が明るい声で、

「ねえ、今夜カラオケに行かない？　なんか店の先行きのことを考えてると、気が滅入るから、ぱーっとしたくて。他にも誰か誘ってさ」

「お気持ちはわかりますが」

咲子は苦笑して、靴の箱を片付け始めた。

「また次回に。今夜は実家に行かなきゃいけないんです。約束しちゃってて」

「うう、じゃあしょうがないか。今夜はやめにするね。咲ちゃんがいないカラオケつまらないもの。咲ちゃんマジで歌がうまくて、どんな曲でもハモってくれるから、楽しいんだもん」

明子は肩をすくめる。「また次回に」

白衣を翻して店を出かけて、振り返った。

「ねえ、咲ちゃん。こないだうたってくれた歌のことだけど――」

「歌？　何をうたいましたっけ」

「ほら、シンデレラの翼がなんとか、っていう曲」

「……『シンデレラ・ウイング』ですか？」

胸がどきん、とした。痛みさえ覚えるほどに。

明子は笑顔で両手を打つ。

「あ、そう。たぶんそれ。恋は翼、あなたの元へ駆けてゆくわ、だったっけ。サビ

のところが耳に残っちゃって。あの歌、詩もアレンジもかっこよくて、でもかわいくて。もう一度聴きたくて、どこかのダウンロードサイトで買えないかなって思って探したんだけど、見つけられなくて。

タイトルわかったから、今度は買えるかな」

咲子は微笑んだ。靴を置き直し、箱を片付けたり積んだりを繰り返した。明子から逸らした自分の視線が落ち着かないのを感じていた。

「ね、咲ちゃん、あの曲のアーティストの名前、なんていうんだったっけ」

「ブルーペガサス、ですよ。……アーティストっていうか、そんな洒落たものじゃなくて、まあ、バンド、ですよね。一昔前の」

あの時代の日本にたくさんいた、ありふれたバンドのひとつに過ぎない。

「よーし、今度こそ、あの曲を探して買うぞ」

明子は白衣の腕を突き上げた。

咲子は箱の蓋を閉じ、苦笑する。

「どうでしょう。マイナーなバンドだったから、見つかるかどうか」

一曲きりでも、曲がカラオケに入っていただけで、奇跡的なのだ。見つけて驚いて、つい入れてしまったのだけれど。その歌がほんとうに鳴るのか、これは夢じゃないかと思って。

けれど聞き慣れたイントロが、空に駆け上がる鳥の羽音のようなピアノの旋律と、リズムを刻むギターの音が聞こえてきたとき、何も考えず、うたいはじめていた。だってそうでないと間に合わない。ためらうひまなんかない。いきなりサビから始まる歌だったから。

「ねえ、またあの歌、うたってくれる？　もう一度、咲ちゃんの声で聴きたくて」

「わたしの声で、ですか？」

「うん。だって、咲ちゃんの声、あの歌にぴったりで、まるでＣＤ聴いてるみたいだった」

「そうですか。ありがとうございます」

「咲ちゃん、歌が上手だよね。歌手になれば良かったのに」

「そうですね」咲子は笑った。

百田靴店本店は、平和西商店街の一角にある。この商店街でも、古い方の店に入る。

子どもの頃にそうしていたのと同じように、店の方から入って、ただいまをいう。

店の中は懐かしい匂いで満ちている。ゴムと革と、靴を磨くクリームの匂いだ。

灯りをつけてはいるものの、もう閉店の時間を過ぎているので、お客様は誰もいなかった。

壁沿いに置かれた、背の高い古い木の棚に、数え切れないほどに並ぶいろんな靴の群れ。紳士靴はつやつやと、尖ったつま先を誇らしげに光らせて。サンダルやハイヒールは、お姫様の靴のように、気位が高い感じでつんとして。アニメのキャラクターやヒーローが描かれた子ども靴は、まるで遊び好きな子犬のように、自分たちを履いてくれる子どもたちが店に現れるのを待っているようだ。

幼い頃、店の中に並ぶ靴たちが、いちばんの友達だった。あの頃は商店街も活気があって、両親は忙しく働いていた。咲子は毎日保育園から帰ってくると、靴に話しかけて遊んでいたのだ。姉は当時小学校の中学年。幼い妹と遊ぶより、学校の友達と公園で誘いあわせて遊ぶ方に熱心だった。お客様たちは、そんな咲子の様子に目を細め、飴やせんべいを握らせてくれたりした。

あの頃よりも薄暗く感じる灯りの下で、咲子は軽くため息をつく。あの頃、皺のあるあたたかい手でほほを撫でてくれた近所のおじいちゃんや、おばあちゃんたちはもういない。

（ついこの間のことみたいなのにね）

あの頃、働き盛りで元気だった母も、いまから二十数年前の夏にいなくなってしまった。

あたたかな日常は、いつだってあっけなく途絶えてしまう。ふいに道に躓《つまず》き、転ぶ、そんな感じで。身を起こしたときには、違う日常が始まっている。歩いていた道を見失い、違う道を歩いている。それまで馴染んでいた当たり前の時間とはもうさよならをしているのだ。

　大好きだったものたちは、突然、時の流れに押し流されて、過去の国に行ってしまう。流れは急で速すぎて、いったん思い出になったものたちは、もう二度と戻ってくることはない。

（川岸にいるわたしたちは、ただ手を振るばかり）

　母はもうここにはいない。夏の日の夕方に、ちょっと疲れたから横になるね、と、レジの置かれた机の向こう、暖簾《のれん》をくぐったすぐそこに見える、小さな部屋の畳の上で仮眠をとり――それきり目を覚まさなかった。


「おかあさん、おかえり」

「おかあさん、おかえりなさい」

　年子の娘の七香《ななか》と律香《りつか》が、ぱたぱたと駆けてきて、ふたりいっしょに、暖簾から顔を出した。

　実家にはいま、父親と姉のふたりが住んでいる。遠くに就職した姉の娘も遊びに来る。咲子の娘たちは祖父にも姉と姪にも懐いているので、共働きの咲子は何かと預かってもらうことが多かった。

「ただいま。おじいちゃんは？」靴を脱ぎながら、訊くと、

「テレビ見てる」

「違うよ、昔のビデオだよ」

ふたりの声が返ってきた。

台所から、味噌汁の匂いがした。

姉は母とはあまり似ていなかったけれど、味噌汁の味は似ている、と思う。不思議なもので、同じ材料、同じ味噌を使っても、自分が作る味噌汁には、懐かしい香りがしない。

「今夜はハンバーグだって」

「おばちゃんがね、じいじの分は和風にするっていってた。あとでわたしが大根を下ろすの」

ハンバーグは、母の得意料理のひとつでもあった。母は、父とふたりで店のことをしながら、合間に美味しい料理をこしらえてくれた。子どもたちが食事をする時間には、あたため直してくれた。いつもあたたかい、できたてのものを、綺麗にお皿によそってくれた。

母はいつも楽しそうで、どんなに忙しかった日も疲れなんて見せなくて、小鳥がさえずるように、その日あった店のことや、思ったことのあれこれを話してくれたりした。咲子はいつだってふんふんとうなずきながら、食べる方に夢中になっていたのだけれど。

古い廊下を歩くと、台所で母が待っていてくれそうな気がして、鼻の奥がつんと痛くなった。

　ありふれた日常の中の情景だったのに、もう二度と、その時間が帰ってくることはない。

　あの頃の母は、星野百貨店に支店を出すための準備に追われ、ほとんど寝ていなかった。

　あの夏の暑さもいけなかったのかも知れない、と咲子は思う。何度悔やんだかわからない。友達の家を泊まり歩いていたりせずに、もっとまめに家に帰り、母を手伝ってあげれば良かった。あの頃の咲子は自分の仕事が忙しかったし、父親ともそのことで喧嘩ばかりしていたので、ほとんど家に帰っていなかった。

（あの頃は、わたしが星野百貨店支店の店長になるだなんて、思ってなかったなあ）

　母が店長になる予定の店だった。百貨店の地下一階のほんの三坪の店。床下に小さな地下倉庫がついている店を、母は気に入って、素敵なお店にするんだ、と張り切っていた。

「ねえ、この小さな倉庫。りすが冬に木の実を蓄える場所みたいな感じがしない？」

　星野百貨店に店を出せるということを、ほんとうに喜んでいた。夢だったといっていた。かわいいものと綺麗なもの、センスの良いものが何より好きなひとだった。

「本店とはまたちょっと違った、きらきらした、ドールハウスみたいなお店にするのよ」

母は童話や絵本、神話におとぎ話が好きで、家にはそういう本がたくさんあった。咲子は母の本棚で、そういうものを読んで育ち、いわば詩とメルヘンとファンタジーを糧に成長していったのだ。気がつくと、大学ノートにロマン溢れる詩を書くようになっていた。

そして家には母が弾いていたピアノがあって、小さい頃に手ほどきを受けていたこともあり、自作の詩に曲をつけてうたうようになるまで、そう時間はかからなかった。

うたうのは楽しかった。母は咲子の歌を褒めてくれた。その頃存命だった祖父母が、子ども用のキーボードを買ってくれた。母や祖父母に勧められて、夏祭りののど自慢大会に出て、優勝したりもした。父がむっとした顔をして、腕組みをしながら客席にいてくれたことを覚えている。

舞台でうたうのは気持ちよかった。声は自分の中から生まれて、空に広がってゆく。誰かの耳に届き、そのひとの心の中に、見えない蝶のように止まる。歌が咲子の心を誰かに届けてゆく。魔法みたいだな、と思った。

優勝が決まったとき、母は人混みの中で、ジャンプして喜んでくれた。

「咲ちゃんは歌手になるべきよ、きっとなれる。母さん、応援するからね」

帰り道、二人で手をつないで歩いた。

母と咲子は、親子というよりも、姉妹のように気があい、趣味があって、仲が良かった。だから、母が急に亡くなり、前後して父もまた病に倒れた後、ほとんど迷うこともなく、自分が店を継いだのだった。そうでなければ、母が夢見たかわいらしい三坪のお店を、守ることができなかった。咲子の姉はそのとき、父親に結婚を反対されて家を出ていて、どこにいるのやら、連絡もつかなかった。咲子にしか、ふたつの店を守れなかったのだ。

その後、咲子は店をよく訪れていた感じのいい青年とつきあうようになった。数年後、二人は結婚し、彼は婿養子として、百田の姓を継いでくれた。

姉が離婚し、子どもを連れて戻ってきたため、咲子夫婦は別のところに住んでいる。けれど、いつかはこの店をビルに建て替えて、みんなで暮らそうという話もしている。——そう、いまはまだ本店で働くことができている父が老いてきたら。仕事が辛そうに見えてきたら、と。

いつも何かと喧嘩腰で、子どもたちには口うるさく、怒ると手が先に出ていた父も、母の死と自分が病気をした後は、静かな、うつむいていることの多い老人になってしまった。

孫たちにはいいおじいちゃんだ。それが咲子には嬉しくもあり、さみしくもあった。

「父さん、検査はどうだったの？」ストッキングの足で廊下を歩きながら、咲子は訊いた。

今日は父の、月に一度の検査の日だった。十数年前、血管の病気で倒れて入院し、退院して以来、ずっとそうしていた。

まったく大きな音で、何のビデオを再生しているんだろうと思いながら、つい速くなる足で廊下を歩き、襖を開けたとき――。

「ねえ、父さん……」

大きな液晶テレビに映し出された映像に、咲子は思わず、声を失い、立ち尽くした。

ステージだ。一昔前のファッションに身を包んだ若いバンドが客席からの声援に応えようとしているところだった。

ドラマーはまだ少年のような若者で、宙に放り上げ受け止めたスティックをそのままぶつけるように打ち鳴らす。ドラムが、たたたたぁん、と、上機嫌な感じで鳴り響く。背の高い、彼と同世代らしい若者が、ギターを猫背気味に抱くようにして奏で、羽のついたかたちの楽器は、遠吠えのように切なくその音を響かせる。キーボードを奏でるのは、髪の長い、これも同じくらいの年齢の若者。眉間に皺を寄せ、呪文を唱える魔法使いのように口を動かしながら、駆け抜ける風の音をシンセサイザーで奏で、同時に光の煌めきのようなピアノの分散和音を、旋律が空に向かって上昇してゆくかのように高くうたい上げてゆく。バックコーラス兼ダンサーの女性たちが、舞台の両端でかろやかにうたい、舞い踊る。

　波の音のような拍手と声援を浴びながら、スポットライトの光の中に、やがてふたりの少女が現れる。

　ふたりとも人形のように愛らしいけれど、雰囲気は違う。色白で儚げな雰囲気の少女と、野性的で、眼差しに強い光を持った少女。それでも腕を絡ませあって、ステージに登場するその様子に、同じ歩幅で前に進み出る足取りに、互いに寄せる信頼と、友情がにじみ出るのだった。

　衣装は、六〇年代風。ふんわりとしたリボンで飾った、愛らしいポニーテールが揺れる。ひらめくリボンは色違い。これも色違いの、ウエストをきゅっと絞った短いベストに、パフスリーブの半袖のブラウス。どきりとするほど丈が短い、でも品が良いスカート。薔薇の花びらのように重ねられたパニエ。そこから伸びた長い足を包む、踵の高い編み上げのブーツ。

　お揃いのレースの白い手袋をはめたそれぞれの手にマイクを摑んでいる。

『みんな、きてくれて、ありがとう』

　澄んだ声で、少女たちが叫ぶ。

　マイクを客席に向けると、地鳴りのような声が、『ありがとう』と叫び返してくる。

少女たちの背後で鳴り響くメロディは、いつか、あの曲のイントロに変わっている。

少女たちは互いに、視線を合わせ、微笑みあう。聞こえないリズムを同時に取り合う。

そして訪れるタイミング。その時代に流行っていた深紅の口紅で彩られた口元にマイクを向けて、同時に客席を振り向いて、叫ぶ。

『では、わたしたちの大好きな曲、「シンデレラ・ウイング」、聴いてください』

湧き上がる歓声の中、少女たちは、天井から降りそそぐ光に向けて舞い上がろうとするように、ふわりと両手を広げ、最初の声を解き放つ。

ラララ　恋は翼
あなたの元へ　駆けてゆくわ
シンデレラ・ウイング

奏でる歌はプログレッシブ・ロックを、アイドル・ポップス風にアレンジしたものだった。妖精や姫君、騎士たちの物語をロマンチックにうたう詞を書いて、曲を作ったのは片方の少女。

ツインボーカルのバンドだった。

少女のうちのひとりは、澄んだ高い声を持っていた。聴くひとを魅了する、海の女怪、美しいセイレーンのような声を。もうひとりの少女はその声が好きで、彼女の声を引き立たせるために、いつも低い旋律を丁寧にうたい上げた。ほんとうは彼女だって、高く澄んだ声でうたうことができたのだけれど、セイレーンのようなすべてを魅了する不思議な声を、彼女はもたなかったから。

ふたりの少女は完璧にハーモニーを奏で、細いブーツの踵でリズムを刻む。互いに見つめ合い、白い腕を伸ばし、てのひらとてのひらを合わせる。そして、客席に向かって、笑顔で歌声を……。

いまから二十数年も昔の咲子がそこにいた。まだ十代。高校生の頃の。仲間たちとともに、ステージの上で光を浴びてうたっていた。細いつま先の、ヒールの高い編み上げの靴を履いて、かろやかにステップを踏んで。

このコンサートのあと、そうたたずに、このビデオだけを残して、ブルーペガサスは解散した。デビュー曲の「シンデレラ・ウイング」だけは、少しだけヒットした。高校生バンドという物珍しさが受けたのと、スナック菓子のコマーシャルソングに採用されたこともあって、そこそこ流行ったのだ。ラジオでリクエスト曲がごくまれに流れる程度には。でもその程度に珍しく、その程度に売れるバンドなど、この世界にはいくらも存在するのだった。

ブルーペガサスの残した映像は、この古いビデオがひとつだけ。ビデオデッキという再生機械が消えていこうとしているいま、いつか再生が不可能になり、あのバンドの記録は世界から消えてしまうだろう。

さほど活動しないまま、テレビに一度も出ることのないままに消えていったバンドなので、この映像がDVD化されて復活するということも、おそらくはないだろう。CDすら廃盤のまま、もうどこにも売っていないのだから。当然のように、ダウンロードサイトで再リリースなんて名誉なことになるはずもない。

世界から消えた歌声。消えたバンド。消えた、歌と思い出になってしまった。

記録の中の咲子たちは、こうして幸せそうな表情で、美しい声でうたっているのに。

「お父さん、もうこんなの見ないでよ」

咲子はテレビの前に踏み込み、画面を背後にかばうようにしながら、父に訴える。

「いいじゃないか、別に」

頭がつるりと禿げた父が、わずかに残る白髪をなでるようにしながら、口を尖らせる。

咲子はちゃぶ台の上にあったリモコンをさらうようにして取り上げ、電源を切った。

「えー、消しちゃったの」

「うそー」

七香と律香が、ぶうぶうと文句をいう。

「聴いていたかったのに」

「のに」

「だめなの。恥ずかしいから」

咲子はさっくりと切り捨てると、リモコンを後ろ手に隠した。父をねめつける。

「なによもう、父さん。わたしが現役だったときは、あんなに反対してたくせに」

「いや内心じゃ応援してたぞ」

さらりと答えられて、咲子は口ごもる。

父親は、孫たちを手招きして膝に座らせて、布袋《ほてい》様のような笑顔でいった。

「ひとりで夢を実現させて、勝手にどんどん先に行かれちまってさ。さみしかっただけだよ。なんだっけ、ほら、つん、つんつん？」

「……ツンデレ、っていいたいのかな？」

「それそれ」父親は、にっこりと笑った。

そこにいるのは、記憶の中の父よりも、二回りもしぼんだような、小さな小さな、優しげな老人なのだった。

いまのそのひとを、咲子は嫌ってはいない。昔より柔らかい雰囲気になった父は、話しやすい。愛しいとも思う。昔はなんでこんなに言葉が通じないんだろう、と話しているとかっかしてきて、ちゃぶ台を殴ったり、そのまま部屋を飛び出したりを繰り返していたものだ。

「なんでこんなに相性が悪いのかなあ」

当時そう母に話すと、

「相性が悪いことはないんじゃないかなあ。良すぎるんじゃないの？　だってあなたたちは、そっくり親子だし」そう笑われたのを覚えている。

そのときは、まさか、と思ったのだけれど、おとなになり、自分も店を任されるようになったいまは、わかるような気もしている。たしかに、似ているのかも。

父は、仕事の鬼だった。いまもそう、角は丸くなったけれど、鬼のままだ。

病気を得て、半死半生の段階から助かった後に、父は元通り店に立とうと必死になった。

その頃に見た父親の姿を、咲子はいまも忘れられない。病院の、リハビリ室で、父は動かない左半身をひきずるようにして、歯を食いしばり、額に汗を流しながら、前進しようとしていた。感覚をなくし、重たいだけの肉塊になった左半身を、よろけながら、ぶんまわしながら、バーにすがりつき、前へ前へと歩こうとしていたのだ。

鬼気迫るその様子に、療法士の先生も、言葉を失っていた。

咲子は思わず、バスタオルを手に駆けより父の背中をくるみこむようにした。

「お父さん、そんなに頑張らなくても……」

死にかけたんだから、やっと帰ってきたんだから、そこまでしなくてもいいじゃないか。

「無理したら、駄目だよ。死んじゃうよ」

どうしても、先に死んだ母のことを思い出してしまう。

「死んでもいい。死んでも、いいんだ」

あえぎながら、父は答えた。進行方向を睨みつけるようにしたまま。

咲子が何もいえずにいると、父は、ありがとうと礼をいってタオルを受け取り、拝むような仕草をしてから額をふいて、そのまま笑った。

「……早く店に帰りたいんだ。靴屋をできない俺になんか、一文の価値もありやしねえ」

「そんなことないよ。父さんはもう年なんだよ。生きているだけでも、わたしは嬉しいよ」

父は笑顔のまま、首を横に振った。

「百田靴店本店に、店長の俺がいなくてどうするんだ。商店街に俺がいなくて、街のみんなは、いったいどこで、いちばんいい靴を選べばいいんだ?」

そして父は、タオルを肩にかけ、またリハビリを始めたのだった。

病み上がりなのに、そのときの父は、昔通りの、鬼のような父親に見えた。

「もう本人のしたいようにさせてください」

咲子は、そう療法士の先生にお願いしたのだった。

それがきっかけだったろうか。ふと、思い出した言葉がある。

子どもの頃、父がお客様にいった言葉だ。

いまよりもずっと若い父は、そのとき、椅子に腰掛けたお客様の前に膝をつき、両手に紳士物の革靴を掲げていた。

真新しい靴はつやつやと光り、父の目も輝いて、そのひとを見上げていた。

お客様はまだ若い会社員だった。初めての長期の海外出張を前に、靴を選びに来たのだと話すのを咲子はそばで聞いていた。声には期待と不安が滲んでいたのを覚えている。

「お客様。良い靴はひとを良いところに運んでゆくと申します。この美しい靴はきっと、お客様を幸せな場所に導くことでしょう」

幼い咲子の胸はどきどきとした。そこにいる自分の父が、おとぎ話の中の登場人物、魔法使いや精霊のように見えたのだった。不思議な力を持っていて、大切なひとのために、想いを込めた、魔法の呪文を唱えるひとのように。

星野百貨店に店を出して、自分がそこの店長になってみて。あるときたまたま、お客様に靴を選び、勧める自分の顔が、鏡に映っているのを見たことがある。輝く瞳で、口元に優しい笑みを浮かべた自分がそこにいた。その表情は、あの日見た父のそれと、とてもよく似ていたのだった。

「それで、検査の結果はどうだったのさ？」

老いた父は、孫たちを膝に抱いたまま、新聞の番組欄を眺め始める。そのまま答える。

「うん。写真は綺麗だっていわれたよ。年齢相応で、また来月までこのままでいいってさ」

退院した日から、父親は毎日薬を飲み続けている。でもそれはこの病気の患者として仕方が無いことなのだ。悲愴感はない。検査の結果さえ良ければ大丈夫。

咲子はうなずきながら、台所の方を気にしていた。良い香りが漂ってくる。フライパンやフライ返しを使う音も聞こえてくる。肉の焼ける良い音も。ハンバーグができあがりつつあるのだろう。一日働いて、空腹になったおなかが鳴った。

「律香。大根、下ろしに来て」

姉が娘を呼ぶ声がした。

「はあい」律香が答え、父の膝を離れて駆けてゆく。七香も待って、とそのあとを追った。

「――咲子。すまなかったな」

父が新聞に目を落としたまま、ぼそりといった。

「何が？」

「俺が病気で倒れたりしなかったら、おまえはきっといまも歌を作ってうたってたんだよな」

咲子はしばらく父親を見つめていた。やがて、微笑んでいった。

「どうかなあ。芸能界って、年取ってまでいるところじゃないと思うし」

「今日、朝のテレビに、杏《あん》ちゃんが出てた」

「え？」

「検査うけに行く前に、テレビ見てたらさ」

「ああ。あの子、売れっ子だもんね」

咲子はなんてことはない話題だというように、肩をすくめる。「元気そうだった？」

「ああ」

相変わらず綺麗だったよ、小さな声で付け加えたのが聞こえた。

あの頃、ブルーペガサスでいっしょにうたっていた杏は、いまも芸能界にいる。同い年の幼なじみだったのに、現役でうたい続けていた。歌声を聴くと胸が苦しくなるから、なるべくそちらを見ないようにしているけれど、彼女のＣＤは売れ続け

ている ことを知っている。

　年を経てアイドルではなくなった杏は、いまは昔のヒット曲——ちょうど咲子が芸能界にいた時代にテレビの歌番組に華やかに登場していたような曲たちだ——のカバーアルバムを出していて、それもヒットを重ねている。たしか最近、また一枚、新譜が出たばかりのはずだ。その宣伝も兼ねて、朝の情報番組にでも出たのだろう。

　杏の高く澄んだ歌声が、いまも耳の底に残っている。話し声も笑顔も愛らしかった。茶色い瞳に見つめられると、みんな魅入られた。

　ああ、と咲子は懐かしく思い出す。もしかしたら、コンシェルジュの結子を懐かしく思ってしまうのは、どこか杏に似たところがあるからかも知れない。儚げで、派手さはないのに、その笑顔に魅入られてしまう、妖精のような女の子。

（セイレーン）

　魚の尾をした、海に棲む美しい怪物。かろやかに笑いながら、聴くひとの魂を奪ってゆく、魔性の彼女の声に、きっといちばん魅入られていたのは咲子なのだ。

　幼稚園で出会い、友達になった頃から、杏の声が好きだった。商店街から少し離れたところにある、こぎれいなブティックのひとり娘。いつも洒落た服を着せられていた。おとぎ話のお姫様のような、長い茶色の髪と、品のある容姿。杏は、おとなしく内気で、勉強はよくできるけれど、人見知り。心を許した咲子のそばにいつもいた。

咲子の本棚から本を借り、咲子が作る歌に聴き惚れ、美しい声でいっしょにうたってくれた。小学校、中学校といちばんの友達で、高校時代には咲子は彼女のために詞を書き曲を作った。

内気な杏は、ためらいながら、恥ずかしそうに、でも、透き通る妖精のような声で自分に捧げられた歌をうたってくれたのだった。

「シンデレラ・ウイング」——そう。あれは、もともと、杏のために作った曲だったのだ。

杏は楽器が弾けない。咲子のピアノだけではさみしいから、楽器が得意なクラスの男子たちを巻き込んで、バンドを作った。バンド名はブルーペガサス。空に駆け上がるような透き通った杏の声から連想してつけた。そして、文化祭。舞台の上で杏をうたわせてみたくて、自分の歌声もステージの上に響かせてみたくって、軽音楽部も作った。子どもの頃から親の仕事を見てきた咲子には、そのための根回しも手続きも、苦ではなかった。

放課後の教室で練習をしていた頃、みんなで冗談半分に、プロになりたいね、なんて話はした。咲子には少しだけ自信もあった。でも、心の中で、そんなの無理に決まっている、とも思っていた。そんなのただの夢に過ぎない。物語の中にしか存在しないような。

一度だけの舞台のはずだった。けれど、それを聴いていた保護者の中に、大手のレコード会社の有名プロデューサーが交じっていて、ブルーペガサスの歌と演奏を気に入ってくれて。そして——。

咲子たちは、高校時代と卒業してからの数年間を、駆け抜けるように過ごした。

（楽しかったよ。うん。それは間違いない）

自分の作った曲が一流のアレンジャーに編曲されて、きらきらした歌に変わることも。その歌が街に流れることも。いつも聴いていたラジオ番組のゲストに呼ばれて、インタビューを受けることも。いろんな街のレコード屋さんに挨拶に行ったり、その場でうたうことも。

そして、コンサート。けっして大きくはない舞台で、少しだけ田舎の街で、でもコンサートが何回もできたこと。真上から降りそそぐライトの熱さは、太陽に照らされているようで、でもその眩しさの中で歓声を浴びてうたうのは、目眩《めまい》がするくらい楽しかった。

そんな夢は見ていないはずだった。だけど、思いがけないチャンスが与えてくれた日々は、ひたすら輝かしく、この先の未来には素敵なことばかりが待っているように思えて。

けれど、ブルーペガサスは、やがて失速した。いくらか注目されたのは、デビュー曲、「シンデレラ・ウイング」だけ。それも高校生が作った曲、高校生のバンド、という物珍しさからもてはやされたきらいがあった。咲子の作った歌は、あの曲以外、ほとんど話題にもならなかった。

ため息をつくことが多くなった日々の中、咲子たちは高校を卒業した。そのまま芸能界に残る予定だったから、誰も進学を選ばなかった。学生でなくなれば、親の手前、働かなければならない。自由になるお金も欲しい。プロダクションからもらえる給料はほんのわずかだった。かといってどこかの会社に就職し正社員になれば、どうしても時間的に会社に拘束されてしまうので、芸能活動はできない。仕方なしに時間だけは自由になる、フリーター、アルバイターの道を選ぶしかなかった。

特に男子三人には、この不安定な生活は辛いようだった。彼らは、いつも両親に心配されていた。いまからでも大学を受験しなさい、と。

それは咲子も似たようなものだった。父親と顔を合わせる度に喧嘩していたし、母は咲子を応援してくれていたけれど、それはそれで申し訳なくて、心が痛んだ。

(不安だったなあ)

バンドでこのまま成功する自信なんて、もはや、なくなっていた。そもそも、何が何でもプロになりたいと思っていたわけでもない。棚からぼた餅でスタートした芸能生活だった。夢のような日々で楽しかったけれど、もとより、そこまでの執着があるわけでもない。

それならば――もうこれ以上、辛く苦しい思いはしたくないと、ある日、男子たちがいった。いまならまだ、引き返せると。「普通」の生活に。

たぶんひとは、未来に何らかの保証があれば、多少いまが辛くても耐えていけるのだ。夢を見続ける勇気も元気も湧いてくるものなのだ。その保証がないままに、夢を見るのは辛い。

そしておとなになってしまったいまの咲子には正解がわかっている。たぶん——その辛さに耐える強い心を持つ、特別な者たちだけが、夢を見続け、やがてそれを叶えることができるのだろう、と。

夏のある日。レコード会社のひとが、咲子たちを事務所の近所のファミレスに呼び出した。何でも頼んでいいよ、と好きなものを注文させて、それがテーブルにそろった頃、ある提案をしてきた。

その時点では、最初に声をかけてくれた有名なプロデューサーは、もう彼らのそばにはいなかった。そのひとの弟子だったか孫弟子だったか、はたまた見習いだったか。とにかく咲子たちと年齢が変わらないようなレコード会社の社員、ひょろりとした若いお兄さんが、いったのだ。

「えっと、ブルーペガサスは、この辺りでいったんお休みにした方がいいんじゃないかな？」

咲子の描く詞の世界は、一般的でないし、少女趣味で、正直地味だ、と、彼はいった。

「思うんだけど、ここで一度、進学したり、働いてみたりして、違う世界を見てきてからの方が、良い詞や曲を書けるんじゃないかな。バンドの演奏だってそうだよ。人生経験を積んで、おとなになってからの方が音が良くなると思う。で、またいつか、自信作ができたら聴かせてよ」

笑顔で、でもどこか後ろめたそうな、落ち着きのない目で、そのひとはいった。指にはさんだ煙草に火をつけないまま、落としそうになりながら、上下に振るようにしていた。

「それでね、ひとつだけ提案があるんだけど。もし、ボーカルのふたりにその気があったら、バンドじゃなく、アイドル路線で売り出すのはどうかな、と、思わなくもないんだよね」

「わたしたちだけで、ですか?」

咲子と杏は驚いて目を合わせた。

「そう。ああ、いや男の子たちには悪いんだけどね。女の子ふたりだけね。ふたりともでなくてもいい。どちらかひとりでも。声と表情がいいから、いままでとは路線を変えてみるのはどうかなって意見を社内でよく聞くんだ。CDショップとかでもね。

ただね、そうするなら、イメチェンして欲しいんだ。いままでみたいに、咲子ちゃんのオリジナルのロマンチックな曲をうたうんじゃなく、プロの作詞家と作曲家の書いた曲をうたってもらうことになる。もっとポップな感じの、今風な曲をうたってもらうことになるかな」

「……」

咲子たちが答えずにいると、彼は早口で、めんどくさそうに言葉を続けた。

「まあいままでとは違う路線で、ってことになるんで、気が向かなかったら無理しなくていいよ。

ただね、どうせみんな、ずっといっしょにはいられないでしょう？　そろそろ別々の道を選択するのもありなんじゃないかな、と思ってさ」

最後まで吸わないいままだった煙草を灰皿に残して、そのひとがそそくさと席を立ち、帰っていった後、咲子たちはうつむいて、ファミレスで今後のことを話し合った。目の前でパフェやアイスクリームは溶けていったし、あたたかい飲み物も冷めていった。

結論はあっけなく出た。

まず、バンドは解散。ブルーペガサスは、残念だけれどここまでにしよう。いい思い出だった。

「実をいうとね、もうそろそろ、夢から覚めてもいいいと思ってたんだ」

咲子たちがリーダーと呼んでいた、キーボーディストがそういった。笑顔だった。どこかでほっとしたような、旅が終わったひとのような、そんなまなざしをしていた。長い髪をかき上げて。

おとなびた表情だな、と、そのとき咲子は思い、ふとまわりを見回してみて、気づいた。

いつの間にか、みんなが等しく年齢を重ねていたということに。

ステージの光を追いかけて、ひたすらに走り続け、不安なままに生きていた日々の中では、どこか時が止まっているような気がしていた——そういう気分になっていた。

でも気がつくと、咲子たちはちゃんと現実世界に生きていて、年齢相応のおとなになっていたのだ。放課後の教室で、笑いながら新曲の打ち合わせをしたり、練習をした、あのときに見た、無邪気な笑顔はもう誰からも見ることはできなかった。疲れたような、でもどこか夢から覚めた後のような、穏やかなまなざしになっていた。

「杏、どうするの?」咲子は訊ねた。訊ねながら、決めあぐねていた。

提案されたように、杏とふたりで、あるいはひとりで、アイドルへの道を目指すべきなのだろうか。けれど、レコード会社のひとの、あの口ぶりには、積極的なものは感じられなかった。どこまで本気なのか、どこまで力になってくれるのか、それがわからない。

(夢は、まだ見ていたいけど……)

(でも、怖い)

それに。咲子はくちびるを噛んだ。

その頃、母が星野百貨店に支店を出す準備に追われていた。この先、店が本店と支店の二つになるとして、百田靴店はうまく経営していけるのだろうか。従業員を増やせばいい、と母はいっていたけれど、応募者が都合良く集まり、採用が決まるのだろうか。姉は駆け落ち同然に家を出て、いまは消息不明だし、すると自分が家に戻った方がいいのではないのだろうか。

(靴屋の仕事の雰囲気はわかっているし)

接客のアルバイトをこなしてきたから、しばらく店に立てば、やれないことはないだろうと思った。あとは少しずつ慣れていけばいい。というより慣れていくしかない。

そう決めようと思った瞬間、心の中で、何か小鳥のようなものが断末魔の悲鳴を上げた――そんな気がした。

(だけど、しょうがないんだ)

(もう、夢を見るのに疲れちゃった)

膝の上に置いた自分の指先を見ながら、ぼんやりと思った。――咲子がこの話を断れば、杏も夢をあきらめてしまうんだろうな、と。

またふたりで、普通の女の子の世界に戻るのか、と思った。自分は家の仕事を手伝う。杏はブティックのお嬢さんで、成績も良かったから、受験勉強をして、大学受験をするのかもしれない。そして都会に出て、卒業後は大きな会社にお勤めしたりするのかな……。

「わたしは――」杏は細い声で、でもはっきりといった。「アイドルを目指してみる」

「えっ。……でも」

「咲ちゃんはどうするの？」

「わたしは――」

「わたしはこのまま頑張ってみたいの。せっかく、チャンスがあるのなら、賭けてみたいの」

杏は妖精のような儚げな表情で、でも、にっこりと微笑み、美しい声でいった。

「わたしはまだ、夢を見ていたいの」

その瞳は、目の前の咲子を見つめながら、もっと遠くの、広い世界の空に向けられているように、透き通り、強い眼差しをしていた。

そうして、その年の夏のことだったのだ。咲子の母が亡くなり、父が病に倒れたのは。

咲子は夢を手放した。店を継ぐことに決めた。

ブルーペガサスの最後のコンサートは、その年の秋、遠くの街の小さな大学の学園祭で行われた。そのときまでは名前も知らなかった大学の、実行委員会から届いた熱心で丁寧な依頼の手紙を、咲子たちは数ヶ月前にレコード会社から渡されていた。どんなに咲子たちのバンドの曲が好きか、学園祭に来て欲しいと思っているか、熱く綴ってあった。咲子たちは心を動かされて、引き受けることにした。

依頼があったときには、これが最後のコンサートになるなんて、思っていなかった。けれど時が経ってみると、それは天の配剤、最後のパフォーマンスをするのに、最適な舞台のように、咲子たちには思え、感謝した。

その頃、咲子は店の仕事に追われていた。開店時期が近づいていた星野百貨店支店に全力を注ぐために、本店はいったん閉めていたのだけれど、それにしても、実質咲子ひとりでの開店準備は忙しく、恐ろしく、迷うことも多かった。百貨店のテナント担当の社員たちや、地下一階の他の店のひとびとに助けられて、実地で勉強する日々で、そう、そんな日々に、ひまわり薬局の店長である明子たちとも親しくなったのだ。みんな若い咲子を心配し、妹のようにかわいがってくれた。

芸能界にいた、という話はしなかった。単純にそれどころではなかった。夢をあきらめたその痛みに耐えることと、開店準備で咲子は必死だった。母との別れの辛さからもまだ立ち直れていなかったし、入院中の父のことも心配だった。

杏がひとりで芸能界に残ることに決めた、ということが、自分でも意外なほど堪《こた》えていた。

子どもの頃からあんなに仲が良かったのに、バンドを始めてからは、運命共同体のようになっていたのに、あの日から、杏と言葉を交わせなくなっていた。いや杏の方からは電話をかけてきていたし、ほかのメンバーも何かと気遣ってくれていた。母の葬式だって、彼らが助けてくれたのだ。けれど、咲子はもうかつての仲間たちと、何を話せばいいのかわからなくなっていた。

気がつくとそのまま、バンドのことは百貨店の誰にも話さずにきてしまったなあ、と、咲子は思う。隠そうと思っていたわけでもない。ただ、そのタイミングをずっと逃していたのだ。

咲子は支店の開店にすべての力を注ぎ込んだ。その頃、姉が子どもを連れて帰ってきた。妹が芸能界にいたことを姉は知っていて、応援してくれていたのだとそのとき初めて知った。咲子が夢をあきらめたことを知ると、姉は泣いて、ごめんね、といった。自分が家を出なければ良かったのだ、と。同じ頃、意識不明だった入院中の父が目を覚ましてくれた。心底ほっとした。星野百貨店支店の開店さえうまくいけば、あとは何とかなる、何とかしてみせる、と、咲子は思った。夢から覚めたように、前に向かって進もうと思った。

コンサートのその日は、現地集合の約束になっていた。遠い街にある大学だったので、移動時間を考えると、早起きしなくてはいけなかった。けれどその日は疲れがたまっていて、それが難しかった。現地で着替える時間が惜しくて、咲子はステージ衣装と靴で駅へと走った。

風早の駅構内の階段を、ホームに向かって駆け上がろうとして、足を滑らせて、転がり落ちた。

通りすがりの親切なひとたちが助け起こしてくれた。お礼をいいながら立ち上がろうとしたけれど、片方の靴の踵が折れていた。足も酷くくじいていたし、血で衣装が汚れていた。

それでも咲子は、その街に行こうとはしたのだ。手すりにすがり、よろける足を踏みしめて、一歩一歩階段を上ろうとした。そうしながら、こんな悪夢を見たことがある、なんてことを考えていた。疲れた足で階段を上る夢だ。けれど、あと少しでホームに上がれる、と思ったとき。

空から降りそそぐ眩しい朝の日の光を浴びたときに、不思議なほどあっさりと、（もういいや）と思った。

この足と衣装では、急いでもステージの時間に間に合わない。

それに、どうせもう、咲子は歌手ではなくなるのだ。その夢から覚めてしまったのだ。

咲子はホームに背を向けた。光を背中に感じながら、足を引きずって、階段を下りた。

バンドの仲間とは縁が切れた。コンサートの夜、一方的に文句をいうためだけに、リーダーから電話がかかってきて、それでもう、ブルーペガサスというバンドは消滅してしまった。

その日のコンサートは、大学構内の中庭で行われた。携帯電話なんてない頃の話だ。連絡が無いままに会場に姿を現さなかった咲子をぎりぎりまでみんな待っていたけれど、急に空が曇り、天候がひどく悪化してきたので、急いで始めることになったそうだ。

ツインボーカルが売りのバンドだったので、ひとりきりで歌うステージは迫力に欠けた。杏はうつむきがちで、声がほとんど出なかった。そのうちに雨が降り始め、集まっていた学生たちは少しずつ帰り始め、コンサートは中止になった。舞台の上で、杏はうつむいたまま、雨に打たれていたという。レコード会社の若い社員は、最後だけはと思ったのか、きちんとしたスーツを着てきていたけれど、スーツが雨に濡れると舌打ちをした。

ブルーペガサスの最後のステージは、そうして惨めに終わった。

『おまえ、いじけるのもいい加減にしろよな』

それが咲子がリーダーから聞いた最後の言葉だった。『杏ひとりが芸能界に残るのが嫌だったなら、おまえもそうすればよかったんじゃないか』

考えていたことを見抜かれたような、いや、ずいぶんずれているような。

でもどちらでもいい、と咲子は思った。若い社員があの日いっていたように、どうせいつまでもいっしょにはいられないのだ。みんなの道は分かれてしまったのだから。

杏からも、それきり電話がかかってこなくなった。

再び彼女を見たのは、ブラウン管の中。当時はまだ分厚かったテレビの、その映像の中だった。

あの頃、みんながあんなに憧れた歌番組に、彼女は期待の新人として登場していた。恥ずかしそうな笑顔は変わらなかったけれど、儚げな雰囲気はもうなくなっていた。

あの頃よりも大人びた彼女は、ひとりきりのステージを見事にこなした。力強さを増した澄んだ声でポップな恋の歌をうたい終わって、カメラに向かってにっこりと笑った。

(まあ、遠い昔の話なんだけどね)

あれから二十数年もの歳月が流れたのだ。

咲子は、ふう、とため息をついた。

今年の夏も暑かった。エアコンが効いているはずのこのフロア、地下一階もひどく蒸す。

その日咲子は、暑さに負けて、つい、お客様用のソファに腰を下ろしたりした。

（熱中症かなあ）

疲れたのかも知れない、と思った。この街の子どもたちが夏休みに入ったので、全館が混んできている。両親や祖父母に連れられた子どもたちも見るけれど、ここは商店街の中の百貨店なので、子どもたちだけで店を冷やかしに来たりもする。かつて咲子と杏がよくしていたように。百貨店は、商店街の子どもたちにとっては、少しだけ背伸びした遊び場だった。

テンションが上がった子どもたちの姿が、ふとしたはずみに視界のはしに入る。彼らが走ろうがはしゃごうが、いつもは気に障らないのに、今日は妙にいらつく自分を感じた。

（ああ、それと寝不足かな……）

額に手の甲を当てて、目を閉じる。

ゆうべ、久しぶりで、若い頃に見た夢を見た。疲れた足で階段を上る夢だ。

その夢は、バンドでうたっていた頃に、何度も見た。そのときによって、どんな階段かは違うし、なぜ上らなければいけないのか、その理由も違っていた――と思う。

ただどのときも、咲子は泣きたい思いで必死になって、上を目指していた。

急がないといけないのだ。急がないと、置いていかれてしまう。

でも、同時に咲子は、もう無理だとわかっている。足が重いし、ひどく疲れているから。

階段の上には光が満ちて、明るくて、咲子はそちらに行きたくて。でも――。

「――百田さん、百田さん」

ふいに誰かに肩を揺すられた。咲子は目を開けて――慌てて立ち上がった。

百貨店の企画課のひとびとが、子どもたちを連れてそこにいる。中学生くらいのかわいい女の子がふたり、もじもじとしている。――何かどこかで見たような、とぼんやり思って、すぐに思い出した。のど自慢大会の最終選考に残った女の子たちだった。

「あ、ごめんなさい。靴を選びに来たのよね」

そうだ。そういう予定になっていた。危うく思い出せて、よかったと思った。

星野百貨店では、毎年、夏休みに、屋上遊園地のそばにあるステージで、子どもたちを集めて、のど自慢大会をすることになっていた。それなりに賑わう、楽しいイベントなのだけれど、今年はこの百貨店の創業五十周年のイベントの一つとして、いつもより大規模に行おう、ということになったのだった。百貨店の全館、テナントの各店を含む、いろんな店の力を集め、みんなで何かしら関わりつつ、盛り上げていこう、と。

ただ予算はある程度までは百貨店から出るのだけれど、それを超えると持ち出しになってしまう。人件費も店持ちになるし、準備にかかる時間だってそうだ。それでも参加したい店には協力をお願いしたい、という連絡が回ってきたのだった。

大本の企画は、百貨店の宣伝企画課と広報部が考えたものらしい。咲子たちファッション関係のテナントは、最終選考に残った子どもたちの衣装を選び、貸与してほしいと依頼されていた。

咲子の店の場合は、靴になる。当事者の子どもたちや、他の店舗と話し合いながら、当日うたう曲にあわせた衣装をコーディネイトしてゆく。のど自慢大会の日、子どもたちは衣装をまとい、別館の一流の美容室、サロン・ド・スギエでメイクされ、髪を整えられて、舞台に立つのだ。

その様子はローカルテレビの特番だけでなく、インターネットを通して全世界に中継され、優勝した子どもには、星野百貨店のイメージキャラクターとして活躍する場が与えられることになっていた。子どもたちのために新しくコマーシャルソングを用意し、うたってもらい、店オリジナルのCDを作成、販売するのだという。各種ダウンロードサイトでの販売もする予定になっていた。

咲子は自分もわくわくしながら、同時にほろ苦いような気持ちにもなっていた。

こういうことをきっかけにデビューできれば、いまの時代なら、昔と違って、レコード会社に所属しなくても、うたい続けていくことができるのかも知れない。

いまはインターネットの時代、才能をお披露目するための最初の機会さえ与えてもらえれば、あとは動画サイトを使ったり、自分で音源を売ったりして、それで、人気者になることも可能なのだ。海外にはそういうアーティストが何人もいるのだから。

自分たちがコーディネイトに手を貸した子どもたちが、もしかしたら将来、歌の世界に羽ばたくのかも知れない。そう考えると、何かとても、心が満たされていくのを感じた。

子どもたちに着せる衣装は、のど自慢大会当日より前に、館内各フロアの目につく場所に、提供した各店の名前とともに展示され、来館したお客様による、人気投票が行われることになっていた。投票したお客様には、景品があたる券が配布される。またそのコーディネイトは、そのままセットにして販売もされることになっていた。舞台衣装のコーディネイトといっても、そこは子供服。ちょっとしたパーティや、イベントに着て行けそうなセットになるだろう。

景品と、のど自慢大会の上位入賞者に与えられる賞品は、星野百貨店の店々のうち、有志の店が提供することになっていた。といっても、明るいイベントだ。歴史のある百貨店で、仲間意識が強いこともあって、経営状態がよほど悪い店以外は、手を挙げた。

いちばん高価なのは、当然のように賞品、景品ともに、星野百貨店から贈られる物だった。優勝した子どもには、銀のティアラやブランドものの腕時計、そのジュニアサイズのものが贈られる。景品としては、星野ホテルの、飲み物やお菓子に花束がついた宿泊券に、七階レストランのフルコースのディナー、サロン・ド・スギエのエステティックプランに百貨店のお買い物券までがついた、名付けて「星野百貨店満喫プラン」が特賞として用意された。咲子たちはこれはわたしがほしい、と盛り上がった。

景品もすべて、館内に飾られる。実物を飾れないものは、目録をパネルにして飾る。

「でもこれ、うまいこと考えたよな」

景品に焼き菓子のつめあわせを提供することに決めた、フードフロアのケーキ店のパティシエが、いつだったか、社員食堂で楽しげに話していた。

「子どもメインのイベントは館内が明るくなるし、街のひとたちの視線も集めることができる。星野百貨店の名前が口にされる機会が増えるだけで、宣伝にもなる。思い出して足を運んでもらえる可能性が増えるわけだからね。いまどき、店に足を運んでもらうことそのものが難しくて大事なんだから、助かるよ。景品と賞品が持ち出しで、実はそこまで豪華ではないのは、予算をかけないためではあるけれど、手作り感があって、フレンドリーだよね。ちょっと昭和の時代風で、あったかくていいっていうか」

それがいまの星野百貨店のイメージだから、ぴったりなんだよね、と彼は笑った。

規模は小さく設備は古く、けれどみんなの懐かしい思い出の中で輝いているような百貨店。そこで夏休みに、手作り感のある、でも少しだけ豪華なイベントがある。

古びてはいるが、だからこそみんなが知っている百貨店でもあるので、話題性がある。タウン誌やローカルテレビにラジオ、ローカル紙にも取り上げられる。当然、ネットでも話題になる。

「つぶれかけている」なんて噂も流れるほどに、勢いをなくした百貨店だ。思い出や愛着があるお客様たちは、応援するような気持ちで、足を運んでみるか、と思うこともあるだろう。

久しぶりに星野百貨店を訪れると、そこにあるのは、景品や賞品の見本として飾られた、各フロアや店舗の自慢の品々だ。子どもたちのために考えられた衣装のコーディネイトも目を引いて、子や孫に買ってあげたい、と思う両親、祖父母もいるだろう。そういうひとびとにつれてこられた子どもたち本人も、全身をお洒落にまとめられたコーディネイトに、夢中になるに違いない。

以前、父に聞いた話を、咲子は思い出した。どの業種の店もそうなのかも知れないけれど、特に百貨店はお客様を呼ぶまでが大変なのだ、と父はいった。一足店内に入っていただきさえすれば、美しく広い空間、そこに流れる時間、最高の接客と選び抜かれた一流の品々が、お客様を買い物に誘《いざな》う力を持っているのだけどね、と。

だから百貨店は、イベントを行う。物産展や絵画展、舶来品の展示と販売に、季節ごとのセール。そもそも、きらびやかなシャンデリアも、シースルーエレベーターも、昭和の時代にひとを呼ぶために設置されたものだ。屋上遊園地や、のど自慢大会が行われるステージだってそうだ。まだ星野百貨店が全国でも話題の百貨店だった時代に。


（このイベントは、きっと成功する）

いや、成功させてみせる、と咲子は思い、他の店の店長たちと、盛り上がっていたのだった。

どんな感じの靴がいいのか決めるために、ふたりの少女の話を聞き、小さな足を見せて貰った。少女たちはサイズを測ると、くすぐったいと笑った。特に面白いことも話していないのに、何かというと顔を見合わせてくすくす笑う彼女たちは、妖精のようだった。

笑ったり照れたりする合間に、小さい頃から仲良しの親友同士で、ずっと一緒にうたっていたのだ、と話してくれた。ひとりの少女は作詞作曲ができて、素敵な歌を作れる。いつかはふたりで歌手になりたい、大好きな彼女の歌をうたいたい。そのためにはのど自慢大会で優勝したいのだと、話してくれた。その様子に、咲子はふと、幼い頃の自分と杏の面影を見たような気がして、「がんばってね」と少し泣きそうな思いで、いったのだった。

　打ち合わせが終わったあと、宣伝企画課の社員と少女たちを店の外に見送って、咲子は腕組みをしてしみじみと嚙みしめた。いい企画だ。うちの百貨店の企画課も優秀だったんだなあ、なんて思っていたら、ひまわり薬局の店長明子が、またひょいと訪ねてきた。

「ほい、差し入れ」よく冷えた栄養ドリンクを渡してくれた。

「ありがとうございます」

「なんか咲ちゃん、疲れてるみたいだからさ。今年の夏は暑いよね」

「ですね」

「――ところで、聞いた？」

「何をですか？」

「豪華版子どものど自慢の企画。あれ、コンシェルジュの結子ちゃんの発案だって噂があるのよ」

　驚いたけれど、むべなるかな、とも思った。

　コンシェルジュというのは、百貨店に対して、なんらかの改善意見があるときは、積極的に提案をしていく職種でもあると、何かで聞いた記憶がある。イベント企画までそれに含まれるかどうかと考えると、ちょっと違う気もしたけれど――。

（広い意味で、「店のための提案」ってくくりで考えれば、ありえないことでもないのかな）

そして、いつも店内を歩き回り、細かくメモをとっている彼女なら、今度のような素敵なプランを思いついたとしてもおかしくないと思った。頭の回転の速そうな娘ではあるし。

明子が声を潜める。「……ほら、結子ちゃん、まり子様にかわいがられてるじゃない？　まり子様に直訴して決まったって、噂もあるのよね」

「なるほど」

咲子はうなずいた。それもありそうな話だ。

「いいんじゃないですか？　結果的に面白い企画になりそうなんですし」

店のみんなが盛り上がり、楽しそうなのはいいことだ。百貨店の不振を毎日かみしめ、実感し続けているよりもよほどいい。

「それはそうよね」

明子はそういうと、笑って手を振り、白衣をなびかせて、自分の店に帰っていった。

それを見送りながら、咲子はこつんと残った違和感を噛みしめていた。

「うーん、でも、まり子様が、ねえ」

その噂の通りなら、この春に入ったばかりの社員に直訴するかたちで企画を提案されて、実現に向けて後押しした、ということになるのか。ただの噂でしかない、といえばそうなのだけれど、仮にもあのまり子様が、そんな一歩間違えれば依怙《えこ》贔屓《ひいき》ともとられかねないようなことをするだろうか。お気に入りの従業員の思いつきを力任せに実現させたようなものだ。星野太郎氏ならともかく、あの杉江まり子がそんなことをするだろうか？　情に流された自分を責めたという噂のある彼女が。

考え込みながら、でも咲子は仕事を始めた。のど自慢大会の衣装に使う靴の候補を最終選考に残った子どもたちの数、つまり十組分考えるのは、楽しくも大変な仕事ではあった。

お客様が途絶えている、こんな時間に少しでも進めておかないと。

さっききた一組の少女たち。あの子たちで、今日までに咲子の店を訪れた優勝候補は七組目。六組目までは、靴を選び終わっている。七組目のあの子たちは、いまは他の店を回って、小物やアクセサリーを選んでいるはずだけれど、明日の午後、またここにくることになっている。

それまでに靴を見繕っておかないと。明日には八組目から十組目の子たちがやってくる。

咲子はため息をつきつつ、笑顔になった。

（あの子たちの靴は、夕方までに考えないとなあ）

今日の咲子は早番。夕方に出勤してくる姉と五時には交代することになっていた。のど自慢大会は夏休みの終わり頃にある。七月初めのいま考えると、まだ先のようだけれど、あっという間にその日になるのはわかっているのだ。——まったく、おとなになってから、働き出してからの時の流れの速いことよ。

最終的な決定は、一緒にコーディネイトを考える、他の店の店長たちとの話し合いでするとしても、今日の打ち合わせだけで、候補の靴は選んでおけそうだった。

(ああ、でも眠いな)

暑さのせいか、からだが重い。変に疲れていて、どうにも眠気がとれない。

そのときふと、目の端にフロアを駆け抜ける白い子猫の姿が見えて、ぎょっとした。

衛生上、ペットを連れての入店は禁止になっている。野良猫だろうか。どこから迷いこんだのだろう。

子猫は向きを変え、咲子の店に駆け込んできた。そして速度を落とさないまま、楽しげに、靴を並べた棚に駆け上がった——そんな気がした。たしかにそれを見たと思った。

でも、慌てて駆け寄ったそこに、猫なんていなかった。棚を見て、店内を見回して、店の外に上半身を乗り出して、あたりをぐるりと見渡したけれど、猫なんてどこにもいない。

咲子はため息をついた。やっぱり、疲れているんだな、と思った。

明子からもらった栄養ドリンクの蓋を開け、物陰でさっと飲み、口元を拭った。

目を閉じて、少しだけ、と、再びソファに腰を下ろした。ぼんやりと考えた。

(――白い子猫、か)

ちらりと見えた幻の猫の瞳は、左右で色が違っていたような気がした。青い瞳と黄色い瞳。金目銀目のオッドアイ。噂の魔法の猫、願い事を叶えてくれるという猫みたいじゃないか、と思った。

(そんなおとぎ話に出てくるような猫、いるはずがないけど、もしいるのなら素敵だよね)

うつむいて笑いながら、もしその猫がいるのなら、自分は何を願うのだろうと思った。

「そうね、もしそんな猫がいるのなら」咲子は胸の奥から、深い息をついた。

「夢でもいいから、もう一度、うたいたいな」

夢でいいから、最後のコンサートを、きちんと終わらせたかったな、と思った。

あんな風に放り出すはずじゃなかったのだ。ほんとうは、うたいたかったのだ。

(杏、悲しかっただろうな)

雨の降るステージの上で、咲子が来るのを待ち続けていたのだろうか。ひとりきりでマイクに向かいながら。ひとり分の振り付けで、踊りながら。冷たい秋の雨が降る中で。ひとりで。

ソファにもたれかかり、うとうとしているうちに、夢を見た。

あの悪夢だ。——階段を上る夢。

夢の中で、咲子は階段の上に満ちる光を見上げ、そちらに行きたいと手を伸ばす。

(待って。わたしを置いていかないで)

頭が揺れて目が覚めた。ほんとうに階段を上ろうとしていたように、両足がだるく、疲れていた。

そのとき、気づいた。床に何か、白い物がある。

この店の小さな地下倉庫、亡き母が、「りすが冬に木の実を蓄える場所みたい」といっていた地下の倉庫の、その扉がなぜだか開いていて、そこから、白い子猫が顔をのぞかせているのだった。金目銀目——両目の色が違う猫が、地下から、ソファに座る咲子を見上げている。

自分の目が信じられなくてまばたきすると、子猫は両目を細くして、にっこりと笑った。

「ちょっと……」慌てて咲子は立ち上がった。やはり子猫はいたのだ。さっき見たのは疲れ故の錯覚や、気のせい、幻ではなかったのだ。

「いったいどこから入ってきたの?」

捕まえなければ、と、慌てて手を伸ばし、バランスを崩して、その場に転んだ。

その場に転んだ、と思ったのだ。でも気がついたとき、咲子は駅の階段の下にいた。風早駅のホームへの階段を上ろうとして足を滑らせて落ちたらしい。

「……あれ？」

頭がぼーっとする。夢を見ていたみたい。転んだせいだろうか。それとも、ここ数日支店の開店準備のために寝不足だったから？　夢の中で咲子はもうおとなで、星野百貨店の自分の店で、店長として立派に働いていたような気がする。

周囲のひとたちに、大丈夫ですか、と声をかけられ、何人かの親切な手に支えられて、咲子は何とか立ち上がった。笑顔でお礼をいいながら、衣装と靴、からだをたしかめる。

全力疾走で階段を駆け上っていたときに、足を滑らせ、すごい勢いで転げ落ちたはずなのに、奇跡的なことに、どこも怪我していなかった。靴も衣装も無事だ。

「よし」

咲子は一気に階段を駆け上がった。このタイミングなら、まだ間に合うはず。

朝の光が、ホームの上に広がる空から、まっすぐに降りそそいでいて、眩しかった。

たくさんのひとで賑わう大学の、その構内へと、咲子は駆け込んだ。謝りながらひとなみをかき分けて、中庭のステージを目指す。さっきまであんなに晴れていたはずの空に、雨雲が垂れこめ始めていた。ぽつぽつと銀色の雨が降り出した。

聞き慣れたイントロが聞こえてきて、そして咲子はやっと、杏と仲間たちを見つけたのだった。

質素な、でも学生たちの手でこころを込めて飾り付けられた舞台の真ん中に、杏が立っていた。悲しそうにうつむいて、ひとりでうたいはじめようとしたところだった。

舞台に向かって走る咲子を見つけたのか、杏がまっすぐに咲子を見つめた。咲子に向かって大きく両手を広げた。

衣装をなびかせ、ステージに駆け寄った。裏手の階段まで回っている時間が勿体ない。杏に助けられ、正面からよじ登りながら、咲子は叫んだ。

「マイク――わたしのマイクを」

仲間の誰か、それとも学園祭の実行委員の誰かなのか、マイクを投げてくれた。「サンキュー」回転して飛んできたマイクを宙でキャッチして、同時に親指でスイッチを入れる。口元に近づけ、微笑む。

イントロはもう終わろうとしている。ぎりぎり間に合った。

咲子は杏と背中を合わせ、そしてうたいはじめた。

もう一度、うたいたかったあの歌を。

「シンデレラ・ウイング」

うたいながら、思い出していた。

杏と一緒にうたうことが、ほんとうに好きだったのだということを。

そして同時に思い出していた。——自分はいつか、この子に置いて行かれる。その日が来るだろうとわかっていたということを。

(子どもの頃から、わかってたんだ)

(だってわたしには、杏のような声でうたうことはできないもの)

わかっていた。自分は杏とは違う。

華やかな夢を叶えるための実力も、戦い抜くための心の強さもないということが。

ずっと夢見ていたかったけれど。杏と一緒に、終わらない夢を見ていたかったけれど。

シンデレラ・ウイング
時は　砂時計　さらさらと過ぎてゆく
わかっているの　いつか
お別れの日が来る
夢見る時間は　いつかは終わる

咲子は杏とてのひらを合わせ、向かい合ってうたいながら、思っていた。

(わたしの夢は叶わない。叶わないことが、自分でもわかってた。——だから、家の事情があって、夢を断念しなきゃいけないって決まったとき、ほんとうはほっとしていたんだ。

夢をあきらめる口実ができたから)

どんなに好きでも、ずっとうたっていたくても、その願いが叶わないこともある。

(でも、夢を見ていた時間は、苦しかったけど、楽しかったなあ)

まるで終わりのない階段を上り続けるような、そんな日々だった。はるかな高みの、明るい空を見上げて、駆け上がり続けたような日々。

(杏のそばにいられることが、楽しかったなあ。いっしょにうたえる時間が、好きだった)

(杏の声が、大好きだった)

どんなに楽しいコンサートも、いつか終わる時間が来る。どんなに素敵な歌だって、永遠にうたい続けていることはできない。

終わりのない歌はない。

はばたいた鳥がいつかは地上へと降りるように、メロディはいつか終わるのだ。

けれど
シンデレラ・ウイング
あなたと過ごした時間は
ほんとうの宝物
心の中で　永遠に輝く
終わらない　メロディ

（わたしの夢は終わったけれど）

（夢見ていた、あの時間は楽しかった）

楽しかった記憶があれば、思い出があれば、きっと夢見た時間は無駄では無いのだ。

叶わない夢に終わっても、夢の卵を、現実という形に孵《かえ》してあげることができなかったとしても、卵を抱いていた時間そのものが楽しかったなら、それでいいのだ、きっと。

シンデレラ・ウイング
時を超えて

歌の翼は
空を駆けてゆく
わたしとあなたの
夢を載せて

「咲ちゃん――」

誰かの手が、優しく肩を揺り動かした。

咲子は、ゆっくりと目を開け、心配そうな、ひまわり薬局の明子の顔を見た。

「大丈夫、咲ちゃん?」

「大丈夫――」

咲子は微笑み、目のふちを拭った。少しだけ涙がにじんでいた。悲しい涙ではなかった。

夢を見ていたんだな、と思った。とても優しい、綺麗な夢を。

耳の奥にまだ、あの曲の旋律が残っていた。


その日の仕事が終わり、遅番の姉に引き継いで、帰るときのことだ。

従業員用の出入り口から外に出て、駅前商店街に抜けた咲子は、ふいに聞き覚えのある声が降ってくるのに気づいて、夕方の空を見上げた。夏の、まだ明るい空に、懐かしい声が流れている。楽しそうに、笑っている。

星野百貨店のそばに、電器屋さんの大きなビルがあるのだけれど、そのビルの壁についた巨大な街頭ビジョンに、杏が映っていたのだ。

年をとったって忘れない。久しぶりに見てもすぐわかる、ずっと一緒だった友達の姿。大人になった、その笑顔。

一瞬驚いたけれど、すぐに気づいた。このビルの中にあるスタジオで行われているＦＭラジオのネット配信の番組に、杏が出演中なのだろう。例の新譜の宣伝なのに違いない。

杏は誰かと会話しながら、明るい声で笑っていた。軽やかな、小鳥のような声で。

誰か渋い声の男のひとが、曲を紹介した。彼女の歌声が流れた。それは懐かしいあの頃のヒット曲をカバーしたものだったけれど、見事に彼女のものになっていた。

空から降る透き通る声に、通りを行くひとびとは振り仰ぐ。声に聴き入る。咲子は得意な気持ちで、画面を見上げていた。なかなかいいじゃない。新譜、買おうかなあ、なんて思っていた。

番組のホストは地元在住のミュージシャン。若い日にロックをうたっていた、かっこいいおじさまだった。自然と会話の流れが、杏も十代の頃、バンドでうたっていた、という話になった。

彼は、ブルーペガサスというバンドの記憶ならある、と身を乗り出した。ツインボーカルが素敵だった、詞も曲も良かった、と褒めてくれた。高校生が作った歌だとは思えなかったよ、と。

咲子は頰を染めて立ち尽くした。

大きなビジョンの、空に輝く画面の中で、杏もまた頰を染め、嬉しそうに笑っていた。

『その頃のバンド仲間とは、いまも付き合いがあるの？　もう一人のボーカルの子とかさ』

何気ない感じで、ミュージシャンが訊いた。

杏は答えた。笑みを浮かべたまま。

『気がつくと時間がたってた感じで、長いこと連絡とってないんです。忘れられちゃったかも。でも、あの子のことはずっと大好きで。勝手に、友達のままだと思ってます。

あの子といっしょにうたっていた時代があったから、きっといまもわたし、うたっていけるんです。ひとりでも前に進んでいける』

年を重ねても変わらない、恥ずかしそうな笑顔で、微笑んだ。『うたっていると、いつも、あの子の声が聞こえるんです。渡り鳥が群れで飛んでる、そんな感じで。わたしがここにいるよ、大丈夫だよって、いっしょにうたってくれる声が。それでね、うまくうたえたときは、喜んでくれて、いまいちだったときはため息をつくんです』
番組の最後に、ゲストのリクエストソングをかけるコーナーがあった。
流れてきたのは、あの曲だった。

けれど
シンデレラ・ウイング
あなたと過ごした時間は
ほんとうの宝物
心の中で　永遠に輝く
終わらない　メロディ

シンデレラ・ウイング
時を超えて
歌の翼は
空を駆けてゆく
わたしとあなたの
夢を載せて

「わたしとあなたの、夢を載せて」

咲子は口ずさみながら、華やかに黄昏れてゆく歩道を歩き、家路を辿った。

画面の中の杏が同じフレーズを口ずさみ、微笑んでいたことに気づかずに、でもかろやかに気持ちステップを踏みながら、家族の待つ家に帰っていったのだった。

「久しぶりに曲でも作ってみようかな」

星野百貨店の新しいコマーシャルソング、内部で詞と曲を募るとか、そんな話がなかったかしら。


次の日の午後、約束のとおりに、店に少女ふたりと宣伝企画課の社員がやってきた。

咲子が用意していた靴のうち、ふたりは同じデザインで、色違いの編み上げのブーツがいいといった。その靴がいちばんふさわしいだろうと咲子も思った。

咲子は、椅子に腰掛けた少女たちの前に膝をつき、両手に抱いた編み上げの靴をそれぞれに見せて、ふたりに履き方を教えた。

真新しい靴はつやつやと光る。革のいい匂いがする。

咲子は少女たちに、微笑んでいった。

「お客様。良い靴はひとを良いところに運んでゆくと申します。この美しい靴はきっと、お客様を幸せな場所に導くことでしょう」

少女たちは頬を染めて、嬉しそうに笑った。百貨店の紙袋に入れて渡したブーツを、それぞれの胸に抱き、咲子に礼をいうと、楽しげな表情で店を出ていった。踊り場から光が降りそそぐ階段を、スキップするような、かろやかな足取りで上がっていった。

十五になった人魚姫が、初めて海上に上がっていく、そのときのような表情で。目を輝かせて。しっかりと手をつないで。

十組の子どもたちのうち、バレエのチュチュ風のワンピースを衣装に選んだ少女がいた。

小学三年生。内気な少女で、企画課の社員だけでなく、お母さんに付き添われて、咲子の店を訪れた。お母さんの陰に隠れるようにしてうつむいていて、咲子とほとんど会話してくれなかったのだけれど、企画課のひとがいうには、これでなかなか堂々とうたう子だという話だった。

シニヨンに結った茶色い髪と、色白の肌がお人形のようで、咲子は幼い頃の杏を思いだして、微笑んだ。コンシェルジュの結子の面影もある。あの娘もきっと、こんな少女だったのだろう。

遅番でやってきた姉が、ちょうどその子たちが店を出るところとすれ違った。咲子と一緒に丁寧に頭を下げて、一行を見送った姉は、目を輝かせて咲子に話しかけた。

「バレリーナみたいな子だったわねえ。すごくかわいかった」

咲子はうなずき、子どもたちに見せた靴をまとめ、片付けた。

美しいものかわいいものに見とれるときの姉の表情は母に似ていると思うことがある。生前の母と年かっこうも似てきたので、母そのひとがそこにいるようだった。

姉はふと懐かしそうな表情をした。

「ずっと昔ね、星野百貨店のコマーシャルに、あんな感じの女の子が出てくるものがあったのよ。バレリーナを目指す女の子の、綺麗な映像の。見るたびに母さんに見せてあげたかったなって思ってた」

「ああ、そういうの、いかにも母さんが好きな感じだものね」

咲子にはそのコマーシャルの記憶はなかった。でもそういわれると、どこかでそんな雰囲気の、古いポスターかチラシを見たことがあるような気がしてきた。——そうだ、家で見た。本棚のスクラップブックにはさんであった。たぶん姉が保存していたのだろう。テレビのコマーシャルと同じ雰囲気で、当時、紙の媒体用の広告も作られたのかも知れない。

『星を目指す少女
星を目指す街

あなたの夢を見守っていたい
ずっとそばに　星野百貨店』

夜が近い薄青い光が差す部屋で、花のように広がるチュチュを着た少女が、床に腰を下ろし、笑みを浮かべてトウシューズを履いている——映画の一場面のような写真の上に、そんなコピーが書かれていた。

百貨店の写真は入っていなかった。ロゴも下に小さく入っているだけで、それがお洒落だった。

（昔っから、星野百貨店の広告はうまいんだよね）

星野百貨店は、広告やショーウインドウのディスプレイにかけては、昔も今も評価が高い。そのジャンルにおける、国内外のいろんな賞の常連でもある。なにしろ社内に歴史のある一流の部署がある。「いまのあの百貨店には勿体ない」なんていわれることもあるほどに、レベルが高い。

「咲ちゃん、いまのお嬢ちゃんに、どんな靴を選ぶつもりなの？　ずばり、トウシューズ？」

「バレエを習ってるわけじゃあないんだって。だから、トウシューズっぽいバレエシューズにしようかなって。在庫があったかなあ」

記憶を辿る。布でできたような靴——できれば絹を素材にした、長いリボンのついた美しい靴がいい。この店には置いていなかったけれど、商店街の本店の方になかっただろうか。

靴の形を思い浮かべる。トウシューズのような、靴。

綺麗な形の。バレリーナが履いていそうな。あの広告の写真の靴のような。

芹沢結子の姿がふっと浮かんだ。そう、たとえば彼女が子ども時代に履いていたら似合ったような靴、というと——。

咲子は、あ、と小さく声を上げた。

芹沢結子の足が何かに似ていると思った、その何かが何だったのか、思い出して。

(バレリーナの足だ……)

幼い頃から訓練をくりかえし、トウシューズを履き続けた足は、外からはうかがい知れないけれど、いびつに歪んだ足になるという。

咲子は以前、銀河堂書店でふと手にした、バレリーナの写真集で、それを見たのだった。

紫色に変色し、欠けて、剝げそうな爪。絆創膏とテープに包帯、傷とまめだらけの足の指。くさび形に骨から歪んだ、足の甲。

でも自分の足を慈しむようになでる、ダンサーの表情は、優しく神々しくさえあった。

(芹沢さんも、ダンサーなのかな？)

それならなぜ、彼女はいま、この百貨店でコンシェルジュをしているのだろう。

(たぶん、あれは、趣味でたまに踊ってるとか、そんな足じゃないと思う。子どもの頃から本格的にレッスンを受けて、長く踊ってきたひとの、足だ)

店内をかろやかに歩く、彼女の姿を思う。まるで体重がないような、妖精のような足取りの娘――。いつも口元に浮かべている静かな笑みは、あの広告の少女の口元に浮かんでいたものとどこか似ているような気がして。

(あの子が大きくなったら、芹沢さんみたいになるんじゃないかなあ)

ふと、思った。

そうか――。

だから、芹沢結子が懐かしく、どこかで会った気がするのかも知れない、と。

第三幕 ◆ 夏の木馬

星野百貨店の六階。本館から、短い連絡通路を渡った先の別館。奥まった静謐《せいひつ》な一角に、時計と宝飾品、そして高級な贈答品を扱うフロアがある。高価な品々を扱っているということと、外商がメインということもあって、こちらを訪れるお客様は、百貨店の他のフロアに比べると多くない。いっそ少ないといえるだろう。たとえば、本館の同じ階にある、銀河堂書店と比べると、そこにある空気の重さも違うようで、エアコンの風と有線放送のピアノ曲だけが、静かに空気を震わせている——そんなフロアだった。ひとの足が滅多に踏まないせいか、昭和の時代に敷かれた深紅の絨毯《じゅうたん》は、他のフロアに敷かれたそれよりも、ふかふかとして、くるぶしまで埋まるよう。すべての音を吸い込んでしまうようだった。

いまは七月。外では蟬の声が騒がしく、夏休みの子どもたちの声も、街のそここで響いていているような、そんな夏の昼下がり。ここ星野百貨店でも、他のフロアには、雑多な賑わいがある。けれど、このフロアに限っては、季節も時間も止まったように、空気が凝固している。

ガラスのケースの中に美しく飾られ、ライトを当てられている品々には、ふと迷いこんできた若いお客様たちが、値札を見たとたん、ひゃあ、と声を上げて笑ったり、身を固くしてあとずさりしたりしてしまうような、そんなものも交じっている。星を鏤《ちりば》めたようなダイヤに取り巻かれたエメラルドの指輪は数百万円。精巧な作りの舶来物の機械式時計は、数千万円。

この国の大部分のひとびとが、生涯、手にすることもないかも知れない、そんな品々を収めたガラスのケースのうしろに、フロアの責任者、佐藤健吾は、黒いスーツ姿で佇んでいる。お客様たちや従業員たちに、「宝飾フロアの主」「執事のようだ」とたとえられる、そんな様子で。

静かな微笑みを浮かべて、いつもそこにいる。お客様がこのフロアを訪れ、必要なものを見いだしたときに、謹んで話し相手となれるように。

彼は、その昔の二十代、入社してすぐの頃からこのフロアで働くようになり、ひたすらこの場所に立ち続け、やがて三十代の若さでサブマネージャーに抜擢された。それから年月が流れ、気がつけばこの時計と宝飾品、贈答品のフロアの責任者、フロアマネージャーだ。

彼はこの風早の街の生まれで、小学校二年生の終わりまで、ここで過ごした。なので、その時代の思い出には、華やかだった頃の星野百貨店の記憶もある。彼の母がこの百貨店をたいそう好きで、彼女の仕事の休みの日ごとに、連れられてここに来て、のんびり時間を過ごしたりしたものだった。昭和の昔、まだおとなたちが外出着に着物を着ることも多かった時代のことだ。母は出来る限り美しい装いで、彼の手を引いて、星野百貨店を訪れていたのだった。

母はけっして裕福ではなく、むしろ、貧しかった。良い香りのする化粧品売り場も、きらびやかな洋服が飾られた婦人服売り場も、「欲しくなったらいけないからね」と、彼の手を握り、急ぎ足で通り過ぎた。だから彼もおもちゃ売り場や書店に行きたいとせがむことはなかった。記憶を辿れば、気遣いや遠慮という感情を覚えたのは、幼かったその日々だったように思う。

売り場を遠慮無くじっと見つめるのは、長いエスカレーターに乗っているときだけ。のぼるときと降りるときに、母は遠くから目に焼き付けるように、美しいものの数々を見つめていた。

彼の母がいちばん憧れていたのは、おそらくはこの宝飾品のフロアだった。いくぶん明かりが落とされたその豪奢な空間の、そこだけ明るい光に照らされたガラスケースの中の美しい品々。

本館のエスカレーターから、母が遠く遠く、まるで星空を見上げるようなまなざしで連絡通路の先にあるこの別館を見つめていたことを、彼は覚えている。

にこやかに微笑み売り場に立つ、百貨店の従業員たちの視界に入らないような、遠いところから。どこか野良猫が、ひとの様子をうかがうような、そんな様子で。

そのときの母の黒い瞳が彼は好きだった。

少し寂しげで。でもどこか幸せそうな、満ち足りているような、そんなまなざしが。

いま思えば、あんなに遠くから眺めたとて、そこに何があるかなど、ほとんどわかりはしなかったろう。宝飾品や時計が入ったショーケースは、光を詰め込んだ箱にしか見えなかったろう。

彼は連絡通路の向こうを見やる。吹き抜けの天井から降りそそぐシャンデリアと日の光に照らされて、今日も旧式の美しいエスカレーターが動いている。エスカレーターも、それに乗るお客様たちも、ここからは遠かった。

彼はお客様たちをしばらく見守り、やがてふと思いだして、自分の背後にある、飾り棚を見やった。――とろりとした艶を持つ、舶来物の陶器の、回転木馬のかたちの置物がある。彼はそれを手に取り、そのつややかな肌をそっと布で磨いた。

彼は回転木馬が好きだった。本館八階、星野百貨店の屋上は、彼にとっていつだって心が帰る場所だった。子どもの頃の彼は、この街の多くの子どもたちがそうだったように、そこにある遊園地が好きで、何よりも、回転木馬がお気に入りだった。

幼い日に抱いた郷愁は、すべてそのかたちに集約され、象徴されるような気がした。

母の懐にゆとりがあるときは、七階の大きなレストランで、窓から街を見下ろしながら食事をし、ゆとりのないときは、屋上で百円のうどんや百二十円のソフトクリームを食べた。百貨店の遊園地は、彼らのように、裕福でない親子にも優しくて、回転木馬も観覧車も、わずかなお金で楽しませてくれた。——乗るときは、彼ひとりだったけれど。

彼の母は美しく、着物姿は絵のようだった。ずっと昔に別れたきりだけれど、いまもその姿を覚えている。背の高い、ほっそりとした姿。黒々した、優しく垂れた目に、ぽってりとした唇。長く白い、百合《ゆり》のような首、そして手足。竹久夢二《たけひさゆめじ》の描く女性に似ていたかも知れない。通りすがりのひとに、女優と間違われることもあった。一緒に歩いていると、みんなが母を振り返る。街のひとびとの注目を集める。そんな母が彼はいつだって誇らしかった。

正直いって、母は、ひととしては駄目なひとだったのだろうと思う。おとなになったいまはそれがわかっているし、たぶん子どもの頃も、気づいてはいたのだ。本人がよく、長屋の狭い部屋で、安い酒を飲みながら卑下していたとおりに。

「あたしは馬鹿な生まれつきだし、飽きっぽいから、何事も長続きしない。我慢も辛抱もできないし、努力するってことが、まるでできないの」

母は酔ってため息をつき、幼い彼の額に、自分の熱い額をこつんとくっつけると、じいっと目を覗き込むようにして、いった。

「あんたは賢く産んであげたんだから、ちゃんと勉強して、努力もして、ひとつところにずっといるようにしなさいね。ひとから信用される、まっとうな男のひとになりなさいね」

お父さんみたいに。小さい声で付け加えた。

父は遠い街の郵便局に勤めていたと聞いた。賢くて優しいひとだったと。やがて郵便局長になることが決まっていたような、「ちゃんとした家柄」のひとだったと。そのひとと母がどこでどう知り合い結婚し、どうして別れ、彼を連れて家を出たのか、その辺りのことを彼は知らない。その後、父は若くして病に倒れ、亡くなったそうだ。それ以上の詳しいことは母は話さなかった。

母は自ら語っていたとおり、いつも何事も長続きしない。すぐに飽きて嫌になるし、新しい物や刺激的なことに目が向いてしまう。蝶のようにひらひら飛んでいる、そんな感じのひとだった。

心根は純粋なのと、見た目の美しさから、ひとに好かれた。優しくされ、仕事やひとづきあいの世話を焼いて貰い――けれどやがて、すべてに飽きて、投げ出してしまう。逃げてしまう。

それで結果的には良くしてくれたひとびとを裏切り、がっかりさせて、そこにいられなくなる。その繰り返しで、母というひとは生きていた。若い頃、故郷を出て、それきり帰らないのも、それゆえのことなのだろうと、幼い彼にもわかっていた。

彼が物心ついた頃には、母はそんな自分に疲れ、いらついていた。ひとりで酔い、部屋で荒れ、彼を抱きしめて詫びながら泣いた。母のいちばんの心配は彼のことだった。自分のような人間に育てられたら不幸になるに違いない、と泣いた。その頃の母は仕事を頻繁に変えていた。喫茶店、小料理屋、パチンコ店——計算することが苦手で、漢字も読めなかったけれど、見た目の美しさと愛想の良さで、そう苦労せずに次の仕事を見つけることができたようだった。

けれど母は、悪いことに、その頃仲良くしていた友人のひとりに万引きを教えられ、スーパーでハンドクリームやらガムやら、どうでもよいものを盗って捕まったりしていた。店のひとに捕まって泣きながら謝り、もうしません、と誓い、そしてまた違う店で同じことを繰り返した。万引きがうまくいくこともあって、そんなときも母は泣いた。家で、安い口紅の箱を握りしめ、こんなものほしかったわけじゃない、そういうと、窓を開けて外に捨ててしまった。

彼はいつだって、そんな母が悲しくて、けれど大好きだった。泣いている母の首にうしろから抱きつくと、温かくて良い匂いがして、胸が苦しくなった。彼は泣いた。自分の幼さと無力さに。母は向き直って、彼を抱きしめてわあわあと声を上げて泣きじゃくった。

子ども心にも、母というひとの愚かさはわかっていた。けれどそれでも、そのひとは彼にとって、世界でただひとりの愛する母だった。

あの頃、屋上の遊園地で、彼はいつもひとりで回転木馬に乗った。上下する馬の背中で、明るく楽しい音楽を聴きながら、ぐるりとまわる屋上の情景に夢中になった。そして彼は、木馬を囲う柵の外にこちらを向いて立っているはずの母を探した。──きっと自分を見守っていてくれるとわかっていても、なぜかいつも、必死に目で探した。そのひとにいつか置いて行かれそうな、それきりお別れになりそうな気が、どこかでしていたのかも知れない。

回転木馬は、夕方には屋根や柱に色とりどりの明かりを灯す。暮れてきた空の下に、その光に照らされて微笑んでいる母を見つけると、とてもほっとして嬉しかったものだ。そうして彼は母に手を振り返し、木馬の首に摑まり、前を向いて、胸をときめかせる。冒険の旅に出る物語の主人公のような気持ちになって。そう、彼は子どもの頃から本が好きだった。クリスマスや誕生日に買ってもらった絵本や子ども向けの本を、繰り返し暗記するほどに読んでいた。本を読み続けていたい、読み終わらない本があればいいのに、と思うような気持ちで、ずっとこの楽しい乗り物に乗っていたい、と思った。けれど、終わらない本がないように、ひとは回転木馬に永遠に乗り続けることもできない。やがてにぎやかな音楽と光の点滅は止まる。馬は上下に跳ねることも、屋根の下を回ることもやめ、地上にとどまる。

木馬の固くひんやりとした首にすがり、その背から下りなくてはいけないことがいつも悲しかったけれど、美しい母の元に駆け寄ることができる、その瞬間はいつも嬉しかった。

（遠い昔のことだけれど——）

彼は磨き終えた陶器を、そっと棚に戻す。

高価な回転木馬は、棚の照明に照らされ、光り輝いた。花やリボンでたてがみを飾られた馬たちも、その背や馬車に乗る子どもたちも楽しそうだ。この木馬は回転を止めることはない。

（そうか、これを薦めるかな）

昨日、外商の若者が、得意先のお客様の新築祝いの品を見繕っていた。その家の嫁ぐ娘の新居に贈る品を探しているという話だったが、決めかねて、彼に相談してきたのだった。

この木馬なら、その幸福な家に飾られるには向いているだろう。美しい回転木馬と子どもたちは、その家で、幸せな夢を見続けるように、回り続けるだろう。

彼は微笑んだ。きっとお客様にも気に入っていただけるに違いない。

一瞬だけ、これを自分の母に見せてやりたかったな、と思った。いまはどこでどう暮らしているかわからないそのひとに。母は美しいものが好きだった。きっと頰を染め、両腕で木馬をそっと抱いて眺め、そしてそっと、棚に戻して、きらめく瞳で見つめただろう。

少し離れたところから、憧れと切なさをたたえた瞳で、見つめ続けただろうと思う。

「電池交換をお願いできますか？」

昼下がり、腕からはずした時計を、笑顔で彼に差し出したのは、芹沢結子だった。時間からして、昼の休憩のあと、デスクに戻る前に顔を出したらしい。

「そろそろ時期だったと思いますので、早めに、と」

結子がここで働くようになってから、もう三ヶ月になるだろうか。制服姿もだいぶ板についた。店の誰かもいっていたけれど、コンシェルジュデスクはもとからあの場所にあって、結子はずっとそこにいたようにさえ思える。

「承りました」

「閉店後にとりにうかがうということで、よろしいですか？」

「はい。それまでにはお渡しできるようにしておきます」

重みを感じる時計を、健吾は両手で押し頂くようにして受け取った。十数年の昔に作られた天文時計は美しいけれど、男の自分が持っても、厚さと重みを感じる。小柄な結子には重いだろうと思うのだけれど、この時計は不思議と彼女に馴染んで見えた。いまこうして時計を預かると、彼女のその手首にないのがものたりなく感じるくらいに。

同じようなことを思ったのか、結子が、

「その時計がないと、寂しい気がしますね」

といった。「急にひとりぼっちになったような気がします」

「ひとりぼっち？」

何もない手首に、結子は自らの手で触れた。「ここにその時計があると、祖父が一緒にいてくれるような気がするんです。言葉にしなくても、相談相手になってくれているような、いつも対話を続けているような、そんな気がしたり。――わたしたぶん、祖父に話したいことや、訊きたいことがたくさんあったんですね。甘えたかったのかも知れません」

軽く肩をすくめる。「おじいちゃん子だったのに、長く離れていましたから」

言葉の端やまなざしや、ふとした表情に、健吾はこの子の祖父の面影を感じる。繊細さと知性と、他者への優しい共感と、スパイスのような、いたずらっぽさと。ある意味、この時計は、正しく次の持ち主へと受け継がれたのだろうと彼は思う。

十数年前、いまよりも若かった彼が、このカウンターで彼女の祖父にこの腕時計を見せたときの、そのひとの表情が忘れられない。発売されたばかりのこの時計を、そのひとは一目で気に入った。心うばわれたような表情で説明を聞き、その場で時計を左手首につけたのだ。

「すごいねえ、この中に宇宙があるんだ」

そのひとは少年のように目を輝かせて、そういった。「手首にこの時計があれば、太陽や星が見えないときも、自分の行く道を見失わないでいられるような気がするよ」

他にいくらでも高価な時計や、希少な時計を買えるだけの暮らしをしていたのに、そのひとの左手首にはそれ以来ほぼいつも、その時計があった。

その時計は、カンパノラ・コスモサインと呼ばれる、二〇〇一年製造のシチズンの時計だった。紺色に輝く文字盤に、星を鏤めたような星座盤をあしらった、国産の美しい時計だ。

使ってある部品のすべてが端正で、見えない部分まで綺麗に仕上がっている上に、組み込まれた星座早見盤で、全天の星の動きをリアルタイムで表示することができる、特殊な腕時計だった。コスモサインが最初に発表されたのは一九八七年。世界初の精密星座盤付きの腕時計だった。その後も国内外の支持を集め、二〇一六年にも新しい商品が発売されている。

舶来のブランドの、数百万円から数千万円もする機械式時計のような、ある種わかりやすい価値を持つ時計ではない。中味はありふれた、クォーツ式のムーブメントだ。正確に動くし丈夫ではあるけれど、寿命は短い。機械式の時計のように、手入れして大切に使えば数十年も保つような時計ではない。価格も桁が違う。普通の腕時計に比べれば、十分高額だけれど、舶来の有名な時計のあれやこれやと比べれば、ずいぶんと安い。

けれど、コスモサインは、他にないロマンを持つ時計なので、特に星を愛するひとびとに愛好家が多い。この時計の愛好家は、他の時計には目もくれないのだ。

彼ももちろん、この美しい時計が好きだった。手首に宇宙が、リアルタイムの星の巡りがあるなんて、なんて素敵な時計だろうと思うのだ。企画し作り上げ、その後も新製品を作り続けているひとびとの、その想いを想像すると、我知らず、胸が熱くなってしまう。

「あ、もう行かなきゃ」

結子が壁の売り物の時計を見て、小鳥が飛び立つように、かろやかに身を翻す。

彼女がいない間は、コンシェルジュデスクは、インフォメーションカウンターのメンバーが気を配ってくれることになっているようだけれど、それにしても、もう戻るべき頃合いなのだろう。

「ではよろしくお願いいたします」

「はい。たしかに承りました」

大切に。命あるものを慈しむように。電池を入れ替え、磨いてお返ししよう。

いままでに無数の品々をそんなふうに受け取り、またお返ししてきたように。

夕方近くなって、お得意様がひとり、フロアを訪れた。平和西商店街の画廊の奥様で、健吾たちとの会話を楽しみつつ、気に入った物を買って帰ってくれる、ありがたいお客様だった。

結子の時計を磨いていた健吾と、同僚の女性の店員も接客に加わり、三人でとりとめもなく話しているうちに、どういう流れだったか、猫の話になった。

「ねえ、佐藤さん。例の魔法を使う猫って、あなたも見たことがあるの？」

「猫、といいますと、まさかその」

「ええ、伝説の。本館の天井のステンドグラスの中にいるっていう、金目銀目の白い子猫」

このお客様は猫が好きで、今日も猫の絵をプリントした高級なカットソーを着ていた。

「ああ」と、彼は微笑んだ。「そうですねえ。子どもの頃から、一度は見てみたいと思っているのですが……あいにくと、わたくし自身は、まだその子猫にあったことはございません」

お客様は声を潜める。

「ほんとうに、いると思う？」

「わたくしの前任者は、その猫にあったことも願ったこともある、といっておりました」

まあ、と、彼女は息を呑んだ。

「その方は、何を願われたのかしら。そして、その願いは叶ったのかしら？」

彼は微笑んだまま、目を伏せた。

「さあ。どうだったのでしょう。あいにく、詳しい話は聞きそびれました」

彼が何を願ったかは知らない。それが叶ったのかどうかも。

前任者——このフロアで若き日の彼を教育し、導き、惜しみなく知識と励ましを与えてくれたひとから、彼が直接聞いた話だった。重い病を得て、まだ十分若かったのに職場を去ったそのひとは、その最後の日、閉店後のこのフロアで、白い子猫にあったよ、といった。彼とふたりきりのフロアで、ふと思いだしたというように、さらりといったのだ。

叶うかどうかわからないけれど、とにかくひとつ、大切な願い事はしたよ、と。病でやつれた顔の、目元に薄く涙が滲んでいた。けれど、そのひとは笑みを口元に浮かべ、

「なあ、魔法ってほんとうにあったんだなあ」

しみじみと、そういったのだ。

そうして、そのひとは、自分が守り続けてきた美しい売り場を、名残惜しそうに、でも幸せそうに見やり、眺めて、やがて、「じゃあ、後は任せたから」

そういって、別館六階を去って行った。フロアのみなから渡された花束を、大切

そうに腕に抱えて、エレベーターホールの方へと姿を消したのだった。

そのひとは、そうたたないうちに亡くなった。

だからそのひとが猫に何を願ったのか、結局その願いは叶ったのか、彼は知らない。

魔法の子猫とあった、ということ自体、事実なのかどうなのか。病身の目に見えた、幻だったのかも知れない。魔法にすがりたいほどに、追い詰められていたとしても、誰が笑えるだろう。

ただ、もし魔法の猫が存在していたとして、そのひとは自分の生命のことは願わなかったのだな、と、彼はそれだけを考えた。

それよりもっと大切な何かを、願ったのだろう。

あのひとらしい、とも思った。

すでに店は傾き始めていた。自分が彼だったら、何を願ったろうと想像すると
――。

たぶん、上司は「それ」を、この店の幸福な形での存続を願ったのだろうと彼は思う。

星野百貨店に勤めたり、あるいは出入りするひとびとの中には、この百貨店にそういう魔法じみた不思議な存在がいるということを、信じる者も信じない者もいる

――。まあ、当然のことだ。みんないい年の大人なのだから。

資料室にある記録によると、創業後間もない時期から、その猫の目撃談はあった。それによって起きたとされる、いくつかの奇跡の伝説もその時代から残っている。

（けれどまあ、伝えられているどれもこれも、みんなお伽話のようではあるんだよなあ）

なので、それを信じるのは、よほどのロマンチストか、優しい、ひとの言葉を疑おうとしない者ということになる。たとえば、健吾と仲の良い、本館六階に入っているテナント、銀河堂書店の店長、柳田六朗太《やなぎたろくろうた》などがその類いの人間だ。

ずいぶん昔、彼の店の常連であった子どもたちが、その白い猫を見た、と彼に話したことがあったそうだ。彼は信じたという。

「誓って嘘をいったりいたずらをしたりするような子たちじゃなかったんです」ときっぱりいいきった。大柄な体の、がっしりとした腕をエプロンの胸元に組みながら。「あの子たちが見たというのなら、自分は魔法の猫の存在を信じることにしたんです。ええ」

銀河堂書店は、創業期から入っている店だとはいっても、百貨店の直営ではない。柳田店長は彼より若く、つまり、世代もまったく違う。けれど、二人は仲が良かった。彼が活字が好きだから、ということもあったが、もともとの性格の相性も良かったのだろう。時間があれば誘い合い、酒や食事に行くこともある。たがいの店のことを語りあうことも。

（そう、わたしも彼らのように、魔法の猫を信じられればいいんだろうなあ）

信じられれば、きっと楽しいのだろう。

（そんな不思議な存在がいてくれれば）

ふっと微笑んでしまう。

（もし、わたしが願うとしたら何だろう？）

願い事なんて、そういえば長いこと、考えたことがなかったような気がした。

（ああひとつだけ、あったかも知れない）

その願いは、心の深いところにあった。

母に会いたい、と思った。


彼は子どもの頃、母と別れた。小学校二年生の冬のことだ。日曜日だった。クリスマスが近く、ひときわにぎわう屋上遊園地に置き去りにされた。回転木馬のそばのベンチに。

その季節にしては、よく晴れたあたたかな昼下がりだった。

「用事があるから、ここで待っていてね」

そういって手にソフトクリームを握らせ、ベンチに座らせて、母はちょっとね、すぐ帰るからね、と、笑顔で手を振り、ひとなみの間に駆けていった。

ソフトクリームは嬉しかったけれど、食べているうちに寒くなったのを覚えている。

それきりだった。夕方になり、夜になり、遊園地で遊んでいた家族がみんな帰ってしまっても、母は帰ってこなかった。ひとりぼっちになり、そして、閉園の時間になる頃には、彼は泣きじゃくっていた。母に置いて行かれたのだと、悟っていた。

屋上遊園地には、その頃、専属のカメラマンがいた。お客様たちの記念写真をフィルムカメラやポラロイドカメラで撮って売るのが仕事のひとだ。そのひとはたまに無料で彼と母の写真を撮ってくれた。彼ら親子の写真を見本として飾っていたので、そのお礼だということだった。

カメラマンは、その日、彼の様子を見て、訝《いぶか》しく思っていたのだろう。泣きじゃくる彼を見て、ベンチから立たせ、百貨店の迷子案内所に連れて行った。そして——。

その頃母と住んでいたアパートは、西風早の繁華街のそば、百貨店の近くにあった。迷子係の親切な女性に連れられて、部屋に帰ったけれど、暗い部屋に母はいなかった。荷物がまとめてあって、ちゃぶ台の上に、「ごめんね。げんきで」とだけ書かれた手紙が残っていた。

それからのことは、どこか映画か本の中の出来事のようだった。とびとびにしか記憶がない。彼は警察に連れて行かれ、お巡りさんたちは、大きな手で彼の頭をなでてくれた。おとなに連れられて、子どもがたくさんいるところに行って、そして、祖父母が迎えに来て、彼は遠い街に行ったのだった。彼の父親の出身地である、東北の、雪深い街に。

初めて会った祖父母は優しかった。早くに亡くした息子の代わりに、慈しんで育ててくれた。家には大きな本棚があり、子どもの頃の父が読んだ本もあった。祖父母は尊敬すべき、よいひとびとで――一度も彼の母の悪口をいわなかった。

彼はその家で愛されて成長し、自らも望んで、祖父母の養子となった。この街、風早に戻ってきたのは、大学卒業後、この百貨店に就職が決まってからのことだ。意識して戻ってこようと思っていたわけでもなかったのだけれど、不思議と縁があってそうなった。

母と別れ、捨てられた百貨店だと思えば、やはり切なくも苦しくもあったけれど、それよりもその場所への懐かしさが先に立った。東北の美しい街も故郷と思っていたのだけれど、星野百貨店に帰り、そこで働くことを思うと、懐かしさに胸が熱くなった。

そして、彼は社員として初めてこのフロアを訪れ、美しい品々の間に立った。幼い日、母とふたりで、遠くからその煌めきだけを眺めていた、その場所に足を踏み入れた。

その日、その瞬間から、彼はこのフロアに魅入られていた。自分の給料ではとてもあがなえない、希少で高価な品々の放つ美しい光の虜《とりこ》、その従者になってしまった。自分の手に入るとか入らないとか、そんなことはどうでも良い、圧倒的な美がそこにあったのだ。

それはたぶん、星空を見上げるような気持ちに似ている。——手が届かないからといって、星は美しくないだろうか。その煌めきを地上から見上げない、なんてことがあるだろうか。

精巧な機構で動く腕時計たち。まるで呼吸をしているような、柔らかな表情を浮かべた陶器の人形。美しくカットされ、磨き上げられ、小さな王冠のような台にセットされた宝石たち。子どもや孫の代まで受け継がれ、使われ続けてゆくように、丁寧に仕上げられた家具や、革製品の数々。切子のグラスに、螺鈿《らでん》、金銀細工に刀剣。海の向こうの国々から渡ってきた、一流の絵画や、不思議な神々や鳥や動物をかたどった、つややかな木肌の彫刻たち。色あざやかな織物。どっしりと重い絨毯。

デザインし、作り上げてきたひとびとの思いや指先が見えるようで、その技術と精神、ここに至るまでの、それらが受け継がれてきた長い歴史にも心打たれた。ひとの手には、こんなにも美しく、繊細で、おおらかで、完璧で、優しくゆるやかなものが作れるのだろうかと思った。

自分の手で、この人類の宝物のような品々を守りたいと思った。ひとつひとつの品々を、いちばん必要とし、大事にしてくれる誰かの手に渡すことができたらと思った。品物も、その所有者になるお客様も、ともに幸せになる、その縁を結ぶことが自分にできたら。

このフロアにある品々は、それを手にするひとびとにとって、特別な宝物となるさだめにあるものが多かった。高価なだけに、人生の節目の記念や、大切な誰かへの贈り物として選ばれることが多かったからだ。誰かの人生に大切な品物として寄り添い、ともに暮らし、やがて次の世代へと受け継がれてゆく――このフロアにあるのは、そういったさだめを持つだろう品々だった。

生半可な態度、いい加減な商品知識やセンスでここに立つことは許されないと思った。

別館は本館と並んで八階建て。小規模ながら一流の、瀟洒なホテルやホール、宴会場、そして結婚式を挙げられるチャペルに美容室もある。別館で結婚式を挙げるひとびとも、同じ建物の中にあるこのフロアで、結婚指輪や引き出物を選ぶことが多かった。

またホテルの宿泊客、国内外のいろんな地から旅してきた旅人たちも、このフロアで旅の記念になるものや土産物を買い求めていくことがあった。多少高価でも、質の良い選ばれた品を。思い出とともに長くかたわらにあってくれるものを。その求めに応じるのも、この別館六階のフロアの役目だった。彼や彼の同僚たちはいくたびも、そういった客人たちの相談に乗ったものだ。

そしてそういうひとびとは、巡り来る記念日のたび、あるいは再びの旅のときに、またこのフロアに足を運ぶことがあった。前回迎えたときから、小さな家族がひとりふたりと増えていたりもするものだ。まるで空を渡る鳥や、川から海へ旅立った魚が、懐かしい故郷に帰ってくるように、お客様たちは帰ってくる。フロアにいる店員たちは、きっとお客様たちのことを記憶していて、そのたびに嬉しい思いで、お客様たちのまた次回の訪問を、その幸せが永く続くことを祈るのだった。——お客様たちの方では、ショーケースの向こうに立つひとびとのことを覚えていないことがほとんどだとしても。

百貨店というものは得てしてそんな店ではあるけれど、このフロアは特に、品物を通して、お客様の思い出のひとかけらになり、静かに存在し続けてゆく場所だった。新しいお客様の訪問を待ちながら、馴染みのお客様たちとの再会を待ち望む、そんな場所だった。

先輩社員たちと並んで、カウンターに立つことを許された日、彼にはそれがどんなに誇らしく、嬉しかったことか。美しい品々とお客様の幸せのために、先輩たちの足を引っ張らないように、余暇はすべて商品研究と知識を得ることに費やした。ひとつひとつの品物が、間違いなく、その行くべきところへ届けられるように。品物に関わるすべてのひとが幸せであるように。

星野百貨店への感謝の想いも忘れなかった。自分のようなものを信じ、この百貨うことを。
店でも呉服と並んで価格帯の高い、貴重な品々を扱うフロアに立たせてくれたとい
　子どもの頃に別れたきりの母のことも、若い頃は特に、よく思いだした。いまお
となになった息子が、あの日、母が憧れていたフロアに立っていることを知ったな
ら――そのひとは、喜んでくれるだろうか？
　想像の中の母は、美しい着物姿で、遠くから、フロアに立つ彼を見つめている。
カウンターの奥から彼が呼んでも、その場を離れずに、困ったような顔をして、こ
ちらを見ているのだ。
想像の中の母は、いつまでも年をとらない。
　母がいまどこでどう暮らしているのか、幸せなのか不幸なのか、彼は知らない。
　彼は長い間、この場にふさわしい者であろうと、思い続けてきた。年月を経たい
まも、別館六階のフロアのこの場所に立ち続けていることは、自分の誇りでもあり、
生き甲斐でもある。
　家にいるときも、店のことを忘れることはない。休日の夜、料理上手の妻や娘の
手料理に舌鼓を打っているときも、ふとしたはずみに、商品やお客様のことを思い
だし、口を動かしながらも考えているので、家族に笑われ、
「お父さんはいつも、魂の根っこがお店にはえているものね」

などといわれたりする。

そんなときは、申し訳ないと思うのだけれど、それを笑って許してくれる妻や子らに感謝して、我が身の幸福を嚙みしめるのだった。


そして、先ほどのお客様を見送ったあと、彼は深いため息をつく。

手元の美しい時計——芹沢結子から預かった、彼女の祖父の時計を見つめながら。

この時計——コスモサインは、もう十分に古い。クォーツ式の時計の寿命は、ものによっては十年ほど。ましてや複雑な機構を持つ天文時計だ。この時計はいつまで彼女の手首で星のめぐりを教えつづけることができるのだろうか。

お客様を助けて、この先もメーカーとともに、ずっとメンテナンスをしてさしあげたい。それができるのは、このフロア。自分たちだけなのだという自負がある。

ここから旅立っていった、ほかのあらゆる美しい品々に対してもそう思うように。

(しかし)

(いつまで、この場所で、お客様の大切なものをお預かりすることができるのだろう?)

(いつまで、この場所で、お客様と、その元に旅立った品々の幸せを祈っていることができるのだろう?)

つい、いつまで、と口に出して呟いた、その一言を聞かれ、思いを感じ取られてしまったのか、そばにいた同僚の女性が、軽く頭を下げ、バックヤードの方へと下がっていった。

そう。考えることはみな同じなのだ。

いつまで、星野百貨店は、各階のフロアを、いやこの美しい百貨店そのものを維持してゆけるのか？

閉店の日はいつだろう、と、心配そうに社員たちやアルバイト、出入りの業者がささやき交わす声を、彼は何度も耳にしたことがある。

それが揶揄する声ではなく、真に店を案じ、またこれからの自分や同僚たちの身の振り方を心配し、嘆息する声であるのは、ありがたく、また申し訳ないことでもあった。

星野グループ、そしてこの百貨店の役員である彼や、他のフロアの責任者より上の立場のものたちだけが、知っていることがある。ここ数ヶ月の間、内密にされていることだ。

（経営に手を貸してくれていた、大手の百貨店チェーンは、もはやこの店を見放している）

創業者一族から譲られた株を、すべて返還して、経営から手を引くことを宣告されてしまった。多少損をしようとも、倒産に巻き込まれ、火傷を負う前に、手を切りたいのだろう。

時代の変化に伴い、百貨店という業態がもはや立ちゆかなくなっていっている中、それでもうまく舵を取り、泳ぎきっていこうとする店もある。地方の小さな規模の百貨店の中には自店の客層を分析し直して、経営を建て直したところもある。だがある意味、それはほんとうに幸運な例だった。痛みを伴う再編成が続いているのが、いまの百貨店業界だった。閉店の話題は常にある。星野百貨店のように、昭和の時代に開業し、日本の戦後の復興、経済的な発展とともに増えてゆき、売り場の面積を増やしていった店の数々。あるいは遠く明治時代、あるいは江戸の昔まで店のルーツをたどることができるような老舗の数々。長く続く不況の中で、お互い同士が客を奪い合うだけでなく、薄利多売のスーパーや、アウトレットショップ、インターネット上の店々とも競い合わなくてはならなくなったのが、いまの百貨店だった。けれど、それら身軽で大規模な店と同じ土俵で戦って、百貨店が勝てるはずもない。

スーパーの系列に入った百貨店チェーンもあったけれど、それによっていくつもの店が不採算店舗として閉店の憂き目に遭った。スーパーと同じシビアな基準、短期的な売り上げの良し悪しで存続を判断されれば、百貨店には分が悪い。巨艦のように組織も建物も大きな商売だ。簡単に方針を変えることもできないし、試行錯誤するにも時間がかかる。

そんな時代の中で、星野百貨店は今年、創業五十年を迎えようとしていた。

星野百貨店は、数年前、仕方なしに大手百貨店チェーンの助力を仰いだけれど、その助言を受け入れることを拒否した。人減らしや、取引先を絞り、切り捨てるなどの痛みを伴う改革を選べなかった。星野百貨店側の役員たちがそれを許さなかった。その選択が時代遅れなものだと内心でわかっていても、誰かが泣く道を選ぶことができなかったのだ。

そして、株主たちも、それを支持した。

（会長も社長も情に厚すぎる、ということもあるのだが、それ以前に、星野百貨店には、譲れないもの——社是がある）

五十年前、この百貨店がこの地に産声を上げたとき、掲げられた言葉がある。焼け跡に咲いた、青い野の朝顔のマークとともに。「五つの誓い」と呼ばれる社是だった。

『わたしたちは、文化を発信し、人類の幸福に寄与できる百貨店であることを誓います。

この風早の地のひとびとが、二度と飢えず、寒さに震えないよう、美しいものを身にまとい、活字を選び、楽の音を演劇を映画を楽しむことができるよう、そのための文化の砦として、この地に在り続けることを誓います。

わたしたちは、お客様の幸いのために喜んで奉仕し、同時に、従業員の福利厚生を守り、ひととして尊ぶことを誓います。

而して、この地に住まうひとびとが未来まで永く幸福であるよう、その平穏で豊かな日常を支える存在であることを誓います。

そのためにこの地に在り続けることを重ねて誓います。』

敗戦後、焦土と化したこの地に、残された孤児たちと商店街の生き残りのおとなたち――復員してきた経営者と、従業員たちとで築き上げた平和西商店街。

星野百貨店は、その中心に、核となるように建設された百貨店だった。

バイヤーが世界中から集めてくる素晴らしい品々も、映画館にかかる映画も、見事な選書ができる書店も、いつだって街の話題の中心となり、ひとびとに夢を見せ続けてきた。

平成になり、創業の時代は過去となっても、地元に根付いた百貨店であるという、その出自が忘れられることはなかった。忘れ去られるには、創業者一族と、商店街のひとびとの想いが強すぎたし、彼らにとって、昭和は、遠い時代になるにはまだ近すぎたのだ。

ライバル店である大手百貨店や、大規模なスーパーに対抗するには、本来なら、店舗の改装や増床、テナントを入れ替えるなどの手を打つところだけれど、星野百貨店には、大規模な改装をするだけのゆとりはもはや無かった。

テナントの入れ替えは不可能だった。提携先の、大手百貨店チェーン側の役員たちは、売り上げの悪いテナントをいくつか撤退させることを提案したが、星野百貨店はそれすらも認めなかった。テナントもまた、「昔からいっしょにがんばってきた仲間」だったのだ。

一方で、昨今の国内の状況の変化の中で、人件費は上がってゆく。正社員の多いこの百貨店には、それもまた大きな打撃になった。

景気が上向く材料のないまま、震災も続き、国内の空気は沈滞している。消費は冷え込んだまま、復活の兆しをのろのろとしか見せようとしない。誰の目から見ても、この業界の先行きは明るいとは思えなかった。海外からのいわゆる「爆買い」に支えられ、浮き足だつように売り場が賑わった日々もあったけれど、現場に混乱を残してブームは沈静化した。

そして、大手百貨店チェーンは、星野百貨店を見放すことを決めたのだ。もはや拡大を続ける時代ではなくなった、ということでもあった。東京に本店を持つ、歴史のある巨大な百貨店でも、経営に冒険が許されない、守りに入る時期に入ったと判断したのだろう。

星野百貨店は、再び、独り立ちをすることを運命づけられたのだった。

あるいは――すべてをあきらめて、最悪の事態になる前に、静かに閉店してゆくことを。

(この百貨店は、いまの経営陣では、不況を乗り切っていけないだろう)

現時点の社長兼店長である、星野太郎氏にはグループの舵を取る能力がない。彼は欲というものがおよそない人間、その上、正直で素直な人間で、それはきっと、彼の美徳なのだ。——あいにく、この時代、上に立つ者としては必要性に乏しい美徳なのだけれども。

（あの方ではなあ……）健吾は緩く首を横に振った。

星野太郎氏は、その若い日に、店内のいろんなフロアで、売り場に立った時期がある。ほぼ同世代の彼や仲間たちは、当時、興味深くその様子を見守っていたのだが——。

（まあ、なんというか……だったなあ）

賢くもある。品物の良し悪しを見極める力もちゃんとある。様々な商品についての知識もある。お客様とウィットに富んだ会話もできるので、接客には向いている。華もある。

しかし太郎氏は繊細すぎ、優しすぎた。争いを避けようとするあまり、八方美人のような発言が続く。上に立つ者に必要な、背後にすべてをかばって立つ勇気も侠気《きようき》も無い。

覇気が無い。おだやかに在ることだけを望み、プライドも、変わっていこうという意志も無い。

（そう。いちばんまずいのは）

そのひとには、夢を見る能力が無かった。

百貨店とは、時代の波の中で、常に最先端の鋭い感覚を持ち、よりよいかたちへと変化しつつ在り続けていかなくてはならない業種だ。そのためには、未来が「見えて」いなくてはいけない。巨大な船の舵を取り、安全な航海を続けるために。

太郎氏には、星野百貨店をどのような店に育ててゆきたいか、そのことの明確なビジョンが何もなかった。この先の遠い未来、重ねてゆく時間の先に、星野百貨店が完成してゆくべき姿を想像する力がなく、そのためのよりよい変革を考えることもできなかった。

たとえば、高度成長期のような、社会全体が消費に前向きで、放っておいても物が売れていった時代ならば、それでも売り上げをいくらかは維持できたのかも知れない。

いまの日々状況が悪い方へと変化してゆく時代の経営者には向いていなかった。挙げ句、情に流されて、有象無象の提案に乗り、本業以外の事業に貴重な資金をつぎ込んで、中途半端にしか関われないままに、焦げ付かせることが続いた。

やがて、経営陣からも、株主たちからも警戒された太郎氏は、経営から遠ざけられた。その頃、会長であった創業者、太郎氏の父である誠一氏が倒れた。

それがきっかけになって、星野百貨店は、大手チェーンの傘下に入る道を選んだのだ。その頃、販路を広げることに熱心で、この街への足場を探していた大手百貨店が声をかけてきた、そのタイミングに乗ったのだった。

窮余の策だった。偉大な指導者が倒れた百貨店が、この先どうするか考えるための、時間稼ぎの手でもあった。いわば、消極的な選択によるものだった。店を続けていくための。

（星野百貨店は、この街に存在し続けなくてはいけない）

ここに在って、お客様を待つために。「五つの誓い」を守るために。

いまは他により大きく、経営の安定した百貨店が在り、大規模なスーパーがあるにしても、だからといって、風早の地からこの店がなくなってもいいということにはならない。

星野百貨店がなくなれば、ただでさえ勢いを失いつつある平和西商店街は、その核を失って、一気にシャッター街になりかねない。いまはまだわずかに流れ込んでくる、風早駅前からのひとの波が完全に止まってしまう可能性が大きいからだ。

百貨店で働く従業員は、正社員もパートもアルバイトの学生たちも、職を失うことになる。それが急なタイミングになれば、次の仕事を探すこともできず暮らしに困るだろう。家族共々路頭に迷う者も出るかも知れない。この百貨店と関わりを持つ、ほかの業種のひとびとも、全国の取引先も打撃を被る。そしてそれから先、一体どこまで悪い影響が及ぶことか。どれほどのひとが泣くことになるものか。ひとつの店が倒れるとはそういうことだ。

（在り続けなくてはいけないんだ）

この百貨店に関わるたくさんのひとびとの暮らしを守る、砦として。

いまはもう古びて小さな、時代遅れの砦なのかも知れないけれど。

たとえば、芹沢結子のように、大切な腕時計を彼に託す誰かがいる限り、この店はそのひとりのためだけにでも、ここ風早の地に在り続けなくてはいけないと彼は思う。そしてそういうお客様は、彼が名前をそらんじているだけでも、たいそうな数となるのだった。

ずっとこのフロアに立っていられるだろうと思っていた。不況のただ中にいても、なぜか信じていた。けれど——。

彼は手の中の時計を見つめた。星座盤が組み込まれた、美しい時計を。

このフロアにいられなくなるそのときまで、自分はここに立ち、お客様の訪《おとな》いを待ち続けるだろうと思った。

（魔法を使う、不思議な子猫か——）

ほんとうに、そんな奇跡があればいいのに、と思った。

閉店後の、星野百貨店の屋上。佐藤健吾は、屋上に舞う蛍の光を静かに見守っていた。屋上庭園のビオトープで育てられた蛍の群れだった。

そういえば、母と暮らしていた頃、この街の小さい川で、蛍の群れを見たことがあったな、と懐かしく思い出す。その夜は祭りの夜だったのか、川沿いに出店が出ていて、彼はもらった小遣いで、母に指輪を買ったのだ。ガラス玉でできた、おもちゃの指輪だったけれど、大きくて綺麗で、母も喜んで右手の薬指にはめて、嬉しそうに笑ってくれた。蛍の群れが飛び交う夜に、アセチレンランプの明かりを受けてきらめくガラスの指輪を指に飾った母は、とても美しかった。

あの時代はまだ街中で蛍を見かけることもあった。小さな痩せた川の、細々とはえた雑草にまといつくように、蛍たちは飛び交っていた。いまはもう、あの川はない。暗渠《あんきょ》になって、暗い地下を流れている。

見上げれば星々の光に入り交じるように飛び交っている蛍たちは何を思うのだろうと、彼は思う。川にいた蛍の末裔である蛍たちは、ビオトープの水に毎年卵を産むのだけれど、翌年まで生き延びて成虫になるものは少ない。そして毎年、新しい蛍の幼虫が水に放されるのだ。

「今年の蛍はひときわきれいだと『新聞』に書いてあったが、たしかに……」

この百貨店の広報部は、昔ながらのチラシもデザインするけれど、手書きの新聞も楽しそうに発行しているし、ローカルテレビやラジオにも、まめに出演して、宣伝をしている。ここ数年、百貨店がはっきりと傾きだした頃から、特にその傾向が顕著になった。生活密着型の庶民派の百貨店、商店街の中の店だということを前面に押し出そうとしていると、広報部長から聞いた。

「SNSでもね、ある程度積極的にユーザーに絡んでいくようにしてるんだけど、そうすると、この店は愛されてるんだなあって思うことが多いよ。それこそが、この店の売りだと思うの」

広報部長は切れ者の女性で、健吾と同期で入社した仲間だった。昔から妙に気があうこともあって、仕事でのやりとり以外でも、何かと広報の状況を聞く機会も多かった。

いまの広報部は、まるで文化祭のようなノリになっているのだと聞いたこともある。

「それも卒業前の、最後の文化祭みたいなね」

そんな風に、彼女は付け加えた。

蛍は、ひとのいない遊園地の中を飛び交っていた。ふわりふわりと、緑色の光の尾をひいて、回転木馬の方へと飛んでいくものもいる。

回転木馬は、開業後、幾度かの故障と修理を繰り返した後、製造元に修理用の部品が尽きてしまったため、ついにこの屋上を去ることが決まった。まだまだお客様たちに愛されている木馬だけれど、万が一の事故が起きたりする前に、勇退してもらおうと、そう決まったのだった。

木馬がなくなった後は、特に何も置かず、場所を空ける予定だと聞いた。子どもの数もずいぶん減ってしまったので、新しく遊具を置くまでもない。辺り一帯をならしてしまうのだと聞いた。

（花壇もなくしてしまうんだろうなあ）

木馬のそばには、小さいけれど、年を経た花壇がある。季節ごとに、百貨店に入っている竹田《たけだ》フローリストに手入れされた、愛らしい花々が咲くのだけれど、枇杷《びわ》やレモン、グレープフルーツに柿、といった、実のなる木もそこには育っているのだった。

実はその昔、その種をここにひそかに植えたのは健吾だった。母と二人で百貨店に通っていた幼い日、レストランで食べたお子様ランチやパフェに添えられていた果物の種を、そっとてのひらに隠して店を出て、木馬のそばの花壇に埋めていたのだ。

何でそんなことをしていたのか、いまとなってはよくわからない。ただ、種を皿に残せばごみとして捨てられてしまう、それがかわいそうだったのだろうと思う。

自分がしたことも忘れるほどに長い年月が経ったあと、この百貨店に、社員として帰ってきて、懐かしい屋上に上がった彼は驚いた。遠い日に彼が埋めた種たちはそれぞれに育ち、花を咲かせ、実をつけるまでになっていたのだ。誰かの手で大切に世話をされて。

仲良くなった竹田フローリストの跡取り息子、いつも額にバンダナを巻いている健太郎《けんたろう》に、彼はある日、この小さな花壇のことを訊ね、そして知った。

小さな花壇に、自分が植えていない花や木の芽が出てきたとき、健太郎の祖父である先々代の社長は、ああこれは子どものしわざだな、とすぐに思ったらしい。

「じゃあ抜くのはかわいそうだし、育ててみよう、と思ったらしいんですよ。いつかこの種を植えた子どもが、ここへ来て、自分が植えた種がこんなに立派になった、っておどろいたら面白いだろうなって」

健吾は、自分こそがその種を植えた子どもだと健太郎に話し、健太郎は、「今度墓参りのとき、じいちゃんに伝えておきますよ」と笑った。


回転木馬がここからなくなり、花壇がなくなってしまえば、そばにあるベンチだけが遊園地の一角に残ることになる。いやベンチもまた、どこかに運ばれて行ってしまうのかも知れない。

「木馬とベンチがなくなるのは困るなあ」

ふと、呟いていた。「母さんとの待ち合わせの目印がなくなってしまうじゃあないか」

無意識に呟いた言葉だった。自分の言葉に彼はぎょっとして、手で口元を押さえた。

そんなことを、自分が望んでいたなんて、おとなになった彼は思っていなかった。そのはずだった。

冬の日曜日、母は彼を回転木馬に乗せた。いつもは一度きりなのに、何回も乗せてくれた。その日の母はいつもよりもひときわ美しい装いをしていて、表情も凜として美しく、彼はうっとりとして見とれたものだった。

母はそして、姿を消した。木馬のそばのベンチに、彼を座らせて。白く甘い雪のような、ソフトクリームをその手に握らせて。

楽しげな音楽と、木馬の灯りが消え、回転が止まっても、いつものように、笑顔で彼を迎えにきてはくれずに、忽然《こつぜん》と姿を消したのだ。

(どこかで、わかっていたんだよな)

母親は自分を捨てていったのだと。待っていても、もう帰ってこないのだと。

でも、一方で、ここで待っていたいような気もしていたのだな、と、彼は気づいていた。

祖父母の家で幸せに暮らしながら、そのひとが迎えに来る日を待っていたような記憶もある。

母は迎えに来なかった。幼心に、思ったことがある。

(母さんは、あの屋上にいるのかも知れない)

あの回転木馬のそばのベンチに戻ってきて、彼を待っているのかも知れないと。

だって、ここで待っていてね、と彼にいったのだから。

あるいは風早の街がもっと近ければ、彼は祖父母の家を出て、あの屋上の遊園地に戻ったのかも知れない。

けれど、東北の幸せなその街から、風早の街は遠かった。子どもの足では戻れないほどに。

長い年月が経った。そうしてやっと、彼はこの屋上に戻ってくることができたのだ。子どもの頃の思いをなかば忘れてしまった、そのときになって、やっと。

彼は苦笑した。目元に涙が滲んだ。

「そうか。わたしは、母さんに会いたかったのか。母さんをここで待っていたかったのか」

ふと、フィンランドの親子のことを思いだした。バイオリンを弾く母と娘のことだ。

不器用な母は、言葉の代わりに愛を込めて、桜色のテディベアを娘に贈った。

あんなふうに彼の母も、我が子を思ってくれていたなら良かったのに、と、思った。

だが、彼の母は、彼のことを愛してはいなかったのだ。彼がそのひとを愛したほどには。

そうでなければ、息子を置いていくはずがない。屋上に捨てていくはずがない。

それっきり、会いに来てくれないわけがない。

「わかってはいたんだ」

だけどもしかして、彼の母がほんとうは彼に会いたくて、でも何らかの理由でここに来られないとしたら。れていたら。いまもこの国のどこかで、彼に再び会いたいと思ってくれているとしたら。

この百貨店がなくなっていたら、困るだろうなあと思った。屋上の遊園地の、回転木馬のそばのベンチに行かなくては、と、走ってきても、もう木馬がなくなっていたら。記憶の中の母は、別れたあの頃と同じ、着物が似合う、背の高くほっそりとした美しい女性で、その母が、屋上で、回転木馬がなくなった遊園地を見て、途方に暮れる情景を想像して、彼は新しく浮かんだ涙を拭いた。

口元は笑ってしまうのだけれど。なんて馬鹿な想像だ、と切なくなりながら。

「まったく、ひとはいくつになったら、おとなになれるのだろう」

街の空は、繁華街の灯りを受けて、うすぼんやりと華やかに明るい。その空を背景に、回転木馬は静かにそこにある。蛍の群れの光をまといつかせて。

彼はふと、そのそばに佇む、幼い日の自分の姿を見たような気がした。

少年は、泣いていた。母がいなくなった、と泣いていた。泣きながら、探していた。

何を？　母と——魔法の白い子猫を、だ。

そうだなあ、と彼は呟いた。

「わたしは母に会いたいな。奇跡を願うなら、きっとそれだ」

馬鹿なことを、と自らを笑ったとき、目の前の回転木馬に明かりが灯るのを見た。

最初は蛍の光の見間違いだと思った。

けれど違った。いや見間違いようもなかったのだ。あの華やかな光が蛍のはずがない。

宝石のような色とりどりの灯りが点滅している。思い出のままに。昔の通りに。

そして彼は、一頭の木馬の背に、白い子猫が座っていることに気づいた。

金目銀目の、左右で色が違う瞳を持つ猫は、どこか得意げな表情で彼を見つめ、一声鳴いた。何かを高らかに宣言するように。

彼はただ、回転木馬に近づいていった。

「――こんな馬鹿なことがあるはずがない」

白い子猫に近づき、その輝く毛並みに、そっと手を伸ばそうとしたとき――。

ふいに足下に振動を感じた。木の床が動いている。にぎやかな音楽が鳴り始めた。

回転木馬が動き始めたのだ。

猫が木馬に乗ったまま、遠ざかってゆく。

彼は木の床の動きに呑まれるようによろめいた。とっさにそばにあった木馬の背に手をつき、弾みでその首にまたがるようなかたちで、木馬に乗っていた。どうもおかしい。何か変だと思ったら、気がつくと彼のからだは縮んでいた。身の丈が低くなっていたのだ。

子どもの頃の姿に戻っていたのだった。

夜空は高く、木馬は大きく、立派で。音楽は懐かしく、光の点滅は美しく。

彼は弾む心で、木馬に身をゆだねていた。

そして彼は、巡ってくる情景の中に、あの日と同じ母の姿を見たのだった。

美しい母が、こちらに向かって手を振っている。飛び交う蛍の光に包まれて。右手の薬指には、彼が贈ったガラスの指輪が光っている。嬉しい想いと懐かしさが、胸一杯にこみ上げた。

ただ違っていたのは、いつもそんなときの母は、楽しげな笑顔だったのに、いまそこにいる母、夜の遊園地の暗がりに、木馬の灯りに照らし出されている母は、笑顔のまま泣いているということだった。彼に向かって手を振りながら、なぜか涙をぼろぼろと流し、それを拭いもしないで、立っていたのだった。

やがて回転木馬は止まった。木馬に飾られた華やかな灯りは消えて行き、静かな蛍の光だけが、緑色の輝きを、夜空に流していた。

彼は木馬を下りた。昔のように、母の方に向かって駆けて行った。母は泣き笑いを浮かべ、身を屈めて、彼を抱き止めようと、着物の袖をひらめかせて、両手を広げた。

「――佐藤さん、佐藤さん」

誰かの手が、幾分乱暴に彼を揺り動かした。

「もう閉店時間を過ぎましたよ。どうしたんですか。こんなところで……」

いわれてぱっと覚醒した。何だか眩しいと思ったら、目の前に懐中電灯を持った若い警備員がひとり、身を屈めて、心配そうに、彼の顔をのぞきこんでいたのだ。

蛍が、夜空を飛び交っていた。

どうも彼は、回転木馬のそばに置かれたベンチに座り込み、眠ってしまっていたらしい。

すまない、と謝りながら、彼の目は母の幻を探し――やがて、深くため息をついた。

回転木馬はひっそりと闇に沈んでいる。

(ああ、夢を見ていたのか)

たとえ夢だったとしても、母に会えて良かったと思った。

佐藤健吾は、後に振り返ったとき、自らに予感のようなものがあったのだろうと思った。

屋上で不思議な夢を見た、その数日後、店にいた彼あてに、知らない町の病院から電話がかかってきたのだ。数日前、ひとり暮らしの老婦人が病に倒れ、病院に担ぎ込まれたと。その後、意識不明のまま、眠っているのだけれど、持ち物の中に、『星野ひゃっかてん　ほうしょくと時計のフロア　佐藤健吾』と書かれたメモが残されていた。その女性に心当たりはありますか、と問われた。

女性が病院に担ぎ込まれたときに名乗ったという名前には心当たりがなかったけれど、その右手の薬指に古いガラスの指輪があったと聞いたとき、会いに行かせて欲しいと願い出た。その日のうちに長い陸路の旅をして、その夜おそく、古い病院にたどりついた。

田舎の小さな病院の、古いベッドに身を横たえたその老婦人は、年老いて小さくしなびていたけれど、顔立ちに母の面影があった。何よりも、その指にあったという、古いおもちゃの指輪。記憶の中にあるものと重なる、子どもの頃の彼が贈ったものだったのだ。

不思議なことに、母が病院に運ばれたと教えられた日の夜の、ちょうどその時間に、彼は百貨店の屋上で、回転木馬のそばで、若き日の母の幻と対峙していたのだった。

(魂だけが、訪ねてきてくれたのだろうか)

枯れ枝のようにしなびた母の指を撫でながら、彼は思った。願いを叶える魔法の子猫かも知れないものに出会ったあととなれば、そう思わずにはいられなかった。

翌日、病院のひとに教えてもらって、母の住まいを訪ねた。

母が暮らしていた部屋は、古く小さな共同住宅の一室で、荷物らしい荷物は扇風機に布団と寝間着、小さなテーブルにわずかな着替えくらいしかなく、唯一の財産といえば、古い革製の赤い小さなハンドバッグ。小銭しか残っていない財布の、その札入れの部分に、彼と百貨店の名前を記した紙切れだけが入っていたのだという。

母は彼がいまどこに居るか、どこで働いているのかも知っていたのだ。

友人もなく、誰かと話すこともなかったようだという母が倒れる前に考えていたことはわからない。総菜店で、店内の掃除や料理の下ごしらえをして暮らしていたという、そのあたりのことは、近所のひとに聞いた。店の残り物を持ち帰って、そうして日々暮らしていたらしいと。

この小さな部屋で、ひとりきり食べる食事は美味しかったのだろうか。その様子を想像して、彼の胸は痛んだ。

食器棚のガラスごしに写真が飾ってあるのが見えた。小さい頃の彼と若い日の母が遊園地のベンチで微笑みあっていた。古い写真には指のあとが残っていた。何度もなでられたことを教えるように。

彼がどこにいるか知っていたのなら、なぜ、訪ねてきてくれなかったのだろうと考えた。

訪ねてきてくれたら、彼の家に呼んだのに。寂しい思いなんか、させやしなかったのに。

なぜ、と、思いつつ、おとなになった彼には、母の気持ちもわからなくはないのだった。

(会いたくなかったからじゃない)

それならばきっと、彼の名を記したメモを大切に残しておいたりはしない。

(会いたくても、会えなかった)

(我が子を捨てた、そう思っていたからだ)

(自分なんかが親でいてはいけない。そう思っていたんだ)

親子だからわかる。わかるのだ、と思った。

母は弱くて駄目な人間だったかも知れないけれど、心根が綺麗なひとだった。迷いやすい、弱いひとだったけれど、同時に不思議な強さももっていた。

畳に正座し、母のことを思ううちに、嗚咽が漏れた。成長後の自分の姿、おとなになって立派になった自分の姿を一目見て欲しいと思った。もしこのまま身罷《みまか》れば、母はいまの自分を知らないままで終わってしまう。

夕暮れが近づいて、ひぐらしが鳴き始めた。聴くともなく、その声を聴いていると、スマートフォンにメールが届いた。同期の広報部の部長からだった。写真が添えてあった。

古い写真をさらにスマートフォンで撮影した物のようだった。星野百貨店の屋上だ。夏なのだろう。ワイシャツ姿の笑顔の人物は、若い頃の健吾だった。屋上は賑わい、複数のお客様たちの姿が写っている。そのひとりを指すように、矢印がつけてあった。字が書きこんである。

『佐藤くん、このひと知ってる？』

着物姿の女性だった。日傘を差して、他のひとびとの陰に隠れるようにして、彼の方をじっと見ている。うしろから、見守るように。

「――お母さん」

見間違えるはずがなかった。それがどんなに古く、小さな写真でも。

健吾は広報部長に電話をかけた。すぐに彼女は電話を取り、写真のことを教えてくれた。

健吾が遠い街に母を訪ねた、まさにその日のことだった。猫の魔法を信じるならば、そこにもまた、奇跡が介在していたのだろう。

星野百貨店広報部のひとびとは、古い写真が入った箱を倉庫から発掘してきていた。

広報部は昨年からずっと、創業五十周年のこの店の歴史をまとめる作業を続けていた。屋上の遊園地の回転木馬が引退するにあたって、その記事もまとめておかなければいけないだろう。過去の木馬の写真がないかと誰かがいいだしたのだ。子どもたちが喜んで乗っているような写真が欲しい。

昔は屋上遊園地にはカメラマンがいて、楽しそうな親子連れの写真をフィルムカメラやポラロイドカメラで撮影していた。それらの写真は、お客様に販売したり、百貨店に残して、ポスターやチラシに使ったりもした。

「勝手に使っちゃってたんですか？」

若い広報部員が驚いたようにいう。

「個人情報がどうとかいうようになる、ずっと前の、昭和の時代の話だもの。おおらかっていうか、何でもありって感じだったのさ」

先輩格の広報部員が答える。「いまは時代が違うから、昔の写真を使うときは、目隠しの線を入れたり、顔をぼやかしたりして、誰かわからないようにしないとね」

「ねえ、これ見て、綺麗な女のひと」

ひとりが騒ぎ、みんなでその写真を見た。

「うわあ、すっごい美人さん」

「女優さんかなあ。着物着てる。右手のほら、薬指かな。大きな指輪が光ってる」

「どうかなあ。こんな女優さんいたかなあ」

「ていうか、これ綺麗だけど、そんなにいい着物じゃなさそうだよ。着方も美しくないし。ちょっと品がないっていうか、衿を抜きすぎてるよ」

「指輪の石も大きすぎるね。おもちゃじゃない？」

「そうかなあ」

「でも、綺麗なひとだよね。それに幸せそう」

広報部員たちはうなずきあった。

美しいひとは、日傘を差し、回転木馬に乗っている少年に向かって手を振っていた。

一枚の絵のような、幸せそうな情景だった。

同じ親子の写真は何枚も見つかった。母親が美しかったからだろう。そして、母親に面差しが似た少年も、愛らしかったからだろう。親子は星野百貨店の屋上の、この遊園地が好きで、よく訪れていたのかも知れない。それもあって、他の親子より多く、写真が残ったのかも知れない。そんな話をしながら、彼らは写真を探した。

母親の着物は季節ごとに替わり、幼い子どもは、少しずつ大きくなっていった。色褪せた写真の中で、いつも親子は幸せそうだった。

広報部員たちは、古い写真を見つめた。

昭和の時代にこの百貨店の屋上にいた、一組の親子のその後のことに、それぞれに思いを馳せた。この親子はその後どんな人生を送ったのだろうか。まだこの街にいるのだろうか。いまはどこでどんな風に暮らしているのだろうか。息子はもう大きくなり、おとなになったろう。母親は年老いて、あるいはもう存命ではないのかも知れない――。

写真が入った箱を次々に開けていくうちに、「おや」と誰かが声を上げた。

「こっちの箱には比較的新しい写真が入っているみたいだぞ」

「いつ頃の？」

「さあ。でも写真が鮮やかな色になってる」

写真を箱からとりだしていくうちに、広報部長が、ふと、眼鏡をかけ直すようにした。

「あら、これ、別館六階の佐藤くんだよ。入社したての頃だと思う。ほら、この白いワイシャツを着た、若いお兄さんがそう。観覧車のそばに立って、笑顔でどこか指さしてる。お客様とお話でもしてるのかな」

「わあ。かっこいい。足がながーい」

女性社員のひとりが声を上げる。

「あまりにいい笑顔だったから、撮影したのかな。佐藤くんはハンサムだったもんねえ」

「いまもロマンスグレイって感じですよね」

「かっこいい。俳優さんみたい」

「あれ」とそのとき、ひとりが声を上げた。

写真撮影と絵を描くのが上手な、ひときわ感覚が鋭敏な若者だった。

「ちょっとこれ、この女のひと。さっきの古い写真のお母さんじゃないですか？」

「お母さん？」

「着物着た、美人のお母さん。年取ってるけど、同一人物だと思います。顔の輪郭も鼻の形も耳たぶも同じだもの。比べてみてください」

みんなで、写真をのぞきこんだ。

「それとほら、小さくてよくわかりませんけれど、同じ指に、同じ指輪をしているような」

若き日の佐藤健吾が写っている写真の、その背景に、日傘を差した、初老の女性が立っている。そのひとは健吾の背中を見つめているように見えた。笑顔で、何かいいたげな口元をして。日傘の柄を強く握りしめて。その右手の薬指に、大きな指輪が光っていた。

写真の中の母は、年を重ねた姿ではあっても、美しかった。そのまなざしが懐かしい。

あの頃、エスカレーターから宝飾品のコーナーを遠く見ていた、あのときの目だ。憧れている、けれど手が届かないものを見つめる、切ない、けれど優しいまなざし。

どこか幸せそうな、そんな黒々とした瞳。

母はこの写真に残った一度きり、健吾の姿を見に来たのだろうか。それとも、実は何回か訪ねてきていて、遠くから、彼を見守り、気づかれないようにひっそり帰っていたのだろうか。

「――うちにおいで、母さん」

母の意識が戻ったら、と彼は夢想した。日差しが窓から入り、家族の笑い声が響く美しい家で、彼が建てた家で、ゆっくり暮らしてもらおうと思った。終《つい》の棲家《すみか》として。

「これからはずっと、一緒だよ」

幼い日、回転木馬を降りた彼を、母が迎えてくれたように、今度は自分がそのひとを迎えに行くのだ、と思った。

そして数日が過ぎ、意識を取り戻した母は、いまは風早の病院に転院し、退院の日を待っている。見舞いに来た健吾の妻と娘に、老いた母は、かわいいおばあちゃんと呼ばれ、恥ずかしそうに笑っている。

母の病状はけっして良いものではなく、年齢的にもいずれ永い別れが来るだろうことは、みんながわかっていた。けれど、それまでの日々を、一緒に暮らせることを、誰もが喜んでいた。

母はこれまでの日々のことを詫びたかったようで、けれどそれが言葉にはならなかったようで、ある日、見舞いに来た彼の手を握りしめ、その手に顔を伏せて、ただ涙を流した。

だから彼もただ、母の背を撫でた。小さく丸くなった、あたたかなその背中を。


いま星野百貨店の屋上に立ち、彼は夏の終わりの空を見上げている。

回転木馬のそばで。小さな花壇の花々や木々の葉が風に揺れ、そよぐ音を聴きながら。


夕方の休憩時間もじきに終わり、そろそろフロアに帰らなくてはいけない時間だ。

空には雲がたなびきながら移動している。絹のような雲は、もう秋の雲だ。季節は移って行く。


竹田フローリストの健太郎がちょうど通りかかったので、健吾は声をかけた。

「あの、この花壇なんだけれど――もしなくしてしまうのなら」

草木も花も、ごみにされるのは忍びない。なんとかして自分の家の庭に移植したい、そう相談しようと思ったのだが――。

「なくしたりなんかしませんよ」

今日も額にバンダナを巻いた青年は、日焼けした顔に、白い歯を見せて笑う。

「花も木もせっかく生きてるんですから、屋上のどこかに移します」

それにね、と言葉を継いだ。

「この屋上にある風景は、そのひとつひとつが、誰かの思い出の欠片になってると思うんです。なくなったら悲しいじゃないですか？　ちょっとでも残してあげたいなとか思って。――まあ、この百貨店そのものが、いつかなくなってしまうのかも知れないですが。でもね」

青年は笑顔で軽く息をつき、そして手を振ると、いつもの早足で姿を消した。


「思い出の欠片、か――」

六階へと階段を下りながら、彼はその言葉を何度も心の中で繰り返した。

「思い出は、守りたい。守りたい、よなあ」

守ることが、できるだろうか。時代に逆らうようなことが。

もし、魔法を使う子猫がこの世界に存在していて、その猫が彼の願い事を叶えてくれたのだとしたら――自分はその貴重な願い事を、私事に使ってしまったのだな、と思った。

かつての上司とは違って。

そのひとに申し訳なく思いながら、彼は同時に思っていた。

では魔法ではなく、自分の力で何とかしてみよう、と。自分の力であの職場を守ってみよう、と。あきらめず、頑張ってみようと。

魔法も奇跡も、この世には存在するとわかった以上、世界に対する考え方、とらえ方を変えてもいいのだと思った。ひとの子の言葉に耳を傾け、願い事を叶えてくれる、優しい存在がいるとわかったからには、世界がそんなに素敵で良いものだとわかったからには——。

(奇跡はまた起きるかも知れない)

魔法の子猫の使う、一度きりの奇跡はもう終わったのかも知れない。

でも、もっと他の奇跡が、誰かの願い事を叶えてあげようと待っているような気がした。真っ当に生きていさえすれば、味方をしてくれる存在が見ていてくれるような。

(あきらめるのは、まだ早い)

記憶の中の母は、美しい着物姿で笑っている。あの頃、星野百貨店の屋上では、自分たち親子だけでなく、たくさんの親子連れが楽しそうに時を過ごしていたものだ。

(思い出を、悲しいものにはしない)

たくさんのひとびとの思い出となっている場所を廃墟にはしない。更地にもしない。

未来にも、誰かの思い出の場所であれるように、あの屋上を自分はきっと守ろう。

(わたしはおとなになったのだから)

木馬の背から手を振ることしかできなかった、あの日の自分ではないのだから。

第四幕・精霊の鏡

星野百貨店一階、コスメとファッション・雑貨のフロア、そこには魔法使いがいる、と早乙女《さおとめ》一花《いちか》は思っている。

（魔法使い、というより、善い精霊かなあ）

シンデレラのお話の。

fairy godmother。

心の中で言葉を選び直しながら、一花は、そのフロアを振り返りながら通り過ぎる。


星野百貨店の従業員用の通用口は本館にしか通じていない。別館二階の資料室に勤めている一花は、毎朝、本館一階のフロアを通って、別館に続く通路に向かうのだ。なるべく壁際、隅の方を、早足で通り過ぎることにしている。別にそういう決まりがあるわけではなく、ただこのフロアは、一花には眩しく、華やかで、綺麗すぎるのだ。なので、太陽を避けるモグラか何かのように、つい、顔を伏せ、早足で通り過ぎることになってしまう。

　ブランドごとにいくつかある、お洒落なカウンターのうち、いちばん奥にあるひときわ大きな、どっしりとしたカウンター。すべてのブランドの商品についての知識があり、ブランドの垣根を越えてお客様にアドバイスができる、いわばこのフロアのコンシェルジュのような美容部員たちがそこにはいる。

　奥のカウンターの上に、楕円の形の美しい鏡を並べ、お客様を迎える準備をしている美容部員たちの様子を目の端でとらえながら、一花は急いで歩く。別館へ続く通路までの、短い距離を。

　そっとうかがう。あくまでもそっと。

（ほんとうは）

　ほんとうは、あの美しい鏡に向かい合って、じっくり見つめてみたいのだけれど。鏡の中にいる自分を見つめたいわけじゃなく。あの鏡そのものが美しいから見たいのだ。

　ガラスの彫刻が鏡の周囲を取り巻いている、それが照明の明かりを受けて虹色に輝く、魔法が使えそうな鏡。ある日たまたまそのそばを通り過ぎたときから、気になっている。

そして、奥のカウンターの中にいる、美しいひと。昔からこの店のこのフロアにいるという、綺麗なフロアマネージャー。一花の母よりも年上のはずなのに、とてもそうは見えない、年齢不詳のふくよかで神秘的な美人。

豊見城《とみぐすく》みほ。

あのひとの姿も、もっと近くで見てみたい。

そう、一花は美しいものが好きだった。いっそ愛しているといっていい。ひとがその呼吸のために空気を必要とする、それにプラスして、一花は美しいものを見ていないと生きていけないような気分になってしまうのだ。子どもの頃からそうだった。そのかわり、美しいものを見ていれば、すべての不幸を忘れるくらい、幸せにもなれるのだった。

(豊見城さん、絵に描いたみたいな美人さんだよなあ。ほんと、素敵)

そのひとの、黒々としたまなざしはいつも優しい笑みを含んでいる。品良くまとめられた、つややかな髪。長い睫毛。くっきりとした眉毛。制服に包まれたボディの肉付きはいいけれど、それがおとなの女性らしくて、包容力があって、優しげに見える。——そう、もしかしたらそんなところからも、シンデレラの善い精霊を連想するのかも知れなかった。

(お客様を美しくする魔法を使えるひと)

(素敵なひと)

あのカウンターの、あの鏡の前に座り、あのひとのアドバイスを受ければ、どんなお客様もきっと美しくなれるのだ。

善い精霊が魔法の杖を振ったように。

豊見城みほは、地元のタウン誌や地方紙、全国区のテレビでも有名な、凄腕の美容部員だった。土日には、みほのいるカウンターに、お客様が列を作るくらいだ。

（もっと近くで魔法を使うところを見たいんだけどなあ）

このフロアは一花には怖い。用があるときも、誰とも目を合わせないように、急ぎ足で通り過ぎてしまうから、それができない。

（わたしが綺麗になりたいわけじゃないんだ）

土台が自分では、どんな魔法を使ったって、美人になれないのはわかってる。

（子どもの頃から、知ってるもの）

長すぎる首と顔。落ちくぼんだ目と、その下のくま。こけた頬。内気で引きこもりがちなので、日に焼けず、青白い肌。高すぎる背丈は子どもの頃にめだちすぎたので、猫背になる癖がついた。暗がりで自分の姿が鏡やガラスに映るのを見るとぎょっとする、妖怪のようなこの姿。

（名前負けしてるのも、よくないんだよねえ）

早乙女一花。いかにも美人っぽい響きの名前。両親の愛がこもった、こもりすぎた名前は自分でもかわいいと思っていて、大好きだけれど、ちょっと自分には綺麗過ぎたと思う。

一花には、美人な上、心根も美しい姉がいる。そういうひとと一緒に育ち、なおかつ、美しいものを見抜く才能を持ち合わせていれば（美術の成績はずっと五。高校生の頃、雑誌のイラストコンクールで佳作入選したことだってある）、お化粧というものに期待はしなくなるものだ。

たとえ魔法使いのような腕を持つ凄腕の美容部員でも、限界も不可能も失敗もあるだろう。

（ときどき、消えちゃいたくなるわ）

ギリシャ神話の木霊《こだま》のように、透明な目に見えない姿になれればどんなにいいだろうと思う。そうしたら、思うさま、美しいもののそばにゆき、ただただ見つめて暮らすのに。

でも一花は普通の人間なので、今日もそっと別館の、自分がいるべきフロアへと向かうのだった。急ぎ足で。なるべく気配を消して。誰にも見つからないように。

別館二階の通称「資料室」は、正式な名称を「風早郷土資料室」という。

星野百貨店が開業したときからある部屋だった。百貨店のお客様——市民から寄せられた、この街が描かれた絵や、写された写真に映像、随筆や詩集、絵本などが展示され、収蔵されている。禁帯出になっているけれど、この部屋の中では好きなだけ見ることも読むことも許されていた。

いわばこの街の暮らしと歴史をテーマにした、私設図書館のような場所だった。

収蔵されているものの中には、プロの手になる作品もあったけれど、そのほとんどが、名もない市民が残したもので、でもそれが年を経て、魂を得たように、貴重な宝物になっているのだった。

いわばこの部屋そのものが、立体のアルバムのように、この街の記憶を保存していて、買い物帰りのお客様たちが、ふらりと立ち寄って、昔のこの街の姿を眺めて帰ったりするのだった。買い物のついでではなく、遠くから、思い出を訪ねてはるばるやってくるひとたちもいる。何を探しているのか、丸一日をかけて、部屋中の絵や写真を食い入るような目で見つめ、資料を広げて、やがて肩を落として帰っていくひとも。展示物の中には、戦前のものも戦時中のものもあり、お年寄りが家族や友人の生前の姿を見つけて、立ったまま涙を流していたりすることもあった。そんなとき、望まれれば、思い出話の聞き手になるのも、一花の仕事のひとつだった。

といっても、最近では、この部屋を訪れるひともずいぶんと減った。かつて一花が大学からの推薦で新卒入社した頃は、定年間近の職員がもうひとりいたのだけれど、そのひとが退職してからは、もう新しい職員が補充されることもなかった。

――実際、丸一日誰も訪れない日々が続くこともあったので、仕方ないのかな、と彼女は思っていた。

むしろ、ひとりでいる方が気が楽ではあった。静かな部屋で好きなだけ空想にふけることもできるし、脳内のスケッチブックに絵を描くこともできる。カウンターに座って頬杖をついていると、目の前の窓から見える空に、きれいな雲が流れていったりもする。

といっても彼女は働くことが嫌いなわけではなかった。この職場が気に入っていて、ここに来るお客様たちを歓迎することも、見守っていることも好きだった。なので、「次にお客様が来たときのために」役立つだろうと思ったことを、ひとりでせっせと作業していた。

「絶対、これあると便利だよね」

資料室に収蔵されている、たくさんの資料。特にその絵や写真に含まれている、いろんな要素を抜き出し、リスト化を進めていたのだ。いわば、タグを作っていったのだった。

たとえば、一花が気に入っている、昭和の時代の小さな家の写真がある。真名姫《まなひめ》川の川沿いに建つ、その木造の小さな家には、庭に赤い屋根の犬小屋があって、白い犬の姿が見える。二階のベランダは手作りで増築した感じで、物干し竿に白い半袖のワンピースが干してある。女の子がいるのだろう。

この場合、「真名姫川」「犬小屋」「白い犬」「川縁の家」「物干し竿」「ワンピース」と要素を抜き出して行く。抜き出した要素を、写真の仮のタイトル「真名姫川沿いの家」に添えて、パソコンに打ち込んでいく。絵や写真もスキャンしてプリントアウトし、添えていけるといいとわかっているのだけれど、この部屋にある機械はノートパソコンだけだった。

ある程度テキストが溜まったところで、それらのデータをはがきの半分ほどのサイズのカードに、手書きで書き込んでゆく。絵や写真一点につき一枚を使う。カードは木の箱に並べて入れた。カードを検索するためのタグのリストは、そばに添えたノートに五十音順に記入しておく。

こうしておけば、膨大な数の資料を、棚や引き出しから探し出して、めくったり、広げたりしなくても、自分が見たい絵や風景が、少しは探しやすいはずだった。

どうしてカードを作るかというと、お年寄りはパソコンにふれるのが苦手だからだった。そして、資料にふれ、探すことそのものを楽しんでいるお客様も多いと一花は知っていたのだった。だから、ほんの少しだけ、お手伝いのつもりで、一花はカードを作っていたのだ。

カード作りは、来客を待つ間の楽しみにもなった。余白があれば、簡単なイラストを添えたりもした。描くことは好きなので、楽しかった。

子どもの頃は、イラストレーターになりたいと思ったこともある。高校生の頃、絵本雑誌のコンクールに応募したこともあった。勇気を出して。たった一度だけ。

テーマは「大切なもの」。心を込めて自分の大好きなものを描いてみた。街角の風景だ。街とその上に広がる空の絵を描いた。自分の絵に自信なんか無かったけれど、大切な思いならあったから。

結果は佳作だった。入賞した作品は、大賞から佳作まで、すべてその雑誌に掲載されたけれど、一花の絵は佳作のページの、その端の方に、小さく掲載されただけだった。

ひそかに目指し、夢見ていた大賞は取れなかった。まるで手が届かなかった。大賞に選ばれた絵は、奇しくも同じ、街と空を描いた絵。外国の、たぶんニューヨークの街並みとその上に広がる空の絵だった。雲に覆われた空は光を孕み、銀色の光の矢を地上に投げかけていた。無数の天の梯子が、地上のひとびとに向けて降りてくるように。光の間を縫うように鳩の群れが飛び交っていた。雲の端と鳩の翼のふちには、金銀の光が宿っていた。美しい絵だった。そしてその絵は、優しい絵でもあった。見るものを拒絶しない絵だった。見るものすべてをその絵の中の世界へと招くような。何ともいえない懐かしさと、愛情が、筆のタッチと色彩に宿っていたのだ。

受賞の言葉を読み、絵の作者の写真を見て、少しだけ、悔しかった。同じ高校生の男の子、それもそのひとの方が年下だったから。負けた、と思った。おとなのひとが描いた絵だったらよかったのに。

一花の絵よりも、百倍も千倍も素晴らしく見えた。いや実際、一花には、その技術とセンスの良さが一目でわかってしまったのだ。自分の絵とその絵の間にどれほどの技量の差があるかということも。雑誌に掲載された、そのほかのひとたちの絵も、どれもみな素晴らしかった。自分の絵だけが、素人っぽくて、子どもの描いたもののように見えた。場違いな感じだった。

(佳作なんかとれたのが奇跡だったんだ)

それきり、もう二度と絵を投稿しなかった。その雑誌は中学生の頃から何年も読んでいたけれど、見るのが辛くなってきて、じきに読むのをやめてしまった。絵は描き続けたけれど、夢を見ることは、それきり諦めてしまった。

(わたしに才能なんて、あるわけないものね)

美しいものが好きだから、美しいものを作る才能があればと憧れた。家族や友人が、一花は絵が上手だと褒めてくれるから、もしかしたら、と夢を見た。でも、きっと、才能って滅多にないものなのだ。そういうのは、特別な、物語の主人公みたいな誰かが持っているものなのだ。たかが自分なんかに、そんなたいそうなものがあるわけがない。

笑って、軽くため息をついて、一花は今日もデータをまとめ、カードに記入していった。

佳作に終わった自分の絵のことは、構図も色彩も、よく覚えている。いまは姉の家に額装されて飾られている絵だ。タイトルは、「空に伸ばす手」。後ろ姿の親子——お父さんと幼い娘の、その娘の手から赤い風船が離れ、空に昇っていこうとしている、その情景を描いた水彩画だった。

青い空と赤い風船を見上げる、小さな娘の表情はわからない。降りそそぐ光を浴びて逆光になっているし、後ろ姿だから。ほほのあたりが膨らんでいるので、泣いているように見える。でも同時に、笑っているようにも見えるのだ。空に舞い上がる風船に、憧れを込めて見とれているところのようにも。

明るい絵だった。背景が一面の青空で、日の光に照らされた百貨店が親子のそばでどこか楽しげに輝いているからかも知れなかった。親子を優しく見守る、大きく美しい巨人のように。その看板にはさりげなく、星野百貨店のロゴ。日曜日の百貨店の幸せな風景の絵だった。

(結果はどうあれ、自分でも好きだって思える絵を描けたのはよかったのよ、うん)

一花はうなずく。

(大好きな星野百貨店への愛も込められたたし)

子どもの頃の思い出を絵にしたものだった。ある日曜日、百貨店の前の道で店のひとたちが風船を配っていたのだ。正面玄関前に何かのワゴンが出ていた。いま思うと、店のひとたちは、風船とワゴンの品を使って、お客様を店内に呼び込もうとしていたのだろう。

　その日、父に連れられて星野百貨店に買い物に来ていた一花にも、はい、と、真っ赤な風船が手渡された。嬉しかった。けれど、三歩も歩かないうちに風船は手から逃げた。舞い上がった赤い風船は、青い空に溶け込むようにみるみる小さくなっていった。

（とても綺麗だったなあ）

　父と、百貨店のひとたちの方が、むしろ、風船が逃げたことに慌て、惜しがった。みんな一花が悲しむと思ったのだろう。すぐに代わりのピンクの風船が手渡された。子煩悩な父が、一花の顔を覗き込むようにしていった。「今度はしっかり持っているんだよ」

　風船を配っていたお兄さんとお姉さんも、にこにこと一花を見守ってくれていた。一花はまわりのおとなたちの顔を見て、お礼をいうと、風船の糸をぎゅっと握りしめた。

　ピンクの風船は、それからしぼむまでの数日の間、ずっと一花のそばにあった。空に昇っていった赤い風船と同じくらい、一花はピンクの風船が嬉しくて、綺麗だと思った。

　幼心にも好きだった星野百貨店が、それ以来、もっと大好きな場所になった。

（夢は夢に終わったけれど）

大好きな百貨店で働けているのだから、自分は幸せなのだ。——そう一花は思っている。

資料室の前任者は、独身の女性で、定年になるまでこの部屋で真面目に働いた。無口で正直おもしろみのない、素っ気なく感じるひとだったけれど、一花に誠実に仕事を教え、きちんとひきついで、去って行った。

自分もあんな風にこの部屋で、紙や埃、そして歴史の匂いに取り巻かれて時を過ごし、いつか老いていくのかな、と思うと、少しだけ寂しいけれど、それはそれで美しい生き方のような気もした。

（うん。わたしはそれで、幸せなんだ）

ここには、一花の仕事がある。思い出にふれるためにやってきたお客様が涙をこぼせば、ハンカチを差し出すひとが必要だし、思い出探しを手伝うための、工夫もできるはずだ。

（この街の思い出のアルバムの守護者として）

（ひとり、ひっそりと頑張るんだ）

そう決意すると、流行の異世界ファンタジー小説にありそうな、かっこいい人生のような気がして、一花は誓うように拳を握った。

そのとき、ふと、目の端に誰かの視線を感じたような気がして、一花は振り返った。

お客様が入りやすいように細く開けている木のドアの、その隙間から誰かが見ていたような。床に近い――ちょうど猫ぐらいの目の高さで。

(まさか)

とっさに例の有名な魔法の猫のことを思って、椅子から立ち上がり、見に行ってしまう。

ドアを開ける。廊下の左右を見たけれど、誰もいなかった。猫も、もちろん人間も。

「気のせいか」

少しだけがっかりした。特に願い事があるわけではないけれど、もしそれがほんとうにいるものなら、一度くらいは見てみたいと思う。かわいい子猫だという話だし、何より、ステンドグラスから抜け出してくる魔法の子猫、なんて、なんて素敵な存在なんだろうと思う。

資料室にいると、子どものお客様たちから、その子猫のことを訊かれることもよくあるし、何しろ有名な話なので、いつのまにか一花もその猫のことには詳しくなっていた。

「魔法の子猫研究家を名乗ってもいいくらいだよね」

もっと絵が上手だったら、魔法の子猫と百貨店の絵本を描いても良かったかも知れない。

「いまいち画才がなかったのが残念だなあ」

と、木の階段を上ってくる足音がした。

ひょっこりと顔をのぞかせたのは、コンシェルジュの芹沢結子だった。

一瞬、「魔法の子猫を見ませんでしたか？」と訊ねたくなったけれど、一花は口を閉じた。

「こんにちは」結子は一花を見上げ、美しい笑顔を見せた。

華奢で小柄な姿と、色の薄い目は、どことなく子猫を思わせる。優雅で機敏な子猫だ。

(こんな風に生まれついたら幸せだろうなあ)

結子を最初に見たとき、そう思ったけれど、今日も同じことを思った。

一花は肩をすぼめ、うつむいた。こういう綺麗なひとの前に立つと、我が身が情けなくなる。

派手な顔立ちではないけれど、整って美しい目鼻立ち、そして姿。結子はほとんど化粧をしていないように見えた。それでも綺麗なのだ。きっとこのひとは一階フロアの奥のカウンターの善き精霊、豊見城みほの魔法の力を借りなくても、素顔のままで美しいのだろう。

（世の中には、魔法の助けがいらないひとも存在するんだなあ）

目を伏せて、つい、ため息をついてしまう。

「『ミス風早』に関する資料って、こちらにありますか？」と結子が訊ねてきた。

「あ、えっと、ミス風早、といいますと、いまでいう、『風早親善大使』のことでしょうか。――あのう、資料といいますと、どういったものをお探しでしょうか？」

一花は自分も室内に戻りながら、結子をカウンターの前へと誘った。

ミス風早、というのは、その昔、街一番の美女が選ばれて、風早の各地や遠くの街に（時として外国にまで）出向いて、各種イベントに参加しつつ、風早の宣伝をしたり、他の街のひとたちと交流をした、そういう役割のひとびとのことだ。いまでは、「未婚の美女を選ぶ」コンテストではなく、「知性と教養のある年齢、婚姻歴を問わない男女」が選考されて、「風早親善大使」と呼ばれて同じような役割を担うことになっている。

「今日お越しになるご予定のお客様が、若い頃、ミス風早をなさっていたことがおありなんだそうです。わたしにアテンドをご依頼されたのですが、昨日打ち合わせの電話のやりとりで、そんなお話をうかがいまして」

結子は笑顔でよどみなくいった。その声も、澄んで美しい。完璧だ。

「そのお客様、本日の十六時においでになるご予定でして。もし、当時のお写真や記事のような物があれば、お連れして、お見せしたいと思いまして」

先に銀河堂書店にも寄ってみたけれど、ここ数年の物しかなくて、と結子は付け加えた。

書店だと、その手のことに役立ちそうな物は、タウン誌のバックナンバーくらいしかないだろう。そして、バックナンバーなら、この部屋にすべてそろっている。もちろん、他にも細々《こまごま》とした資料があるはずだ。新刊書店や図書館にもないような本が。たとえば各種広報誌とか。

そんな話を説明しながら、一花はそのお客様がミス風早だったのがいつくらいのことなのか結子に訊ね、彼女の手も借りて、前後数年分の資料をあれこれと発掘した。

市が出している印刷物に、昭和の時代の、そのお客様の若い頃の写真があった。着物姿にティアラをつけ、ミス風早のたすきをかけた、華やかな姿だった。

「よかった」

結子は嬉しそうに声を上げた。「ありがとうございます。お客様、きっと喜ばれますね」

「はい。見つかってよかったです」

一花も笑顔になってうなずいた。ほんとうによかった。

「あの、親善大使は、一年のあいだ、土日祝日は、その、ほとんどイベントに呼ばれたりするんです。たぶん、ミス風早と呼ばれていた頃も、同じだったと思います。文字通り、その、東奔西走、というか、すごく忙しいんですが……そのかわり、思い出もたくさんあったんじゃないでしょうか。写真、喜んでくださいますよ、きっと。見つかってよかった」

ふと、結子が訊いてきた。一花の笑顔をのぞきこむようにして。

「あの――一昨年の親善大使の、早乙女路花《みちか》さんって、もしかして」

「え、あ、はい。姉です」

一花は少し照れて笑った。名前が似ているから、わかってしまったのだろうか。

姉は二児の母である若いお母さんなのだけれど、親善大使に立候補して、見事に選ばれてしまった。土日には子どもを夫や実家、つまり一花の家に預けて、任務をこなしていた。

(姉さんは、美人な上に賢くて、性格もいいからなあ)

街の宣伝大使にはふさわしい、なんてうなずいていると、結子がいった。

「お顔立ち、似てらっしゃいますね」

何の冗談だろうと思った。

姉には背が高いところくらいしか、似ていないと思うけれど。でも少し嬉しい。

にこ、と結子は笑った。

「笑顔になると、そっくりですね」

そして結子は腕の時計を見ると、「じゃあ、のちほど」と、部屋を出て行った。

一花はきょとんとして、しばらくの間、その場に立ち尽くした。

お世辞かな、からかったのかな、とちらっと思ったけれど、結子はそんなことをいいそうなひとには見えなかった。——一花はものの美しさを見抜く才能に長けていると自負しているけれど、ひそかにひとの真心を見抜く才能にも自信があったのだ。

「——なんか聞き間違えちゃったかな」

胸の奥がざわざわした。嫌な感じではないけれど。

耳たぶをこすりながら、資料を片付けていると、再び廊下の方にかすかな気配を感じた。

そう、小さな生き物がそこに佇んでいるような。——たとえば、子猫のような。

(まさか)

念のため、もう一度だけ、扉から廊下をのぞいてみた。やはり誰もいなかった。

「今日は変な日」

一花は苦笑しながら、部屋に戻った。

すると、散らかしたままの資料の一番上に、タウン誌の記事があった。

『魔法の子猫に会えたとしたら、あなたは何を願いますか？』

星野百貨店の七不思議について取材された記事だった。それがまるで誰かが広げて置いたように、そこにあったのだ。

どきりとした。

（もし、そんな子猫が本当にいるとしたら）

（願えば叶うというのなら、わたしは何を願うのかしら？）

しばらく考えて、やがて笑った。

「だめだ。何にも思いつかないや。だって、わたし、いま十分幸せに生きてるもの」

そうだ、と思いついて、うなずいた。

目を閉じて、いたずらっぽく唱えた。

「もし誰か、心からの願い事があるひとがいたら、そのひとの願いが叶いますように」

そのとき、廊下を駆けていく小さく軽い足音が聞こえたような気がした。一花は耳をそばだてて、もう一度、もう一度だけ、と自分自身にことわってから、扉の向こうを見た。

やっぱり誰もいない。

一花はカウンターに戻り、広げた資料を片づけた。唇の端に楽しげな笑みを浮かべながら。まさかね、とつぶやきながら。

それから数日後のことだった。

　思わぬお客様が、資料室を訪ねてきたのは。

　絵に描いたように明るい、そんな笑顔の青年が片方の手を上げて、大股に入ってきた。

「こんにちは」

　背が高いせいもあってか、その靴音が大きくて元気すぎて、一花は眉をひそめた。自分と変わらないくらいの年齢の男のひとだろうと思う。もっと落ち着いたらどうなんだろう？　ここは資料室。貴重な物を展示し、収蔵している、図書館のような場所なんだし。埃も立つし。

　けれど、そのひとが飾られた絵や写真に向けるまなざしや、その表情を見ているうちに、多少の足音は許してあげてもいいような気持ちになってきた。

　一花の、そしてこの百貨店の宝物である、古い絵や写真を、その中のこの街の風景を、彼は熱心に一枚一枚見つめていったのだ。

　あるときは唇に笑みを浮かべて。

　あるときは目を見開き、絵や写真にぎりぎりまで顔を寄せるようにして。

「美しいですね。絵も写真も、そして街も」

　目を輝かせて振り返り、そういわれたときには、もう昔からの友達のような気持ちにさえなっていた。それくらい、そのひとが展示物を見るまなざしには愛と熱意があったのだ。

そして、一枚の油絵——少し前の時代の星野百貨店が描かれた風景画の前に立ったとき、彼はその絵を隅から隅までじっくりと見て、ため息をつくと、また一花を振り返った。

「この街は美しい街ですね。そして星野百貨店も綺麗だ。ぼく、もう何年も、この街と星野百貨店と、その上に広がる空に憧れていたんです。実に、十代の頃からのことなんです」

いいまわしが、ときどき古風で面白いひとだなあと思った。そんな話し方が似合っているように思えたのは、さっきから好感度が上がっていっていたからかも知れない。

「そうですか。そうですね。美しいですよね」

大好きな街と百貨店のことを褒められて、一花は嬉しくて笑顔になった。いつもよりも、顔を上げ、少しだけお喋りになった。机を離れて、彼が興味を示す絵や写真の解説をした。

他にお客様がいなかったこともあって、ゆっくりと時間をかけることができた。やはり足音は大きかったけれど、彼は聞き上手で、そして、絵や写真のことに詳しかった。構図や色彩についても専門用語を交えて話しかけてくる。

（あれ、このひと、普通のひとじゃない？）

内心首をかしげながら、それはそれで専門的な話ができて楽しい。一花は久しぶりに思うままに絵や写真の解説をした。美しいものの鑑賞になれていないひとたちに解説するのも使命感に燃えるので楽しいけれど、それとはまた別の心弾むものがあった。

そして、風早の街や、そこに住むひとびと、星野百貨店についてのいくつもの質問、それに答えつつ、大好きなものたちの話を思い切りできるのは、素敵なことだった。魔法の猫の話もして、喜ばれた。奇跡やファンタジーの話を聞くのは大好きなのだと彼は笑った。

一花は自分の声をそんなに長い時間聴いたのはここ数年なかったような気がして、驚いた。

聞き上手なお客様はお客様で、いよいよ目を輝かせて、質問を重ねてくる。よほど絵や写真が好きなのだなと思った。この街にも以前から興味があったのだろう。

（それと——）

一花と同じで、人間が好きなのかな、と思った。ひとが住む街、ひとびとの思いが重なり合って編み上げられて行く、歴史が好きなんだろうな、と思った。

（美しいものも、好きなんだろう）

（わたしと同じで）

一枚一枚の絵や写真に向ける彼のまなざしのきらめきは、どこか宝石めいていていて、一花はつい見とれてしまい、そんな自分が気恥ずかしくて、うつむいてしまったりした。

（だって――）

そのひとの横顔はとても美しかったのだ。高い鼻も、秀でた額も。写し取りたいくらいに。宗教画の天使の絵に似ていると思った。

（受胎告知のガブリエルとか）

（背に翼があって、白い百合の花が似合いそうな）

資料室の窓の外には、今日も青空が見える。あの空が似合いそうな笑顔だと思った。

（あれ――？）

そのときふと、思った。

（わたし、このひとのこと知ってるような気がする）

顔立ち？　それとも笑顔の明るさや、優しい雰囲気だろうか？　どこかで見たことのあるような――それも、何回も。どこで見たのかが思い出せない。でもいやな記憶ではないと思った。むしろ、大好きな――大好きなひとだったような――。

「――どうしましたか？」

怪訝そうに、彼が訊ねた。

頬が熱くなった。恥ずかしくて顔が上げられない。自分はお客様相手に、何を少女趣味なことを考えていたんだろうと思った。

一花はとっさにうかんだ質問を口にした。

「あ、あの、どうしてこの街と当館に――星野百貨店に興味を持たれたのですか？」

「ああ、それは」

声が軽やかに笑った。「昔、この街の絵を見たことがあって。その風景の中の、空と百貨店がとても素敵で。この街に一度行きたいって、十代の頃から憧れてたんですよ。絵の中の百貨店の看板に、お店の名前が書いてあって。それで名前を覚えていたんです。風早の街の星野百貨店さん」

「絵――ですか」

胸がどきんとした。

「ぼく実は画家なんですが……」

そのひとは服のポケットから名刺入れを出し、一花に名刺を渡した。「あ、すみません、名乗りそびれちゃってて。ぼく、Torineko《トリネコ》といいます」

名乗られたその筆名と、名刺に描かれた小さなカットを見て、一花の手は震えた。

その名前も、絵も知っていた。なぜって。そのひとこそが、一花がただ一度だけ挑戦した絵本雑誌のコンクールの、その年の大賞を受賞した人物だったからだ。

（あの空の絵を描いたひとだ）

あの絵があんまり素敵だったから、描いたひとの名前が忘れられなかった。写真も覚えている。雑誌に載っていた写真は小さかったし、もうずいぶん昔の写真になるけれど。だってこのひとの高校生の頃の写真だもの。――でもそう思って見つめると、やはり知っているひとの、懐かしい表情なのだった。

あのコンクールを主催していた雑誌を、一花はその後購読しなくなった。でもたまに手にすると、大賞受賞作家のTorinekoさんの話題はニュース欄や新刊コーナーに登場していた。そのひとは受賞をきっかけにプロのイラストレーターになり、絵の仕事をこなすようになっていたのだ。

そのうち、いろんな本や広告で、彼の絵を見るようになった。どの絵も美しく、うまかった。一花は、どこか同級生が活躍するのを見ているような気がして、ひそかに応援していたのだ。

そのTorinekoさんが、目の前にいて、一花の大切な職場で、笑顔で絵の話をしている。

一花はぼーっとして、ただ立ち尽くしていた。さらに彼はとんでもないことを口にした。

「昔、絵本雑誌のコンクールで、佳作に入っていた絵に、この街の絵があったんです。すごく素敵な絵。風船と女の子とお父さんの絵です。空が凄く広くて、綺麗に描けていて、そして背景のいい感じにレトロな百貨店が、まるで親子を見守るように、優しく優しく描けてるんです。同じコンクールにぼくも絵を出してたんですけど、ぼくの絵よりずっといいって思った絵で」

「……あ、あのう、その絵は」

思うより先に、口が動いていた。「その絵は、わた、わたしが、描きました」

胸に手を当てて、見上げていっていた。

魔法みたいな話だと、思った。どういう奇跡なのだろう。

どうして、あの外国の空を描いたひとが、いまここに、目の前に立っているのだろう。

「ええっ、あなたが早乙女一花さん？」

「は、はい」

「ああっ、ほんとうだ。名札に名前が」

そうだ、あのとき、一花は本名で応募したのだ。筆名のことにまで頭が回らなかったから。

その名前を、Torinekoさんが覚えていたなんて。驚きと感激で、耳まで赤く、熱くなった。

「うわあ、こんな奇跡ってあるのかな？」

同じことを彼も思ったのだろう。大きく手を打って喜んだあとで、Torinekoさんは、呼吸を落ち着かせるように自分の胸に手を当てて黙り込んだ。やがて、静かにいった。

「ぼく、当時、思ったんです。この絵を描いたひとは、この風景をほんとうに愛しているんだろうなって。だから、この絵はあったかくて懐かしいんだろうなって。

これは、なんていうのか、心の故郷の絵だと思いました」

一言一言噛みしめるように、彼は話した。

「ぼく小学校の終わりくらいまで親の仕事の関係で、ニューヨークにいたんです。中学から日本に帰ってきたんですが、あわなくって。友達もできないし。向こうで自由に楽しく育っていたのが悪い方に出ちゃったんですね。いつもいつも、帰りたいって思ってました。ずっと家にこもって、絵を描いたり本を読んだりしてたんですが、ふと手にした雑誌のコンクールに応募してみたんです。ニューヨークでは先生も友達もぼくの絵が好きで、みんなが見てくれたから、いっつも描いてたんですが、日本では家族しか、ぼくの絵を見てくれるひとがいなくて。久しぶりに誰かに見て欲しくて、応募したんです。言葉にならない、帰りたいという思いを描きました。

一筆一筆色を乗せていきながら思いました。魔法の力が働いて絵の中に入れたらって。懐かしい街へ帰れたらって。まだ十代で無力なぼくには、そこは気軽に帰れる街ではなかったので」

一花は思った。その思いが、あの絵のあたたかさや、懐かしさ、鳩の翼や雲の縁の、輝くような光になっていたんだろう、と思った。

(わたしの絵が、かなうはずがないや)

のほほんと幸せに生きていた一花の描いた絵が、どうして勝てるなんて思えるだろう。

けれど、彼は言葉を続けた。

「一花さんの絵を見たとき、『この国に、こんなあたたかい絵を描くひとがいるんだ』って思ったんです。なんて素直で優しい絵なんだろうって。友達みたいに思ったというか。もうすごい勝手に。——ああ、ごめんなさい」

「いいえ。あの、その」

わたしも実は、とはいいづらかった。ずっとあなたの絵が好きで、ひそかに応援し続けていたんです、なんてことも。

「こんな絵が描けるひとがいるのなら、ぼくは日本を好きになれるかも知れないって、思ったんです。いま思えば、それがみんなに心を開くきっかけになったのかな。

結局ね、雑誌に絵が載ったことで、実生活でも友達ができたんですよ。ろくに通っていなかった高校にも、絵が好きでうまいクラスメートがいたんですね。それで」

よかった、と思った。あんなに綺麗な絵を描くひとが、ひとりぼっちなんてことがあってはいけない。

絵は描いたひとの心なのだ。瞳はそのひとの見ている世界を写し取るから。だから絵には画家の個性が出る。ひとりひとり、見ている世界が違うから。

（Torineko さんの世界は、優しいから）

優しくあたたかい視線で、憧れを込めて世界を見ることができるひとは、幸せであって欲しいな、と一花は思った。――このひとがあのコンクールの大賞をとって、ほんとによかった。

そしてこのひとは、いま幸せなんだろう。

だからこんな風に明るい笑顔で、楽しそうに話すことができるのだろう。

そう思うと、何か神様のような存在に感謝したい気持ちになった。

「それでね、一花さん。いまのぼくは、寂しくもひとりでもないんですけど、だけど、あの頃自分が寂しい子どもだったってことは、ずっと忘れられなくて。だからね、あの風船と女の子と百貨店の絵は、ずっと好きなままでした。プロのイラストレーターになってからは、忙しくて、入学した大学も辞めてしまったくらいなんですけど、そんな日々の中でも、ずっとずうっと、あの絵のことを覚えていて。で、いまになって、休みが取れたので、この街を訪ねてみたんです。そこであなたに会えたなんて、ほんとうに魔法みたいだ」

感極まったように、Torinekoさんは一花の手を取った。おお、さすが帰国子女。映画のようなことをするんだ、と、一花は焦りながら思い、頰を染めて、ただひたすらに混乱していた。

心の中の、高校生の頃の自分が、目の前の「大事な友達」を、そのひとに負けないくらいのきらきらしたまなざしで見上げているのを感じていた。

（世の中にはドラマチックなことがあるものだなあ）

どこか映画を観るような気分で、目の前の情景を鑑賞しながら。

（わたしも、Torinekoさんに会ってみたかったのかも知れない。ずっと長い間）

それを夢見ていると意識するほど、はっきりした思いではなかったけれど。だけど。

「あさってにはアメリカに帰ります。このタイトなスケジュールで会えるなんて奇跡みたいだ」

Torinekoさんはそういって笑った。

若手イラストレーターとして、いまや第一線で活躍しているTorinekoさんは、少し前からニューヨークでひとり暮らしをしているそうだ。

「日本も好きになったんですけど、向こうの方が楽なところもまだあって」

よかったですね、と一花は微笑んだ。

このひとは帰りたい街に、自分の力で帰れるようになったのだ。

それから閉室までの時間、ふたりは絵の話をした。この街の話も。星野百貨店の話も。

明日、明後日はこの街の花火大会の日で、港にたくさん花火が上がるんですよ、という話をしたら、そのひとはくしゃっとした笑顔で、

「それは明日の花火まで見て帰らなきゃ。一緒に見てくださいますか？」

胸がどきんとした。混乱しながらも答えていた。

「こ、この百貨店の屋上が、特等席なんです。店の閉店時刻も遅くなって、屋台も出ます」

資料室が閉室する夜の七時過ぎに、屋上で待ち合わせをしようという話になった。

「あ……明日は、浴衣姿をお見せしますね」

なんでそんなことをいってしまったのか、一花には自分がわからなかった。花火大会の二日間、浴衣姿で接客してもよい、という決まりが数年前にできて、むしろそれが奨励されていることをふと思いだしたのだ。去年までは自分には浴衣なんか似合わないし、仕事するには邪魔だから、と、着たことが無かったのに。

「わあ、それは楽しみにしていますね」

案の定、Torinekoさんは目を輝かせた。

「ああ、わたしったらなんてことを」

彼が帰っていったあと、一花は頭を抱えた。

浴衣は一応持ってはいる。紺色の地に朝顔の模様が入った浴衣だ。一昨年だったか、呉服のフロアで、通りすがりに見かけた反物があまりに美しくて、はずみで作ってしまった物だった。仕立て上がる頃には我に返ったから、試着のときに袖を通したきりだった。浴衣なんて、自分のように背が高くて痩せていて、猫背の女に似合うものではないのだ。

そもそもあの浴衣を着るとしたら、ちゃんとお化粧しないといけないのではないだろうか。

そんなことできやしない。ひたすら後悔するうちに、ふと思った。

「――Torinekoさん、あさって、帰っちゃうんだよね」

一花は海外に行ったことがない。ニューヨークは彼女にとって、本やドラマ、映画の中の街、そして、十代のTorinekoさんが描いた、あの美しい絵の中の世界だった。

遠い街だ。ここからはとても遠い街。Torinekoさんは、そこに帰る。

(もう日本には戻ってこないのかも知れない)

そこは、あの絵に想いが溢れていたほど、帰りたい場所だったのだから。

(もう二度と、今日みたいにお話しできないのかも知れない)

絵の話や、この街の話をすることももうないのだろう。楽しかったけれど、もう二度と。

一花はうつむいていた顔を上げた。

「じゃあ、最後に一度くらい、少しくらい、ひとなみに見られる顔になって、浴衣姿を見せるのもいいのかも知れないなあ」

少しだけでいい、綺麗になって、浴衣を着て、あのひとと一緒に花火を見ることができたら。

そうしたら一花の姿は、一花の大好きなこの街と空と、百貨店のいちばん綺麗な夜と一緒に、Torinekoさんの記憶に残るだろう。

一花の風船の絵を覚えていてくれたように、ずっと覚えていてくれるかも知れない。

（だけど、浴衣もお化粧も、わたしにはハードルが高いなあ）

資料室の閉室の時間まで、仕事しながら、気がつくとそのことばかり考えていた。だからだろう。じきに閉室という頃合いに、先日のお礼をいいに訪ねてきた、コンシェルジュの結子に、ぽろりとこぼしてしまったのは。

「化けるのって大変ですよね」

最初は、先日のミス風早の調べ物がうまくいったことを喜び合い、あの夕方に資料室を訪れたお客様が、喜んでくれてほんとうによかった、なんて話をしていたのだけれど、若かりし日のお客様の着物姿の写真のイメージが頭に残っていたのだろう、明日、明後日の花火大会にあわせて浴衣を着てくるかどうか、そんな話になって、その流れでついいってしまったのだ。

結子は、そのいい方がおかしいと笑った。

「化けるって、化けるって」

よほど彼女の笑いのツボにヒットしたのだろう。目の端に涙さえ浮かべて笑い続ける。

一花は口を尖らせた。

「そりゃ芹沢さんみたいに、美人に生まれついたら、お化粧も苦労しないでしょうけど」

「え、そんなことないですよ。わたしだって、それなりに苦労も勉強もしてますよ、ええ。というか、化け方に年季が入ってるかも」

結子はやっと笑うのをやめ、そして、

「ちょうどよかった。わたしも一度、奥の統合コスメカウンターをのぞいてみたいと思ってたんです。ご挨拶に行かなきゃと思ってたんですが、訪ねるきっかけを逃し続けていて。

今日これから、一緒に行きませんか?」

断る理由もなかった。

資料室を片付け、ドアに鍵をかけた一花を、廊下で待っていてくれた結子は、

「化けるのって、楽しいですよ」

一言いって微笑んだ。


資料室が閉室する夜の七時から、一時間後に星野百貨店は閉店する。

いつもなら夕方のその時間は、全館賑わっているのだけれど、今日はそこまで混んではいなかった。天気が悪くなってきたのだ。

「明日の花火大会、大丈夫かしら？」

一階フロアのひとびとは、たまにガラス窓やドア越しに街の上の空を見上げては、心配そうに繰り返していた。

「花火大会は、準備が大がかりだから、多少の雨じゃあ中止にはならないだろうけど、お客様はさすがにみんな、外に出ないでしょう。縁日も商店街も悲惨なことになりそうねえ」

「うちの店の売り上げもあがったりだわ」

誰かがぼそりと漏らす。

奥のカウンターで、豊見城みほが、朗らかな笑い声を上げた。

「誰かてるてる坊主でも吊っておいてよ」

結子に伴われて、一花はついに、そのカウンターの前に立った。いわれるままに、憧れていた楕円の鏡の前の席に座った。うつむいた顔がかっと赤くなる。場違いなところに身の程知らずにもやってきたような気がして、逃げたくなる。心臓がどきどきと破裂しそうで、

(歯医者さんより怖いかも)

なぜかそんなことを考えていた。

そんな一花の代わりに、コンシェルジュの結子は、一花の事情を説明してくれ、

「よろしくお願いいたします」と、笑顔で頭を下げた。

みほはそんな結子の様子を興味深そうに見つめたあと、「お任せください」と笑った。

「こちらのお嬢さんに上手な『化け方』をお教えすればいいんですね?」

「はい」

一花は頭を抱えたくなった。けれど、そんな一花の肩に、みほが優しく手を置いた。あたたかな手だった。

「資料室のお嬢さん、いつもこちらのカウンターを見てらっしゃいましたよね?」

「……うう、はい」

「興味がおありなら、いらしてくださればいいのに、とずっと思っていました。やっとお話しできて嬉しいです。今日は、浴衣に似合うメイクをお教えすればいいん

ですよね？」

「あ、はい」

雨合羽のような物——化粧用のケープを着せられた。ふわりと香水の良い香りがした。楕円の鏡の中に、一花の顔と並ぶようにみほの柔らかな笑顔が映る。

「おうちにお好きなお化粧品や、使い慣れたお化粧道具は、そろえていらっしゃいますか？」

一花は首を横に振った。

好きな物も使い慣れた物も、そんなものは一切ない。化けることは最初から諦めている。

そういおうとして顔を上げて、一花ははっとした。そのひとのまなざしはただ優しい。

一花がお化粧道具なんて全然持っていないこと、このひとはお見通しだったに違いない。ベテランの美容部員なのだから。傷つけないために、こんないい方をしたのだろう。

「では、のちほどお帰りの際に、試供品をお渡ししますので、気に入った物があったら、お好きなカウンターで揃えてみてくださいね」

みほはにっこりと笑った。

そして。

わずか三十分後。鏡に映った自分の姿に、一花は声を失った。

「あのう、これ、わたしじゃないです……」

外国の油絵でこんな美女の絵を見たことがある、と思った。神秘的で、印象深く、一度見たら忘れられないような。女神とかお姫様の絵で——ええと。とにかくこの顔はわたしじゃない。

「あなたじゃなかったら、いったいどなただっていうんです？」

みほと、その隣にいる結子が笑う。

「これはあなたですよ」

みほが繰り返した。少しだけ強い口調で。

「あなたの中に眠っていた、綺麗なあなたです。いままでほったらかしにされていた、あなたが気づいてあげていなかった、美しさですよ。

早乙女さん、あなたもしかしたら、ご自分のお顔をよくご覧になったことがなかったのじゃないですか？　鏡、最近見てましたか？」

「——いいえ」

家の鏡だって、ほとんど見たことがなかったかも知れない。そんなもの見なくたって顔も洗えるし、歯だって磨ける。髪も結べる。

みほが言葉を続けた。

「早乙女さん、鏡を見なければ、ひとは自分と向かい合えません。見たくないからと真実から目をそらせば、その中にある美しさを見つけることができないんです。あなたは鏡を見ないことで、自分の持っているものの価値からも目をそらしていたんですよ」

その言葉は、一花の胸に刺すように響いた。何よりも、楕円の美しい鏡の中の、怯えた表情をした美しい若い娘のまなざしが、一花をじっと見つめていたのだ。悲しそうに。

（わたし、ひどいことをしていたんだなあ）

一花がため息をつくと、鏡の中の娘も肩を落とした。

「なんてね」不意にみほがくすくすと笑った。一花と結子を見て、舌をぺろりと出す。

「わたし自身が若い頃、友達にいわれた言葉なんですけどね。むかーし、わたしも自分の顔に自信が無くて、鏡がまともに見られなかったんです。いやほんとにブスだと思っておりましたので。そうしたら同期の美容部員だった子に叱られちゃって。それで目が覚めました」

「ブスって……ことは。お綺麗なのに」

みほは自分の顔を指さした。

「びっくりしたみたいに大きな目とか、ふんづけたように低い鼻。口も下品に大きいし、全部コンプレックスでした。都会のお嬢さんみたいに品良くなりたかったんです。

　でもね、その友達が褒めてくれたんです。あなたは南国の夜みたいに澄んであたたかな黒い瞳をしてる。まるで星が灯っていそう。鼻は親しみやすい丸いかたち。口元は元気そうで、楽しい話をたくさん聞かせてくれそうにいつも口角が上がっていて、すてきね、って。そういわれて鏡の中を見たら、たしかにそこにはそんなわたしがいたんですよ」

　みほは懐かしい優しいまなざしをした。結子の方へと、ふと視線を投げる。結子が笑顔でうなずくと、みほは、再び一花を見つめた。

「あとは、そんな自分の綺麗なところを大切に、より瞳が輝くように、より口元が愛らしくなるように、研究しながら、お化粧品を選び、テクニックを磨いていったわけですね。——お化粧ってそういうことですよ。化けるんじゃないんです。別人になるわけじゃない。よりよい自分を、隠れている美しさを見つけて磨いてあげる、それだけのことなんです」

　にこ、とみほは笑った。

「ひとは誰だって、鏡の中に、綺麗な自分を見つけられるんだって、その子から教わりました。——その子はその後、若くしてこのコスメフロアのリーダーに抜擢されたあと、寿退社してここを離れ、いまはもう星野百貨店にはいません。けれど、その子から聞いた言葉はわたしが、そしてスタッフのみんなが受け継いでいるんです。とってもおきの魔法の呪文みたいに」

　一花にしてくれたメイクをひとつひとつ解説してくれながら、『みにくいあひるの子』のお話みたいなものですよ、と、みほはいった。

「もしかしたら、小さい頃のあなたは、顔立ちがおとなびていて、子どもらしい愛らしさはなかったのかも知れません。でもいまは、それがちょうどいいんです。自信を持って顔を上げてください。お首も長くてお顔の形も整ってらして、昔の女優さんみたいですね。お肌も日に焼けてらっしゃらないから綺麗なままで。お化粧のしがいがありますよ。お肌が薄いせいで、目の下のくまがめだつので、そこはコンシーラーでカバーしてます」

　使った道具も化粧品の種類も、一花にはとても覚えられなかった。慣れた手つきでさらさらとみほがメモを綴り、あれこれと試供品を入れた紙袋と一緒に渡してくれた。

「お化粧の仕方の基本はかんたんなパンフレットがあるので同封しておきますね。わからなくなったらいつでもこちらへおこしください」

　みほも、カウンターにいるほかの美容部員たちも、にこにこと笑っている。

　けれど一花は心細くなって、涙ぐんだ。

「でもわたしは、こんなにきれいにメイクなんてできません。ひとりじゃとても無理……」

明日、花火大会の夜に、このメイクを自力で再現して浴衣を着られるとは思えない。

涙で目のまわりがパンダのように黒くなった。化粧品が滲んだらしいけれど、一花にはこれをどうしたらいいのかもわからない。

途方に暮れていると、みほが、コットンで滲んだ汚れを拭き取ってくれた。

「覚えればいいんです。お化粧が崩れたって落ちたって、何回だって綺麗になればいい。お化粧なんてそんなものですよ。ほんとうのあなたになるための魔法を覚えるんです。

星野百貨店コスメカウンターは、いつだって、そんなあなたの味方になりますから」


そして次の日。

朝、まだ暗いうちに起き出した一花は、洗面台の前で昨夜のメイクを再現しようと試みた。試行錯誤を繰り返すうち、なんとか見られる感じに辿り着いた。鏡の中で、綺麗な娘が、一花の方を見つめて、微笑んでいる。

(そっか。メイクって絵と同じなのね)

色使いでニュアンスをつける。それがアイシャドウ、あるいはほほのチークで。明るい色をのせることで立体感を出すのが、鼻筋や額に引くハイライト。

魔法の理屈がわかると、楽しくなった。

両親や弟が、「あ、すごい」「綺麗」「美人」と興奮して見守る中、そうして一花は浴衣の入った包みを抱え、颯爽と出勤したのだった。


その日は一日浴衣で過ごした。

訪れるお客様たちも、社内のひとたちも、綺麗、素敵、と褒めてくれて、一花は頬を染めた。そんな経験は初めてだったので、お姫様になったみたいだ、と思った。

ぱたりと訪問者が途絶えた。壁の時計の針の進み具合を何度も見ているうちに、胸が苦しくなってきた。何度もため息をついていると、ふいに結子が扉から顔を出した。

「わあお、浴衣お似合いじゃないですか」

「ほんとですか?」

「ほんとうです。わたし、お世辞はいわないんですよ」

結子は笑う。どこか猫のような表情で。楽しそうに。

一花はお礼をいいつつ、笑顔で浴衣の胸を押さえた。うつむいていった。

「――胸がどきどきしちゃって。おかしいですね。いいおとななのに。なんでこんな」

結子が一花の顔を覗き込むようにして、

「おまじないかけてあげましょうか？」

「おまじない？」

「楽しい花火大会になるように」

猫めいた笑顔で、彼女は笑う。

「てのひらを上に向けてみてください」

結子は、こんなふうに、と自分の右のてのひらを軽く上に向けて開いて見せた。白いてのひらが美しかった。指が細い。絵に描いたように優雅にその指が反った。

首をかしげながら、一花がいわれたとおりの形で右のてのひらを差し出すと、結子は自分の右手をすうっとそのてのひらの上に乗せた。

次の瞬間、一花は驚いて指を震わせた。てのひらに三つ、綺麗な包装紙に包まれたキャンディが載っていたのだ。まるで宙から現れたように。

だって、結子は何も持っていなかった。キャンディなんてその白いてのひらにはひとつもなかったのだから。

「――実はここだけの話、わたしは魔法が使えるんです」

ささやくような声で、結子はいった。

「これは、魔法のキャンディです。これを持っていたら、きっといいことがありますよ」

いたずらっぽい表情で彼女は笑った。かろやかな身のこなしで、資料室を出て行った。


一瞬その言葉を信じた。

けれど、一花はやがてひとり笑った。

「芹沢さんたら、手品もできるのね」

どこからともなく花や鳩を出したり、コインやトランプ、ハンカチを何もないところからとりだして見せたり。そういうマジックがあることを、知識として一花は知っている。

芹沢結子なら、マジックのひとつやふたつ、マスターしていてもおかしくはない。見るからに器用で、気が利いているひとなのだから。

「ちょっとだけ、騙されちゃったな」

笑いながら、軽くため息をつく。気がつくと、胸のどきどきが収まっていた。

(笑ったからかな？　不思議)

一花はてのひらのキャンディを握りしめた。美しい包装紙は、星の模様だった。

ひとつだけ、開けて口に入れた。薄金色のキャンディは、甘く優しい、蜂蜜の味がした。

資料室の窓の外の曇り空が、刻一刻と夕方の色に近づいて行く。気がかりなのは天候だった。夏のこと、いつもなら、夕刻が近づくにつれ、華やいだ色に染まる空なのに、今日はただただ暗さが増していくばかりだった。

六時過ぎになって、仲の良さそうなお年寄りがふたり、資料室を訪ねてきた。姉妹だという。着ている服の雰囲気が違っていて、お姉さんの方は上等な仕立てのスーツを着ていた。大事にしている余所行きの服。そんな感じだった。

「わたしはね、遠くの街にお嫁に行ったの。そこでそのまま暮らしているの」

おっとりとした声でいった。「この街は久しぶり。星野百貨店さんもね。懐かしいわ」

隣でうなずいている妹らしきひとは、ちょいとお買い物みたいな服装で、そういえば、何回か資料室に来てくれている常連さんだ、と一花は思いだした。子どもの頃からこの街に住んでいて、街のあちらこちらに思い出がたくさんあるのだと語ってくれたことがある。

老姉妹は、懐かしそうに、風早の街の絵や写真を見て、思い出話に花を咲かせた。

ふと、妹の方がいった。「あら、あの写真はどこに行ったかしら。ええと、この間まで、棚のこの辺に飾ってあった本にあった写真――」

一花は顔を上げた。

「写真、といいますと、どんな写真ですか？」

「ずっと昔、わたしたちが若い頃住んでいた、実家の写真なんですよ。ほら、あなたにお話ししたじゃないですか。川沿いの家で、赤い屋根の犬小屋があって、白い犬がいて」

はっとした。――つい最近、タグをまとめるときに見た写真だ。あの写真が載っていた本は何だったろう。

そう思ったときには、ノートパソコンでファイルを開き、タグを検索していた。

「川縁の家」「犬小屋」「白い犬」――。

おばあさんの声に焦りが滲む。「あの家ね、川の拡張工事があって、取り壊されてしまったんです。チロも死んじゃったし、両親ももういなくて。――ねえ、お嬢さん。なんで、あの本、今日はないのかしら？　姉さんに見せてあげたかったのに」

途方に暮れたように、おばあさんはいった。

「姉さんね。久しぶりにこの街に帰ってきたの。二十年ぶりくらいになるの。でもう、明日には、住んでる街に帰らなきゃいけないし、そしたら次はいつこられるかわからないの。ほんとうに次は、いつになるのか――」

言葉が重かった。

ふたりともとても年老いて見えたのだ。「次」なんていつあるかわからない。二度とないかも知れない。そう思えるほどに。

（あった――）

一花は指を止めた。

『写真集・川沿いの情景』。この本だ。

昭和の時代に、この街に住んでいた写真家が残した写真集。いまはもう絶版だけれど、たくさんのひとびとの生活が写し取られたとてもよい写真集だった。よくお客様が手に取られる人気の本だ。

（あれ、この本がここにないわけは……）

口元に手を当て、はっとした。

その瞬間に椅子から立ち上がっていた。

「申し訳ございません。この写真集はいま、修理のために職人に預けてあります」

そうだ。つい数日前に本の修理を請け負ってくれる職人のアトリエに宅配便で発送したばかりだった。人気がありすぎて、いつも誰かの手に取られていたから、本を綴じている糊が剝げてしまったのだ。

「わたし、いまからとってまいります」

アトリエは、山の手の古い住宅街にあったはずだ。一度タクシーで行ったことがある。

「急げば三十分くらいで戻ってこられると思います。あの、たいへん申し訳ないのですが、それまでこちらでお待ちいただけますでしょうか？」

老姉妹は感謝の思いを目に込めるように、ふたり並んで一花を見つめ、深くうなずいた。言葉にしなくとも不安そうな目に、涙が滲んでいた。

そのとき、壁の時計が指していた時間は、もう六時半を過ぎていた。一瞬、七時の約束のことが頭をよぎったけれど——だけど。

（これがわたしの仕事だから）

豊見城みほが、昨日聞かせてくれた言葉が、耳の底に残っている。

『星野百貨店コスメカウンターは、いつだって、そんなあなたの味方になりますから』

わたしだって、と走りながら思った。

（わたしだって、資料室のカウンターを守っているんだ。お客様の味方なんだから）

お客様がごらんになりたい写真を差し出せなくて、どうして風早郷土資料室を名乗れるだろう。

重たげな雲から、雨が降ってきた。雨は見る間に最近流行の豪雨になった。

いつもは夜八時に閉店する星野百貨店は、その日、花火大会にあわせて閉店時間を九時に遅らせていた。

屋上には、各フロアから集められた従業員たちが、風船釣りや綿菓子、林檎飴などの屋台を出していたけれど、スコールのような雨の中、お客様はほとんどいなかった。

雨を避けて建物の中に入ってしまったり、早々に帰宅してしまったのだ。

花火大会そのものは、ちゃんと港の方で行われているのが見えるけれど、これではあちらの本職のひとたちの屋台も全滅だろうなあ、と、百貨店のひとびとは苦笑いしていた。

「まあ、天気ばかりは仕方ないしね」

「明日は晴れるらしいよ」

「明日に期待だな」

関係者たちのそんなやりとりが聞こえる中、一花はやっと、屋上に辿り着いた。大降り出した雨のせいでタクシーが捕まらず、帰ってくるのに時間がかかった。大切な写真集を濡らさないように抱きかかえて道を走ったので、代わりに一花が濡れてしまった。

浴衣は着崩れていた。下駄も泥だらけだし、鼻緒がすれて痛かった。お化粧も崩れ放題だ。からだが酷く冷えていて、震えがくる。

屋台の灯りといつもの屋上の照明が雨に煙《けぶ》るように光っていて美しかった。そして何より、雨空に上がる花火が綺麗だった。果てしなく広い空のキャンバスに、見えない魔法の手が光の絵の具で花の絵を描き続けているようだった。

こんなときも、一花は美しいものが好きで、見とれてしまうのだった。楽しみにしていた約束に間に合わなかった、と思っていても。

Torinekoさんに会いたかったなあ、と、胸の奥がしんしんと痛んでいても。

（――でも、よかったなあ）

一花は濡れた髪を指先で払いながら、笑った。笑える自分がかっこいいと思った。

老姉妹は、一花が持ち帰った写真集を広げ、白い犬と赤い屋根の犬小屋が写った写真をそれはそれは懐かしそうに眺めた。思い出話を元気に口にし、繰り返しながら。

（うん。頑張ってよかった）

約束の七時はもうとっくに過ぎた。スコールのような酷い雨だし、Torinekoさんはもう帰ってしまっただろうと思った。

（仕方ないか――）

昨日会って楽しく話したというだけで、友達だったわけでもない。ただ一花が、彼の絵が好きで、ずっと応援していたというだけで。

一花はいつのまにか浮かんでいた涙をそっと拭った。何でこんなに悲しいんだろう。

（ああ、そうか。もしかしたら）

あの絵に恋していたのかも知れない。もうずうっと長い間。

「わたし、あの絵を描いたひとに会ってみたかったんだわ。お話ししてみたかったんだ」

一花は雨の雫を髪から落としながら、微笑んだ。遠い空に上がる、花火を見ながら。

「夢を見たつもりはなかったけど、いつのまにか夢を見て、そして叶っていたのかなあ」

それならいいや、と思った。

ふと、浴衣の懐に入れていたキャンディのことを思いだした。結子がくれた、おまじないの、魔法のキャンディを。雨に濡れた二つのキャンディは、てのひらに載せると、屋上の照明と、そして花火を映してきらめいた。

ひとつがてのひらから落ちて、転がっていった。星の欠片のように、きらめきながら。林檎飴の屋台の方へと。

「――ああ、やっと会えた」

そのとき、屋台の陰から姿を現したのは、Torinekoさんだった。ビニール傘をさしている。転がってきたキャンディを不思議そうに拾い上げて、

「なかなか来てくれなかったから、ふられたかと思ってました」

降りしきる雨の中、明るい笑顔で笑った。傘をさしかけてくれた。

「——待っていてくださったんですか？」

「待ち合わせしてたじゃないですか」

なおもそのひとは笑い、そして言葉を続けた。「昨日、この百貨店には願い事を叶える猫がいるって話を教えて貰ったじゃないですか。もう少しでその猫に願おうとしてました。どうかぼくの夢も叶えてくださいって」

「夢？」

「ぼく、高校生のときからずっと、あなたに会いたかったんです。あなたの絵を雑誌で見たその日から。できれば、友達になりたかった。それがぼくの夢でした」

一花は傘にあたる雨の音を聞きながら、ただそのひとの顔を見つめていた。

彼はふと困ったように、視線をそらした。友達っていうか、とつぶやく。

「ええと、友達っていうか、その——実際に出会った一花さんはとても、その、ロセッティの絵に描かれた美しい姫君のようで」

一花は両手で口元を押さえた。冷え切っていた頬が火照るのがわかった。

空には花火が上がり続ける。降りしきる雨の中の花火は、打ち上げ音も遠く、どこか夢の中で上がる花火のようだった。けぶる空に次々に色あざやかな花が咲いた。

屋上では、ビニールの雨がっぱ姿の星野百貨店のひとびとが、半ばやけのように笑って、ともいた。


「貸し切りの花火大会みたいだな」

「たまにはこんなのもいいか」

と、声を掛け合っていた。開けてしまったジュースやコーラで、乾杯するひとも
「資料室の美人さんもどうだい？」

「浴衣がまあ、かわいそうに」

紙コップに注いだオレンジジュースを差し出されて、一花たちも乾杯に加わった。

花火が上がる度、屋上遊園地の濡れた遊具や、花壇、庭園の草木も輝いた。

見下ろす街の夜景もまた、雨に濡れた屋根や道路が、花火の光を鏤めて、美しかった。

「綺麗だなあ」と、若い画家はしみじみと呟いた。その瞳にもまた光が踊っていた。

この空を覚えて帰ろうと思っているのだろうと一花は思った。

そうして、一花もまた、空と地上を見つめた。忘れないために。

（あとで絵にしようかなあ）

色合いからして、ふさわしいのは水彩だけれど、でもずっと残しておくには油彩かな、と考えていたとき、

「もういちど、この花火を見るには、来年、夏にまたこの街に来ればいいのかな？」

独り言のように呟く、彼の声を聞いた。一花は考えるより先に、答えていた。

「あの、大晦日にも年越しの花火大会があって――やっぱりこの屋上が特等席です」

「じゃあ、そのときにまた」

「はい、ここで会いましょう」

約束、と画家は笑い、くしゃみをした。

「――雨の花火も綺麗だけど、今度は晴れるといいですね」

「はい」

一花は笑いながら、うなずいた。

*

その頃、一階のコスメのコーナーでは、従業員たちが、「あーあ」と苦笑し、背伸びしたりしていた。

「いつもの年ならかき入れ時だけど、今日はちょっと駄目ね」

「明日に期待」

「うん、期待」

せっかくいつもより一時間閉店が遅いのに、見事にお客様がいらっしゃらない。

かといって、お客様が訪れる可能性もまだあるので、早めに片付け始めるというわけにもいかず、美容部員や販売員たちは、それぞれの持ち場に待機していた。

奥の統合コスメカウンターのリーダーにして、フロア全体のマネージャーでもある豊見城みほもまた、いつもの場所にいた。

そういえば、資料室の娘は首尾良くデートに成功しただろうか、などと思いながら。

(どこか濡れないようなところで、花火を楽しめていればいいんだけど)

早乙女一花は、本人が無自覚なだけで、十分に美しい。浴衣姿も様になったはずだ。

(わたしはメイクを手ほどきしたけれど)

実のところ、一花に限らず、ひとは誰でも、目をあげて微笑んでいれば美しいのだ。

(メイクはその仕上げ。自信を持つための、おまじないのようなものだから)

ずっと昔、若い頃に、友達に聞いた言葉だ。

『笑顔がいちばんの魔法なのよ』

むしろ、笑顔が魔法の始まりなのだと、そんな言葉も覚えている。

『そして、魔法のおしまいも笑顔。だってほら、わたしたちのお仕事は、ひとを笑顔にするためのお仕事じゃない?』

色白の頬に、かすかに残るそばかすのあと。琥珀色の瞳。長く美しい手足。妖精のようにかろやかな仕草。いつも笑顔で、誰からも愛されていた、このフロアのお姫様——いや魔法使いか妖精のようだった、みほの親友。

綺麗なものが好きで、美味しいものが好きで、おしゃべりが好きで、お洒落が好きで。百貨店が大好きで、自分の仕事が好きで。

（いつも笑顔で——）

でも酔って寂しいと泣いたことがあった。

『わたしには、帰る場所が無いの』と。

親友がいちばん好きだったのは、開店の時間。いちばん嫌いだったのは、閉店の時間。

『だってみんな帰ってしまうんですもの』

うつむいて、寂しそうにいった。『お客様も。店のみんなも』

百貨店の売り場は、舞台と一緒だと、そんな言葉を聞いたことがある。あれは街に外国の有名なサーカス団が来たときのこと。休みの日の夜に、ふたりで見に行った。猛獣の火の輪くぐりも、踊り子の綱渡りも、ピエロの玉乗りも見事だった。初めての本格的なサーカスに、みほは息をするのも忘れて見ていたものだ。その帰り、路地の奥のレストランで食事をしていたとき。金色の蜂蜜のお酒を口にしながら、親友がふと、いったのだ。

なんだか謎めいて、不思議な言葉を。

『お客様は、笑顔になるためにお店に来るの。わたしたちはカウンターでそのために魔法を使う。他のフロアの、どんな売り場だってそうなのよ。わたしたちは、みんな魔法使い』

珍しく、酔っていた。『笑顔になって、幸せになって、お客様はみんな帰っていくの』

帰って欲しくないの？　とみほが訊くと、彼女はしばし考え込み、首を横に振った。

いつもはみんなに溶け込んで、冗談をいったりして笑っているのに、ふとしたはずみで、遠い国の旅人が紛れ込んでいるような、不思議な違和感を漂わせていることがあった。

みほが話しかけると、すぐにいつもの通りの、機嫌の良い猫のような笑みを浮かべて、『なあに？』と訊き返してくれたけれど。

ときどき不思議な曲を口ずさんでいた。知っているような、思い出せないような曲だったから、その曲は何、と訊ねたら、

『流浪《るろう》の民』

そう答えた。

音楽の時間に習ったっけ、と思い出した。学校にも故郷にもよい思い出がないか

ら、思い出せなかったのかも知れない。みんな忘れてしまったから。――でも彼女と出会ってから、その曲だけは習っておいて良かったと思えるようになった。一緒に口ずさめたから。

慣れし故郷を放たれて
夢に楽土求めたり

結婚が決まったとき、彼女は誰よりも先に、みほに教えてくれた。

『あのね、帰る場所ができたの』

頬を染めて、子どものように笑った。

『わたしもこれで、帰れるの』

自分のことを話さない娘だった。けれど、一度だけ、お伽話のような物語を聞いたことがあった。あれは仕事帰りの居酒屋だったか、それとも、みほのひとり暮らしの部屋で、つまみを作りながら飲んでいたときだったか。

子どもの頃、サーカスにいたことがあると彼女はいった。物心ついたときには、母親と一緒に小さなサーカス団にいた。国内だけでなく、いろんな国をさすらっていた、と。日本では無名だけれど、海外では評価の高い、そんなサーカス団だったそうだ。

『綱渡りと玉乗りはたぶんもうできないと思うけど、簡単な手品なら今でも指が覚えてる』

そういって彼女は笑った。父親の名は知らない、と。それがどこの国のひとなのかも。

ある日サーカス団は解散した。なぜ解散したのかを理解し、覚えておくには彼女は幼すぎた。前後して母親を不意の病で亡くして、ひとりぼっちになった彼女は、団長夫妻に連れられて、日本に帰ってきたのだそうだ。

星野百貨店の足下に続く、平和西商店街。そこに団長夫妻は小さな店を構えた。輸入雑貨と化粧品の店だった。その店で彼女は育ち、やがて、看板娘となっていった。

『サーカスにいたのは小さな頃だったから、あまりはっきりした記憶はないの。ただね、舞台を見上げるお客様たちが楽しそうで、目がきらきら輝いていたことを覚えているの。ほんものの魔法と奇跡を見るような、そんな目だった。家に帰れば、そこにはもう魔法も奇跡も無い毎日が待っているのかも知れなくて、でも客席にいるときは、幸せな夢を見ているの。子どもだったわたしは、自分がみんなを幸せにする魔法の力を持っているような気がして、嬉しかったのを覚えてるの。その時間が大好きだったことも覚えてる。

でもサーカスはなくなってしまって。わたしはもう二度と、あの舞台に帰れないと思っていたの。だけどね、気がついたの。お店で綺麗なものを見ているときのお客様の目や、お化粧で綺麗にしてあげたときのお客様の笑顔は、子どものときに舞台の上から見た、あの幸せそうなひとたちと同じなんだって。舞台はもう無くなったけれど、わたしはまた、わたしの力で、みんなを幸せにできるんだって、気づいたの。わたしはまた、魔法使いに戻れるんだって』

高校を卒業してからは、店はほとんど彼女が切り盛りしていたという。もともと商才もあったのだろう。話術もたくみだった。商店街の人気者になるまで、そう時間はかからなかった。そして、噂を聞いた星野百貨店の現会長、星野誠一が彼女に会いに来て、一目で気に入り、ある春に、百貨店の一階フロアに招いたのだった。

同じ春に、みほは星野百貨店に就職した。地下一階のフードフロアを希望していたのに、希望が通らず、一階のコスメフロアに配属された。

(あの頃は見た目に自信が無かったから、辛かったな)

よりによってなぜ、コスメのフロアに、と店と我が身の運命を恨んだものだ。けれどそんなみほに声をかけてきたのが彼女だった。

『ねえ、あなた、綺麗なひとね』

長身で細身、色白で、まるでファッション画の中から抜け出してきたような——みほの憧れそのもののような容姿をした娘からそう話しかけられて、どれほど驚き——嬉しかったことか。

たぶんこの先も忘れないだろう。彼女との友情の、それが始まりだったのだから。

(元気にしてるかな)

そのひとのことに思いを馳せる。

あんなに欲し、憧れていた「帰る場所」を失い、自らそこを離れて、いまはまたさすらう日々を送っているらしい親友のことに。


軽やかな足音が近づいてきた。

コンシェルジュの芹沢結子だった。

「こんばんは」

笑顔は隙がなく、美しい。「せっかくの夜なのに、あいにくの雨で」

「ええ、ほんとうに」

二人して、窓越しに雨を見た。降りしきる雨の音がかすかに伝わってきた。

結子が軽く肩をすくめるようにして、

「あの、もし、いまお手すきでしたら、わたしに秋物の香水、選んでいただけますか?」

「あら嬉しいですわ。どうぞどうぞ」

招くと結子は目を輝かせてカウンターに近づき、ショーケースに並べてある、新作やおすすめのフレグランスを端から眺め始めた。

ああ、この子はやはりメイクがうまいなあ、と、間近でみほはしみじみと思う。

一見お化粧をしていないように見えるけれど（男性社員がたまにそう噂していて、みほは内心呆れるのだ）、それなりに化粧道具を揃え、使いこなしているのが、みほにはわかるのだ。

（お化粧が好きで、慣れているお嬢さんよね）

それも、誰かにきちんと基礎から教え込まれたことがあるように。

「香水、どういったものがお好みですか？」

「秋ですし、あたたかみのある香りがいいですね。お店でつけていたいので、なるべくどなたにも好き嫌いのないような」

「いまは何をお使いですか？」

「夏の間はローフォアッドを使っていました」

みほは目の端に笑みを浮かべる。香水が好きで、つけ慣れている者の選択だ。カウンターをはさんだこの距離ではつけているとわからない。ごく淡く香らせているのだろう。こなれた使い方だ。セルジュ・ルタンスのローフォアッドは森林の中で呼吸をしているような気持ちになる香り。ふとしたはずみで淡く香れば遠い森に吹く風を感じるように思えるだろう。

「では、同じルタンスのニュイドゥセロファンあたりはいかがでしょう？　金木犀《きんもくせい》の香りですが、もうお持ちでいらっしゃいますか？」

「いいえ。興味はあったんですが」

軽くふきつけた試香紙を渡して、香りを確かめて貰う。

品の良い、誰からも好かれる優しい甘さの香りだった。案の定、結子は気に入り、購入を決めた。

「――芹沢さん」

みほは、自分のデスクに帰ろうとした彼女の、その名を呼ぶ。

年若いコンシェルジュは、はい、というように香水の入った紙袋を手に、みほを見る。

どこか楽しげな、いたずらっぽい瞳で。

なので、みほは言葉に迷ってしまう。

この春、彼女がこの百貨店に来てからというもの、その容姿と表情を見、その名前を聞いてからというもの、訊ねたいことがあった。

(もしかして、あなたは――)

けれどもし「そう」なら、なぜ結子は名乗らないのだろう。

(まさか、わたしに気づいていない?)

(わたしを忘れてしまった?)

いや、そんなはずは。――ああでも「あの子」と名字が違う。

(ということは、「あの子」では、ないのかしら)

迷ううちに、言葉を見失ってしまう。

だからみほは、微笑んでいった。

「若い頃、このフロアに、仲良しの友達がいたんです。親友でした」

「昨日、早乙女さんにお話ししていた、同期のご友人ですか？　寿退社なさったという」

「ええ」

結子は楽しげに耳を傾けている。笑顔だけれど、たまにこの娘の表情は読み取れない。

「平和西商店街のお化粧品店で働いていたのを、会長が――誠一様がスカウトしてきたというひとでした。このお店と、お客様が大好きで、いつも笑顔で明るくて。あっというまに、売り場の人気者になり、やがて、コスメフロアのリーダー、責任者になっていったんです」

それを支えたのはみほだった。彼女は――佐倉《さくら》ユリエは気ままで、どんぶり勘定なところがあったから。

たまにみほが苦言を呈すると、ユリエはごめんと笑って手を合わせた。仕方ないなあ、と苦笑しつつ、みほはその日々を楽しんでいた。そう、あの日々はほんとうに楽しかった。

「とても魅力的で、少しだけ、風変わりなひとでした。ふわふわしていて、たんぽぽの綿毛みたいで。いつかどこかに飛んでいってしまいそうで。大切なことを詩のように語るひとでもありました。素敵な声と、素敵な言葉で」

いつかこの子はいなくなってしまうだろう。そんな予感があった。

だからだろうか。ユリエのいった言葉や、そのときどきの表情はくっきりと覚えている。

忘れないようにしようと思ったから。

それがユリエの代わりに、この場所を任された自分の仕事のひとつだとも思ったから。


いまも忘れない。きっとずっと覚えている。あの楽しかった日々の記憶と一緒に。たまに心の中で、記憶の中の彼女と対話し、自分の言葉に置き換えたりもして。いまもユリエがこのフロアにいるように思いながら。

（そう、百貨店は、魔法の舞台。お客様を笑顔に——幸せにするための場所なのよ）

お客様との出会いは一期一会だ。無限の一期一会の連なりの中でわたしたちは働いている。サーカスの舞台を見に来る観客とひとときの不思議を演じるひとびとのように。

いらっしゃいませ、と迎えるそのお客様とは、二度とお会いできないかも知れない。けれど今のそのお客様の幸せを思って、心をこめて品々を選ぶお手伝いをし、最高の品物をお客様に手渡し、ありがとうございました、とお見送りする。無限の時の中の、それでもその一瞬にその方と出会い、品々を通して縁を持ったことに感謝しながら、お客様の幸福を祈る。

（わたしたちは、幸せを売る、魔法使い）

迎えた誰かを笑顔にする魔法使いでありたいと思う。ここはそんな場所だから。

一期一会の魔法の舞台だから。

雨の音を聴きながら、とりとめもなく話すうちに、閉店の時間が近づいた。

「ありがとうございました」

結子は笑顔で頭を下げ、香水の入った紙袋を大事そうに提げて、正面玄関そばの自分のデスクへと帰って行く。

結子ちゃん――。

何度もそう呼ぼうとして、呼べなかった。

（芹沢さんは、わたしの知っている「あの子」なのかしら。それとも別人なのかしら）

「あの子」の母親である友人に訊ねてみたいような気もするけれど、彼女は例によって音信不通だ。今年になって久しぶりに届いた絵はがきには、数年前から養蜂の仕事をしていると書いてあった。蜂蜜は美味しい、旅暮らしは楽しい、と。

帰る場所を求めていた娘は、そこを得て、失ったあと、また旅人に戻っていた。

(連絡くらい、まめによこせばいいのに)

めんどくさがり屋なのは、昔のままだ。

きっとあの頃と同じ笑顔で、元気ではあるのだろう。蜂の群れとともに野を行き、たまに口ずさんでいるのだろう、「流浪の民」を。


最後に「あの子」をこのカウンターで迎えたのは、何年前になるだろうか。

(十五年？　それとも十六年前くらい？)

母譲りの淡い色の髪をシニヨンに結った、もうじき中学生の女の子。背の高い母親に似ず、華奢で小柄だったのは、父親の血を受け継いだものか。けれど親しみやすいまなざしと口元もまた、きっとそのひと譲りのものだった。バレエを習っていることもあってか、メイクやコスメに興味があって、よくこのカウンターに遊びに来ていた。お客様の邪魔にならないように、そっとフロアを歩く様子がかわいくて、いつも我が子を見るような目で、見守っていた。みほは家族を持たなかったから。

香水が好きだったから、淡い香りを選んで、試香紙に香りをつけてあげたりもした。大切にノートにはさんだりポケットに入れたりして香りを楽しむ様子がかわいらしかった。

あの頃のあの子に選んであげたのは、アニック・グタール。少女らしい、さくらんぼやココア、レモンや杉の香り。セルジュ・ルタンスと同じ、フランスの香水だった。

さっき香水を選ぶとき、あの子がおとなになったら、この香りが似合うだろう、好きだろう、と、そんなことも考えながら選んだ。

いちばん女性が成長し、姿を変えるその時期の十数年。「あの子」はみほのそばにいなかった。だから今日カウンターの前に立った娘が、あの子なのかそうでないのかは——。

（わたしにはわからないけれど、でも）

子どもの頃のあの子は、このお店が大好きだった。いつも瞳を輝かせて、このフロアに立っていたのだ。いまの芹沢結子が、コンシェルジュデスクに立っている、それとよく似た表情で。売り場を守る妖精のように。

（帰ってきたのだと、思いたい）

母に連れられて去った少女が、成長して、再び帰ってきたのだと。

若き日の母が愛し守った、魔法の舞台に。

（まあ、うちの店も事情が複雑だからねえ）

長くこの店にいても、百貨店全体の経営のことまでは、みほの立場ではまだ知り得ない。

あの子が関係するような、大きな変化が、店内で起きようとしているのかも知れない。

何か事情があって、今はまだ名乗れないとしたら。

いつか話してくれるだろう、と、思う。

(そのときは)

力を貸そう、と思った。

若い頃、ユリエを助け、ともにフロアを盛り上げた、懐かしいあの日々のように。


「——なんて、ただの夢かも知れないけれど」

そんなことがあればいいなあ、と夢見る、妄想かも知れないけれど。

気がつくとみほは年老いた。化粧で隠してはいても、自分では素顔がわかっている。昔は仕事が休みの日、映画や演劇、ライブを梯子して、一晩寝ずにすませても、シャワーを浴びてメイクをすれば、そのまま店に立てた。そう、ユリエのいた頃は。

いまはもう無理だ。

今日だって、ろくに接客もしなかったのに(いや、ろくに接客ができなかったからなのか)疲れている。足がむくんで、棒のようだ。

そんなことを思い、口元に少しだけ寂しい笑みを浮かべながら、閉店のためにカウンターを片付けようとし始めて――。

　ふと、その手を止めた。

　カウンターの、さっきまで芹沢結子のいたあたりに、綺麗な包装紙にくるまれたキャンディが、ころんと三つ置いてある。

　星の模様の包装紙は、売り場の照明を受けて、きらきらと魔法じみて輝いていた。

（いつの間に――？）

　いつからこれはここにあるのだろう。

　結子をここに迎える前にはなかったし、話していた間も、絶対になかった。目の前で接客していたのだから、たしかだ。

『はい、プレゼント』

　ユリエの声を思い出す。

　みほが疲れていると、よくこんな風に、ユリエは小さな贈り物をくれた。

　たしかにそこになかったキャンディを、まるで魔法のように取りだし、渡してくれた。

『元気が出るおまじない、あげるね』

幕間

その子はいつも、声を殺して泣いた。

いまもそうだ。病院の、彼の横たわるベッドのそばに置かれた椅子に腰を下ろし、口元を覆って泣いている。ひとりで。静かに。

（ああ、かわいそうに）

まぶたを閉じたまま、彼は思う。

見えなくても、その表情と姿が脳裏に浮かぶ。人工呼吸器の酸素が送り込まれてくる静かな音と一緒に、孫娘の悲しげな吐息が聞こえてくる。ずっと聞こえ続けている。

この子が成長し、美しい娘に育っていることは知っている。長く離れて暮らしていたけれど、手紙やメールでやりとりはしていたし、海外で活躍する姿を新聞やインターネットで確認し、いつも遠くから応援していた。母から受け継いだ美しい体躯と父から受け継いだ感性を生かし、飛翔するように生きる孫娘の幸せを祈るのが彼の楽しみだった。

けれどいま、十数年ぶりに再会した孫娘は、昔のままの子どもの姿をしてそこにいるように、彼には思える。昔と同じように泣いているから。

（そんなふうに泣かなくていいんだよ）

そういってやりたかった。

昔、この子が幼かった頃にしてあげたように、小さな頭をなで、そっと抱き寄せて。

自分が悪かったのだと思った。この優しい娘がこんな風に自分の哀しみを押し殺すように育ってしまったのは、自分のせいなのだ。

（おじいちゃんが悪かった。悪かったなあ）

詫びながら、涙を拭いてやりたかった。けれど、指の一本はおろか、まぶたさえ持ち上がらないいまの身では、最愛の孫娘にしてやれることは何もなかった。

耳だけが、彼女の呼吸と想いを捉えた。

（ひとは耳だけは最後まで聞こえていると――あれはほんとうのことだったんだなあ）

彼の年になれば、ひとをいくらも見送ってきている。そのうちの誰のときだったか、病院で看取りの仕事のひとに聞かされた言葉を、ふと思い出す。

こんな風に、逝くひとびとは見送る側の声を聞き、気配を感じていたのかと思う。

（わたしはこれまで、死にゆく誰かにうっかりしたことをいったことはなかっただろうか）

永い別れのその前に、優しさのない言葉で傷つけたひとはいなかったろうか。

不安になったけれど、まあじきに再会できるだろうから、そのときに謝ればいいかと思い直した。

（それもこれも死後の世界——天国やら地獄やらが存在するならばの話だけれど）

魂など残らず、塵《ちり》になってしまうとしたら——彼はリアリスト、そういう考え方を好むたちの人間だったけれど、いまはそんなことは考えるまいと思った。あとどれほどのあいだ、こうして思考していられるのかはわからないけれど、最期の瞬間まで塵になってしまうことを考えて生きるのは、精神衛生上よろしくない。そこまで自分の意志が強靭であるという自信も無かった。

（まあ、死んでみたらわかることだ）

どんな結果が待っているにせよ、最期くらい自分を甘やかすのもいいのかも知れない。

魂や神様の存在を信じることも。

（いままでそういう概念はほったらかしにしてきたからなあ。久しぶりに思い出すのもいいだろう。人生の最期くらいは）

もうだめだろうとわかっていた。あがくつもりもなかった。

そういえば、生き物はみな自分の死期を悟ると、これは以前にどこかのホスピスで聞いた。

いまの気分がそれなのだな、と思った。

(冷静で、平穏なものだな)

表情筋が動くなら、きっといまの自分は、微笑みを浮かべていただろうと思う。

一方で、孫娘のことだけが気がかりだった。

(そんなに泣いたら、おじいちゃん、死んでも成仏できないじゃないか)

冗談めかして、いってやりたくなる。

(なるほど、こういうときに使う言葉なんだなあ。「死ぬに死ねない」というのは)


孫娘が立ちあがり、そばにきた。そんな気配がした。

広げたままのてのひらに何か置かれたと感じる。固くて冷たい小さなものだ。

「もういちど、お話ししたいの。おじいちゃまに約束したいことがあるの。お願い、目を開けて」

声が泣いていた。「結子が元気が出るおまじない、してあげるから」

ああそうか、と思った。これはキャンディだ。

孫娘は、彼の家で一緒に暮らしていた頃、簡単な手品をよく見せてくれた。

キャンディやトランプや、造花や、そういった小さなものを、どこからともなく魔法のようにとりだしては、彼や家族にプレゼントしてくれた。

店のことや、孫娘の両親のことで、家の中の空気が重いときも、この子の小さな手品で、家の中が明るくなった。みんなを笑顔にするのがうまい娘だった。家の中心で灯っている光のようだったこの孫娘がかわいくて、でもそのことが本人には負担だったのかも知れない。

(申し訳ない。申し訳なかったなあ)

孫娘はしばらく彼のそばに佇んで、そして、

「また来るね」と小さな子どものような声でいって、そばを離れた。「行ってきます」と。

もともと、孫娘の母が手品が上手だった。

「お父さん、あのね。元気が出るおまじないです」

そういって、キャンディを渡してくれていたのも、彼女だった。どんなに時間に追われているときも、判断に迷うときも、ほんの一粒の小さな飴玉が、いつだって元気のもとになった。

彼女が彼を呼ぶときの、照れくさそうな、「お父さん」という呼び方が、愛しかった。

父を知らないと聞いていた。誰かをそう呼ぶことに憧れていたのだと。

帰る家が無かったと聞いた。ずっといてもいいのだと思える居場所が。

いつも元気で、笑顔で、みんなを幸せにできる娘が、なんてかわいそうな、と思った。

息子が彼女と結婚を決めたとき、では自分が父親として、この娘を守ろうと思った。

先に逝った妻が、ずっと娘を欲しがっていた、そのことも思い入れさせる原因になった。

最初はうまくいっていた。幸せな家だった。どこでボタンを掛け違ったのだろう。

結局は息子の優柔不断な性格が良くなかった。けれど、そこに至るまでの原因は、きっといくつもあった。

(やはり、わたしがいけなかったのだ)

彼女を店に戻さなかった。

早くに亡くした妻には、ずっと店で働いて貰っていた。

働き者の妻はともに焼け跡で育った幼なじみのひとり。いつも笑顔で、店に立っていた。苦労と心配ばかりかけていた。店が軌道に乗って、これから幸せにしようと思った矢先、妻は倒れ、急逝した。

だから彼女には、ひとり息子の妻には、家にいてのんびり暮らしてほしかった。

どんな贅沢もさせようと思った。店のことなど忘れていい。ただ健康で、幸せでいてくれれば、と願った。

けれどそれが彼女からこの家で生きる意味を奪ってしまったのだろうと思う。もし店で働いていたら、いまもこの街にいたのだろうか。あの娘も、孫娘も——彼女たちの夫であり父である自分の息子も幸せでいたのだろうか。いまもみんな、幸せだったのだろうか。

泣きたいと思った。おとなになってから、もう長いこと、そんなことをしていなかったけれど。守ること、かばうこと、戦うことだけを続けてきていたから。

もうずっと泣きたかったのかも知れなかった。うずくまり。みっともなく。弱く。

(たぶんほんとうはそんなに強くも立派でもなかったんだよ)

ただ頑張っていただけで。

急に息が苦しくなった。

どこか深い水の底に引き込まれるような、そんな気持ちがした。

(ああ、だめだ)

まだ死ねない——あがくようにそう思ったとき、ふうっと呼吸が楽になった。

からだが軽い。

目が開いた。まばたきしながら、あたりを見回す。

夜景が広がっていた。懐かしい、夜景だった。

（ちょっとまて。どうしてここに？）

彼の店の、その屋上だった。そこを囲うフェンスの上に彼は腰かけていたのだ。

夢だろうか、と思いながら、ふと自分のてのひらを見た。――小さい。

腕を見て、足を見て、屋上に落ちる影を見て、気づいた。

彼は子どもの姿をしていた。空襲で何もかもなくした、あの年頃の少年の姿に戻っていたのだ。

（ああ、夢なんだな、きっと）

彼は微笑んだ。子どもの頃に好きだった、童話の中の出来事のようだもの。その膝の辺りに、どこからともなく駆けてきた白い子猫が、ぽんと飛び乗った。

彼の目は輝いた。子猫は金と銀に輝く瞳で、少年をじっと見上げた。

彼の手は、子猫をそっとなでた。

彼は、夜空と、そしてその下に続く輝く夜景に目をやった。子猫に語りかけながら。

なんて優しい夢なんだろうと思いながら。

「見てごらん、シロ。美しいねえ。この街の夜景がぼくは大好きだよ。――だって、あの光はぼくらがこの手で灯したんだ。この街のひとびとが、ひとつひとつ灯してきた灯なんだから」

いまからずっと昔のようにも、つい昨日のことのようにも思える夏の日に、まだ焦げた臭いの残る焼け跡から、夜空を見上げた日のことを、彼は忘れない。

「月明かりと星明かりしかなかったよ。静かな夜で、とても綺麗だった。月は大理石か瑪瑙《めのう》みたいだった。星はダイヤモンドみたいだった。――そう、とても綺麗だったけれど、ぼくは、空の手が届かない光よりも、地上にあたたかな灯が欲しかったんだ。もう一度、明るい光をこの街中に灯したかったんだ。それがぼくと友達の、みんなの夢だったんだ」

子猫はのどを鳴らして、彼の胸元あたりに頭をこすりつけた。

「そうだね。シロは知ってるんだよね。そばでみんな見てきたんだものね」

彼は子猫を抱きしめ、ほおずりをする。

「――だからぼくは、ここに店を建てたんだ。建てようと思ったんだ。大きな大きな店を。明るくて、華やかで、素敵で、世界中のどんな物でも並んでいるような店を。この街のみんなのために、そんな場所を作りたいと思ったんだ」

「そうして、守ろうと思ったんだ。二度と滅びないように。二度と燃え尽きないように。昔ここにあった店よりも、大きな店を。昔ここにあった街よりも、大きな街を。みんなが笑顔でいられる場所を作りたかった。幸せな記憶を、思い出を作れる場うに」

所を。

「世界には神様なんていないから、自分たちの手で明かりを灯そうと思った。魔法も奇跡も無いんだから、みんなで夢を見て、汗を流し、未来へ、前へ進もうと思ったんだ。——でも」

彼は微笑む。子猫を見つめて。「いまきみがここにいる。ぼくが、ここにいる。こうしてふたりで平和になった街の夜景を見ている。これはどんな魔法なんだろうね」

彼は輝く子猫を抱きしめる。「いや、やはり、これは夢なんだよね。末期の夢だ」

昔、あの暑かった夏。子猫を助けられなかった。みんなで守ろうとしたのに、飢えと渇きで弱ってしまった小さな子猫。まり子がミルクがあれば助かるかも知れないといって、みんなで必死にミルクを探した。人間の子どもでさえ、家の無い子は道で倒れて飢え死にしていた、そんな時代のことだ。子猫のためのミルクなど、どうして手に入るだろう。

けれど奇跡のように練乳の缶詰が手に入った。焼け跡から掘り出されて闇市に積まれていた物だ。店を出していたのが、亡くなった父の友人の復員兵だった。ひとつだけわけてもらえた。

走って帰った。かつて彼の家があったこの場所で、生き残った近所の子ども同士、身を寄せ合って暮らしていたバラックで、子猫は小さく固くなって、死んでしまっていた。

動かない子猫の口に、練乳をこすりつけてやっても、もう舌で舐めてくれなかった。

子どもたちは子猫を見つめておいおいと泣いた。あの空襲で家も家族も焼けてしまって、子どもたちだけになった彼らが、守ってあげたかった小さな命は死んでしまった。炎に巻かれた家族の代わり、小さな妹や弟の代わりに守ってやりたかった命は消えてしまった。

彼らは、その夜、星明かりの下で、子猫を荼毘《だび》に付した。その前に、亡くなった家族を自分たちの手で同じようにして見送ってきたので、難しいことは無かった。子猫の小さな体なら、そのために拾い集める燃料もわずかでよかった。

子猫のなきがらは、煙になって天に昇ってゆき、彼と友人たちはそれを見送った。

そのとき、彼は──彼と仲間たちは誓った。子猫のために一口のミルクも手に入らない、そんなことがもう二度と無いようにしよう、と。神様はこの世にいないかも知れないけれど、自分たちがこの手で、夢を叶えよう。

奇跡も魔法も、自分たちの手で。日本は生まれ変わり、新しい時代が来るのだから。いまは貧しく、何もない国でも。自分たちはただの非力な子どもだけれど。

きっと、未来に、ぼくらは街に灯を灯す。星明かりのように、地上に灯を灯そう。

翌朝、子猫の小さな骨を埋めて墓を作った。さみしくないようにバラックのそばに。

青い朝顔が花を咲かせていた。子猫の魂への供物のように。残された子どもたちを励まそうとするように。この街の西側を焼き尽くした空襲だったのに、街の方々に緑たちは生き残り、焼け跡の街で葉を茂らせ、花を咲かせていた。それがまるで、自分たちを見守る街の魂のように見えたことを、彼は覚えている。頑張って生きていきなさい、共に生きていきましょう、と呼びかける声のように。錯覚だったと思う。夢を見ただけだと。でもそう信じていたいと思った。それくらい夢を見て信じていないと、荒野で生きていけなかった。

そして彼らはおとなになった。ひとつひとつ、街に灯を灯していった。

年月が過ぎ、失われた商店街は復活し、百貨店は地上に煌々と明かりを放った。かつて焼け跡の子どもだった彼らは、白い子猫の姿を高い窓に飾った。あの日別れた小さな友達とずっと一緒にいるために。あの日咲いていた野の朝顔の、その青い花の姿とともに。

「シロ。もう一度、きみをなでたかったんだ。こんな風に、抱っこしたかったんだ」

彼は子猫を強く抱きしめる。あたたかく、華奢で小さな体を。子猫はのどを鳴らした。

自分は幸せな夢を見ているのだと思った。少年の日に亡くした小さな命を、もう一度この手で抱きしめる夢を。その目で何より愛した夜景を見る夢を。

「もう二度と、この街の夜景を見ることは無いと思っていたよ」

ほんとうの彼のからだはいま、意識がないままに、病院のベッドに横たわっている。

夢でもいい、と思った。ただの幻でも。

「わたしの前には一度も現れてくれなかったからなあ」

ステンドグラスを抜け出してくる、魔法の白い子猫の噂を聞いて、そんなことあるはずがないと思いつつ、でも、あって見たかった。——けれど一度だって、そんな奇跡は起きなかった。

無理もなかったのかも知れない、と思う。

「ぼくは神様も、魔法も奇跡も、信じていなかったからね」

信じたかったけれど、信じなかった。ただクリスマスごとに、街の小さな教会に寄付をした。子どもの頃家族で通っていた、近所の教会の跡地に、戦後建った、その教会に。

「——だけど」

いまこうして子猫を抱きしめていられるのは、ご褒美なのかも知れない、と思った。

彼が仲間たちとともに、地上に星の光を灯したことへの。よく頑張ったね、という。

してみるときっと、世界に神様はほんとうにいてくれたのだ。あるいは精霊か街の魂か、何かそういうものが、彼の願いを叶えてくれたのだ。

なんてね、と彼は苦笑する。

(まったく幸せな夢だ。自己本位の夢)

しかし末期の夢くらい、子どものような甘い空想を思うままにしてもいいだろう。

――彼と友人たちは、毎日生きるのに必死で、そんな子ども時代を過ごせなかったのだから。

子猫が首をかしげ、膝の上から彼の顔を見上げる。彼は子猫に笑いかけた。

金と銀の瞳を見つめ、魔法の子猫に、願い事をした。

「願い事はひとつだけしか叶わないんだよね。でも、もしもうひとつ願いが叶うなら――」

星が散る夜空は、あの日見た青い朝顔と同じ色に美しく、そこを季節はずれの蛍がよぎっていった。白い子猫は星空を背景に、宝石のように光る瞳で彼を見つめた。

「この街の姿をみんなに見せてあげたかったな……」

遠い日の空襲で、死んでしまったひとびとに。戦後、貧しく、ものが足りなくて、飢えと病で倒れていったひとびとに。

　彼の家族や友人たち、この街で暮らしていたひとびとに。失われていった命の、そのひとりひとりに、いまの時代のこの街の、宝石箱のような夜景を見せてあげたいと思った。

　その灯りの中心に、まるで街を守る小さな光の城のように建っている、星野百貨店。

　彼から時計を受け継いだ孫娘は、この光をも受け継いでくれるだろうか。

　遠い遠い未来まで、この光が絶えないように、見守っていってくれるだろうか。

（これが夢でなく、魂というものがあるとしたら）

（万が一、そんな幸せなことがあるとしたら）

　その魂は肉体を離れたあと、どこに行くのだろう。天国のようなところに行くとしても――あるいは地獄に行くとしても、もういいや、と思った。いやそんなもの何もなく、宇宙に溶けてしまうとしてもかまわない。夜景を見ているうちにふとそう思えた。

　自分は自分にできるだけの生涯を生きたのだ。地上にこの手で光を灯したのだ。

　そのときふと、あたたかな気配を感じた。見上げた空に、あの日、空襲で死んだはずの、家族の姿があった。母親や姉に妹、弟がそこにいた。そして、昔別れた、ともに戦後の世界を戦い生き抜いた友人たちが、手を振っているのが見えた。

遠くかすかな姿だけれど、たしかにそれを感じた。見えた、と思った。

(夢か)

(それとも、幻か)

どちらでもいい。見えていること、それが彼にとっての現実、彼の意識が捉える真実なのだから。

(まあ、魔法があるに越したことはないけれどね)

どこかのんびりと、彼は思った。懐かしいひとびとの姿を見上げながら。

そうか。みんないなくなったわけではなかったのだな、と。

だって、このあたたかい気配を彼は知っているような気がするのだ。

それはいつもそばにあった気配だ。彼と、そして店を見守っていたもののまなざしだ。この街の風や空気や、水や花や、いろんなものに溶け込んで、ともに暮らしていたものたちの気配。

みんなそこにいたのだ。生きているひとびとを見守り、その幸せを願いながら。

彼自身もまた、そんな優しい風のひとつに変わっていこうとしているのかも知れない。

世界を包む、優しい風に。街を包む空気に。

いまはもう、意識を手放せば、そのままどこかに溶けていってしまいそうだった。

白い子猫が、ふと鳴いた。しっかりしなさい、というように。その声で引き戻された。

(だめだ。まだ行けない。孫娘をこのまま置いてはいけない)

(あの子にいわなくてはいけないことがある。聞きたい言葉も)

子猫がにっこりと笑い、小さな頭を彼にこすりつけた。

そのとき、気づいた。もしかしたら、魔法の猫が起こしたという、さまざまな不思議。それは、昔この街に生き、死んでいったひとびとが、その魂が起こした奇跡なのかも知れないな、と。

この街の風に溶け込んだ、多くの願い。未来に生きるひとびとに、幸せであれと差し出された、優しい魔法のてのひらなのかも知れないな、と。

(お伽話みたいな、話だけれど)

そんなのも素敵じゃないかと思った。


動かないはずの手、その指先がかすかに動いた。キャンディを握りしめようとした。

それは深夜の病院の、花が飾られた個室での出来事。誰も気づかなかった出来事だった。

どこから飛んできたのだろう。窓の外を、季節外れの蛍の光が、すうっと流れていった。

終幕◆百貨の魔法

　コンシェルジュの芹沢結子は、朝の、まだひとのいない時間の百貨店にいるのが好きだ。

　できれば、ひとりきりで。いや、人間は好きだけれど、お喋りも好きだけれど、仕事の前には、そっと呼吸を整える時間が欲しい。舞台に立つ前のように。

　照明が落とされた、ほの暗い店の中にいると、舞台の袖に控えているときの気持ちを思い出す。緊張して荒くなる自分やみんなの呼吸の音と、舞台の埃っぽい匂い。

　舞台の前の空間、オーケストラピットで、生の楽器たちが紡ぎ出す音色は、波のように空気を震わせる。結子たち踊り手を呼ぶための魔法のように、音楽が空間を満たしてゆく。心臓が高鳴る。飛び立とうとする鳥のように、腕に足に肩に力が入って、ぎゅっと痛む。

　そして、ゆるゆると上がる緞帳《どんちょう》。渦巻くような拍手の音。光の中に駆け出してゆく、自分とみんなのトウシューズを履いた足の、その水鳥が飛び立つような足音。子どものときから知っている、ずっと自分がその中にいるものだと思っていた、あの空間。もう帰れない、帰らない遠い世界のことを、懐かしく、いまは笑みさえ浮かべて、結子は思い出す。

制服の胸に手を置いて、呼吸を整えて。そして、静かに歩き出す。

ノートパソコンを小脇に抱え、一階フロアを、正面玄関に向かって歩いて行く。ヒールの音がいい感じに響く。歩いても、もう以前のようには痛みを感じない。手術から長い時間が経った。リハビリも順調に進んだし、あと少しだけヒールの高さを上げても大丈夫かも知れないなと思う。

(わたし、ちびっ子だもんなあ)

エレベーターガールの松浦いさなくらい、身長が高いといいのになあ、といつも思っている。ついでにあれくらい美人だと人生楽しいだろうになあ、とも思う。もうひとついうと、結子はいさなの、どこかのほほんとした、穏やかなフレンドリーさが好きだった。あの性格の良さは生まれつきだろうか、と思う。

途中、吹き抜けのフロアのはるか上から、朝の光が降りそそぐ。明かり取りの窓から、ステンドグラスを通して古い大理石の床に落ちる光は、色とりどりで、外国の老舗のブランドのキャンディが床の上をいくつも転げていくように見える。

眩しさに目を細めながら見上げると、天井のその中心には、白い子猫の姿がある。

楽しげな表情でそこに座っている。太陽と月と星と、永遠に咲き続ける、野の朝顔の群れとともに。

「おはよう」

結子は背をそらし、子猫に挨拶をする。

毎朝のことだけれど、子猫はそこで澄ましているばかりで、見下ろしてもくれない。

くす、と微笑んで、結子は光の雨の下を通り過ぎ、コンシェルジュデスクに向かう。

簡単に表面の掃除をし、ノートパソコンを置いて、蓋を開け、電源を入れる。OSが立ち上がるのを待ちながら、スカーフが整っているか、軽く確かめる。この店のコンシェルジュの証の朝顔をあしらった金の鍵の襟章もちゃんとつけているか、チェックするのを忘れない。

この百貨店の制服に袖を通して、もう半年。すっかりからだに馴染んだような気がする。これを着て、ここに立つことにも。

結子はコンシェルジュデスクのうしろに控え、顔を上げ、正面玄関へと視線を投げる。

秋の朝の光に包まれた街が、ガラスの向こうにある。毎日見ても飽きることのなかった、朝の風景が。——いやそもそも、結子は子どもの頃から、一度だって、この店から見る風景に見飽きることなんてなかったのだ。

同じ街の風景。繰り返し訪れる朝と夜。

いつだって美しく、だから結子は、ずっと眺めていたい、と思った。

できれば、店のこの場所で。お客様を迎える、このデスクのそばで。

「――ここがわたしの場所」

結子はつぶやく。口元に笑みを浮かべ、パソコンのスケジュールソフトで、今日の予定を確認しなおしながら。――今日は午後から、つきっきりでアテンドするお客様がいらっしゃる。星野百貨店の店内をめぐって、いろんなお買い物をなさりたい方だ。ご夫婦でいらっしゃるとか。昨日までに準備は済んでいるのだけれど、ちょっと面白そう。

「――そう、ここが、わたしの舞台」

ここから降りることは無い。

結子は笑みを浮かべたまま、軽く唇を噛む。

(わたしはもう二度と、舞台から降りることは無い)

目を上げて、朝の光が差す街を見つめる。背筋を伸ばし、美しい立ち姿で。

舞台に立つ一羽の白鳥のように。

秋のその朝、老いたドアマンの西原保《にしはらたもつ》は、八時前にはもう星野百貨店に着いていた。どこからともなく、金木犀のよい香りが漂ってくる。平和西商店街の花壇やそこここにある公園には、金色の星の形をした花が咲く木が決まって植えられているのだ。香りは甘く、そして懐かしかった。

正面玄関のその上では、からくり時計がのんびりと針を動かしている。八時前なので、まだ仕掛けは動かない。音楽を奏でることもない。眠っているようだった。時計の左右にある百貨店の旗も、瞑目してうつむくひとのように垂れている。

おはよう、と、彼は時計と旗に声をかけた。気持ち、声をひそめて。

百貨店の開店時間は十時、そこまで早く来なくてもいいよ、と、社長にも穏やかな笑顔でいわれたことがあるくらいだけれど、性分なのか、早めに出勤してしまう。口には出さないまでも、この自分が正面玄関の前にいないときに何かあったらどうするのだ、と思ってしまうのだ。――いや自分はドアマン、警備員というわけでもないのに。

（でもなあ、自分があの場所にいない店というのも、何かこう、物足りないというか）

高校卒業後すぐの若い頃からもう長いこと、同じ場所に立ち続けている彼なのだ。ずっと以前、小さなお客様に、指さされ、いわれたことがある。

「おじちゃん、ライオンみたい」

ドアマンの制服は、金色がかったカーキ色の長いコート。肩や帽子に金モールがついている様子や、長めの癖のある髪、堂々とした、やや前屈みの体格のせいもあって、ライオンめいて見えたのだろうか。もじゃもじゃのもみあげのせいもあるかも知れない。――それに、百貨店の正面玄関前にいる、ということが、著名な東京の老舗百貨店のライオンの像を連想させたのかも知れなかった。

（でもそういわれるのは、ちょっとばかり嬉しかったなあ）

玄関前でお客様がお困りのときは、すぐに力をお貸しできて、場合によってはお客様を守れる雄々しいライオンであれたら。――彼はそのときそう思い、年月が経ったいまも、ひそかにそう思い続けているのだった。

ドアマンの仕事に就いて以来、目覚まし時計を三つかけてから床につくようになっていた。責任感に張り切る思いが重なってそうせざるを得なかったのが、習慣になってもう四十年以上になる。若い頃は眠くて眠くて、両手で自分のほほを叩いて起きていたのが、気がつくと無理なく起きられるようになっていた。定年退職の後、再雇用されて引き続き正面玄関前に立ついまでは、アラームが鳴るよりかなり前に目が覚めるようになってしまった。

自分の朝食を作るついでに、まだ寝ている妻と、会社員の娘のための朝食とお弁当を作る時間もある。新聞にざっと目を通し、出窓やベランダの花に水やりをする余裕だってあるくらいだ。

早くから店にいて、開店三十分前には、百貨店の旗を高く掲げる。白地に青く染めた、野の朝顔の輪とHの一文字だ。

Hは、星野百貨店のイニシャルであり、また百貨店が建つ、平和西商店街のイニシャルでもある。heart、hope、healing、そしてhomeの頭文字でもある、とされる。真心でお客様と相対し、この場所で明日への希望と、ささやかな癒やしの時間を、あたたかな家庭のように提供する店であろうとする想いの象徴なのだと、新入社員時代に、企業理念として学んだ。

それはまだこの百貨店が新しかった頃。創業の伝説がついこのあいだという時期のことだった。高校を卒業したばかりの彼はまだ少年のようなもの。当時の写真を見るとひょろひょろと頼りなく見える。それほどに遠い昔のことだ。

感激屋の彼は、社員手帳に記されたこの言葉を何度も読み返し、暗唱した。もともとこの街の出身で、星野百貨店には思い入れもあったのだけれど、社員としてこの言葉を知って、さらに自分の職場が好きになったのだった。

ドアマンとして正面玄関前に立つようになってからは、あたかも門番のように、自分がこの店を守っているような、そんな神聖な気持ちになったものだった。

さて、そんな彼よりも早く、正面玄関近辺に現れるようになった若い娘がいる。

といっても彼女は、コンシェルジュ。持ち場は店の中だ。

今日も彼が店に着いたときには、すでにコンシェルジュデスクにつき、ノートパソコンに向かって細い腕を動かしていた。調べ物をしているのか、それとも何か書類をまとめているのか。ガラス越しに彼が微笑みかけると、すぐに気づいて、笑顔を返してくれた。口元が、おはようございます、と動く。誰にでもフレンドリーな彼女だけれど、西原には特に懐いてくれているように思えて、嬉しかった。彼には娘がいるけれど、この子もまた我が子のように思えていた。

彼女――芹沢結子は、彼の心の中では、ともに正面玄関を守り、お客様を最初にお迎えする仲間、いわば戦友のような存在のひとりだった。

コンシェルジュは、百貨店の顔。ある意味、その店のホスピタリティの象徴で、その店の魂、精霊のようなものだと彼は思っている。

以前、他の老舗の百貨店のコンシェルジュを見てそう思ったのだ。なので、自分の働く店にコンシェルジュが登場すると聞いたとき、期待半分不安半分、だったのだけれど――。

そう。元々この百貨店には、コンシェルジュは存在しなかった。彼女が初のそれとなる。まだ若い彼女が、そこに立つようになったのは、今年の春、桜が咲く頃からだから、そろそろ半年になる。コンシェルジュの導入はある日突然決まり、彼女が選ばれて、やってきた。それまで彼女がどんな人生を送ってきたのか、知るひとはいない――らしい。

誰かが面白がってつけた二つ名は、「謎のコンシェルジュ結子ちゃん」。

いつも笑顔でフレンドリーなわりに、みんなの輪の中に入るわけでもない。特に仲が良い友人がいるようでもない。そのせいもあって謎めいた部分が多い娘で、あれは実は人間じゃないのではないか、などという冗談半分の噂もたつほどだった。

「何しろ、あのまり子様にかわいがられてるのが普通じゃない」そういって笑う者もいる。

まり子様というのは、この百貨店の大株主にして、古くからあるテナント、サロン・ド・スギエの経営者、杉江まり子のことだ。星野百貨店の創業者星野誠一の幼なじみにして、経営に対して常に助言を与えてきた、女帝とも呼ばれる存在だった。

まり子は星野百貨店と、店を訪れるお客様たちと、そしてここで働くものたちを愛している。家庭を持たない彼女にとって、この店そのものが家庭であり、守るべき場所なのかも知れない。

そんなまり子は、自分にも他人にも厳しいひとなのだけれど、なぜかコンシェルジュ芹沢結子はお気に入りのようで、何かと正面玄関そばの彼女のデスクにいっては、話し込んでいるらしい。

もちろん、彼自身だって何度も見ている。別人のような、柔和な表情で笑って、若い結子と話し込んでいるまり子の姿を。それは女帝などといった雰囲気ではなく、お気に入りの孫娘と会話を楽しむ祖母のような、そんな砕けた感じの笑顔なのだった。

芹沢結子は、他者の懐に入り込むのがうまい娘なのだけれど、それにしても、あのまり子様に、——最近では特に心配事が多いせいか、眉間に皺を寄せがちだった女帝に、あんな表情を浮かべさせるとは、この娘はどんな魔法を使ったのだろう、とつい思ってしまうのだった。

（だけども、「人間じゃない」はないよなあ。いくらこの街やこの百貨店に、昔から怪談の類いが多いとしても）

例のステンドグラスの中の猫が化けているのじゃないかという噂まであるそうだ。結子に関してのそういう話を聞く度に、彼は何を馬鹿なことをと笑うのだけれど、そういえば、と不思議に思うこともあるのだった。

たとえば彼女は、意外なほど、この百貨店のことに詳しい。職種からして、店のことを何でも知っているのが当たり前といえばそうなのだけれど、たまに驚くようなことまで知っている。

彼自身が驚いた例をいえば、あれは彼女がこの店に勤めるようになって、そうたっていない五月。夕方の別館でのことだった。

この春から、創業五十周年のイベントがいくつか企画されているのだけれど、そのうちのひとつに、店内のいろんな部署にいる社員にとっておきの思い出話を語ってもらい、それを連載記事として、地元紙に折り込まれるチラシ、星野百貨店通信に掲載する、というものがあった。そうして少しずつ原稿を集め、クリスマス時期に小冊子にまとめてお客様に配るという話だった。原稿の企画と取材、編集、制作は広報部ですべて行うことになっていた。この百貨店ではそれが古くから続く、当たり前のならわしだった。広報部には、それができるノウハウがあるのだ。

（今回は、久しぶりに印刷製本まで、「地下」でするそうだな）

西原は、ふっと微笑んだ。地下の印刷機と製本機を久しぶりに動かせる、ということで、百貨店の機械類や電気関係担当の部署のひとびとの喜ぶ顔が目に浮かぶようだった。彼らは普段は、機械の保守点検や切れた電球の付け替えあたりが主な仕事になる。

天井や高い棚の上にあるような電球の付け替えは、手のかかることだった。品物を飾り、並べる場としては、おろそかにできない大事な仕事でもある。仮にも夢を売る店である以上、店内に無数にある電球のひとつだって、輝かないなんてことがあってはいけないのだった。

彼らはふだんは、その作業のための長い棒を持って店内を巡回している。電球以外にも、いろんなものの故障や修理にいつでも対応できるように、ペンチやドライバー、ニッパーなどの入った小さなバッグを腰に提げて。

停電のときも、水害のときも、そして地震が起きたときも。この店がすぐに復旧できるのは、彼らの支えがあるからだった。彼らにすべてを任せておけるから、だからどんなときも、西原たちは、お客様の安全だけを考えて、行動することができるのだ。

属している部署が違うので、西原は彼らとの接点はあまりないのだけれど、以前、社内のカラオケ大会のときに、その部署の若者と話し込んだことがある。特撮ヒーロー物の主題歌をうたった彼は、機械類とパソコンが何よりも好き、部署の他の人間たちもみんなそうだと笑顔で語った。

「正直あんまり表には出ない仕事ですけどね、自分の好きなことで、店の役に立てるって、かっこいいことじゃないかと思ってるんです。他のみんなもそうじゃないかなって。じいさんたちとか、特に。みんな、大好きですものね、星野百貨店のこと」

俺、あんまり酒強くないんです、と、赤い頬の青年は、梅酒のソーダ割りの入ったグラスを楽しげに掲げて、照れくさそうに笑った。

じいさん、というのは、昭和の時代からこの百貨店に勤めている、その部署の長のことだろう、と、西原は思った。この店の生き字引でもあり、代わる者が他にいない、ということもあって、西原と同じく、定年退職後に再雇用されて店にいるという人物だった。長い歴史を持つこの百貨店には、いろんな部署にそういうひとびとがちらほらといる。建て替えや大きな改装を経ずにきてしまった、このいささか時代遅れの店には、古いまま使われている機械類も多く、そういうものたちの扱いは、「じいさん」のようなひとびとでなければ難しいこともあった。

そういった機械類の中には、いまは使われていない類いのものたちもあった。たとえば、地下にある印刷機と製本機だ。

再び動くことがあるのかどうか、怪しいと噂されることもあった機械類だったけれど、創立五十周年を迎えて、再び、本格的にその身を動かす機会が与えられるのだ。「じいさん」たちが武者震いする様子が、西原の目にはいまから見えるようで、知らず微笑んでいた。

星野百貨店は地下に印刷会社はだしの印刷機や製本機を揃えている。かつては商圏一帯に配る葉書やチラシも自社で制作し印刷していた。お中元やお歳暮の時期には簡単なカタログも作っていたらしい。昭和の時代、百貨店がまだ華やかだった時代の逸話だ。文化の守護者、情報の発信基地として、印刷設備まで備えていた、ここはそういう百貨店だったのだ。創業者星野誠一には、ゆくゆくは出版社も興したいという夢があったらしい。

景気の悪化と時代の変化がそれを許さなかったけれど、いまも広報部は、どこか自立した、凛とした雰囲気を持っている。創立五十周年の記念の小冊子は、そんな歴史を持つ広報部が、印刷機と製本機を使って制作する本。本格的な出版物になるという話だった。

（これが最後のものになるだろう、なんて寂しいことをいう奴もいるけれど）

出版物どころか、星野百貨店の歴史も、もう終わるだろうという噂がある。

国内の百貨店業界そのものが斜陽の時代に入ったということもあるけれど、この店の場合はその上に、そろそろ改装の時期を迎えている。五十年前に建てられた建物であるために、現在の耐震基準を満たしていないのだ。営業を続けるならば、改修せねばならず、しかしそのための資金をどこから調達すれば良いのか。――そこまでして、営業を続ける価値のある百貨店なのか。

いや、西原たち従業員にとっては、ここは大切な職場、ふたつとない場所で、おそらくはこの風早の街の住人たちにとっても、なくなるのは惜しい、懐かしい場所であるだろう。

しかし、この店を経営する側のひとびとや、株主たちにとって、この古い、いささか時代遅れかも知れない百貨店は、未来に負債を抱えることになるとしても維持したいと思える場所なのかどうか――それは彼には想像できない、したくもない事柄なのだった。


さてその五月の夕方は、彼が広報部の取材を受ける日で、彼は早番の勤務の後、別館五階にある広報部へと足を運んだのだった。

長くこの店に勤めてきて、心に残る思い出ならいくつもあるけれど、それを言葉にまとめて話すというのは、なかなか難度が高い。彼はあくまで正面玄関を守るライオン、笑顔と機転、多少の挨拶ならまあ自信があるけれど、語る能力はそこまで磨いてこなかった。

「うう、思い出話——素敵な思い出ですか？」

実は依頼があってから数日の間、ずっと悩み、考えていた。でもこれという話がまとまらないまま当日のその時間、広報部に赴くことになってしまったのだ。

額に汗をにじませながら言葉をひねり出そうとしていたとき、結子が顔をのぞかせた。コンシェルジュデスクに置くためのチラシを取りに来たところらしかった。こちらに気づくと、通り過ぎながら笑顔で会釈していった。——それで思いついた。

「——魔法の子猫の話とか、どうです？」

「ああ、それはですね。いままでに語ったひとが多いというか、多すぎるから駄目です」

はあ、と広報部員はため息をつく。「小冊子のタイトルが『魔法の子猫の怪談集』になりそうなほど、それればかり集まるんですよ。それもまだ自分が目撃しました、こんな奇跡が起きましたって体験談ならいいんですが、大概みんな、『上司や同僚やその知りあいから聞いた話』なんですよ。それじゃただの都市伝説、不思議なお話ですよね。百貨店の思い出話じゃない」

腕組みをして、彼はうなずく。「まあね、なかなか見られるものじゃ無いらしい、とはわかってますけどね、その子猫。ぼくもまだ、一度も見たことが無いですし」

「ああ、たしかに。わたしもですよ」と、思わず顔を上げたとき、そばにいた古株のデザイナーが首をかしげて、小さな声で、不思議な話っていえば、と話しかけてきた。

「どうもわたし、『彼女』のこと、以前から知ってるような気がするんですよね」

「――彼女？」

デザイナーの目がちらりと、結子の方を見た。結子はいまは、少し離れた席で、他の広報部員と何やら楽しげに会話をしている。

「でもわたし、彼女とはここで初めて会ったはずなんですけどね。どうしてでしょう？」

「わたしも」

「実はわたしも」

と、あちこちで小さく声が上がる。

「知らないはずなのに、ふとしたはずみに、昔から知ってるひとのような気がするんです」

いわれてみるとたしかに、彼自身にも、そんな感覚はあった。ドアマンという職種である彼は、記憶力には自信があったので、思い出せないことが解せなかった。

結子はチラシを受け取ったあと、椅子を勧められ、何事か打ち合わせを始めたようだった。サンタクロース、という言葉が聞こえた。

小冊子の準備もなのだけれど、広報の仕事はもう、十二月の準備に入っているのだろう。クリスマスの季節に、今年もきっと、この店は吹き抜けの、天井からの光が降りそそぐ地下一階の広場にツリーを飾るだろう。ショーウインドウには美しいディスプレイが並び、屋上と壁面に、天使の人形やイルミネーションを飾るのだろう。

この店は、どんなに景気が悪くなろうとも、クリスマスの飾り付けだけは変わらず華やかに続けてきた。それを西原は見てきていた。

（百貨店の意地、広告のためでもあるけれど）

街に根付いた百貨店としては、開店以来ずっと灯し続けているこの店の、華やかなクリスマスの明かりを楽しみにしている街のひとびとの、その気持ちを裏切るわけにはいかない——といういささかお人好しでエモーショナルな理由も大きいのだった。——しかし。

（百貨店が、季節の行事に予算を使えなくなれば終わりだ。そんなのは百貨店じゃない）

ひとりうなずく。心の奥に切なさを感じながら。この店にいつまでそれが可能なのか。

（——ああ、クリスマスといえば）

いか。
彼はふと、顔を上げた。そういえば、とっておきに素敵な思い出話があるじゃな

彼は笑った。そうだ。あの話がいい。あの思い出ならば、誰かに聴いてほしい。

もう四十年ほども昔の話だから、これを機に、活字にしてもらうのもいいだろう。

そうすれば、じきに職場を離れる彼が、正面玄関の前を去っても——いつか、そう遠くない未来に、星野百貨店が地上から無くなってしまうとしても、あの素敵な思い出は、誰かの心に残るに違いない。

——そういえば、もう長いこと、この話を誰かにしたことが無かったな、と懐かしく思った。

「わたしね、若い頃、サンタクロースになったことがあるんですよ」

ある年の十二月。彼は、星野百貨店の正面玄関前に立つ、サンタクロースになったことがある。クリスマスの飾り付けをされ、一年でいちばん美しい姿で佇む、これもまだ若かった頃の星野百貨店を背負った、赤い衣の聖人に。

そんなに長く話したつもりは無かったのに、話し終えてふと顔を上げると、窓の外は暗くなっていた。ちょうど結子も長い打ち合わせが終わったタイミングだったらしく、西原は彼女と連れだつようにして広報部を出た。

「お疲れ様でした」

笑顔でそういわれると、やはり嬉しかった。

広報部の外の廊下の辺りは、様々なものが詰め込まれた段ボール箱が積まれ、使用済みのポスターが丸められ立てかけられたりしている。その近くにあるエレベーターホールで、従業員用のエレベーターが上がってくるのを待っていると、結子がいった。

「こちらはエレベーターガールがいないから、ちょっとさみしいですね」

「ああ、それはたしかに」

従業員用のエレベーターにはさすがにいない。お客様を迎えるためのものではないから、ドアに野の朝顔の飾りもついていなかった。かごの中は掃除こそされているけれど、およそ殺風景で、あちこちに傷がついたままになっているくらいだった。このエレベーターでは大きな荷物を運ぶこともあるので、どうしても綺麗なままの状態には保てない。手入れも行き届かない。

「いやあ、楽しかったけれど、疲れましたよ」

ハンカチで額を拭きつつため息をつくと、結子が妖精のように愛らしく笑った。

「ところどころ聞こえてしまったんですけど——素敵なご経験がおありだったんですね。次の号の星野百貨店通信が楽しみです。冬に出る小冊子も」

彼は照れながらうなずいた。「長く働いていると、ドラマのような出来事に逢うこともある、ということなのだと思います。あのときはねえ、サンタのわたしがクリスマスの贈り物を貰ったような気持ちになりましたよ」

プレゼントを渡したのは、彼の方だったのに。

西原は微笑んだ。もうずいぶん昔の話だ。西原はまだ若く三十代、独身で――いやそれどころか、妻となり娘の母となったひととつきあう前のことだ。

（この若い娘が生まれる前の時代のできごとだものなあ）

彼はひとりうなずく。たとえば山口百恵が現役だった頃、なんていっても彼女には通じるかどうか。遠い昔の――昔々の物語なのだ。

あのとき彼にお礼をいってくれたお客様――笑顔がほんとうに嬉しそうだった大学生もあれからまた人生の年を重ねたことだろう。いまはどこでどう暮らしているのだろうか。もう六十。そろそろ定年という頃合か。

この店で起きたことを、覚えていてくれただろうか。大人になった今も、ずっと覚えていてくれただろうか。


と、エレベーターの扉が開き、スチロールのパネルやボード、丸めたポスターを抱えた広報部員らしき男性が、よろよろとよろけながら降りてきた。前がよく見えていないようだ。

西原は手助けしようとしたのだけれど、荷物が多すぎ、かさばりすぎて、どうしてあげたらよいものかわからなかった。

「ああ、そこに誰かいるんですか？　ぼくの進行方向に。危ないので……そこからどいて……ぶつかるから」

前が見えていないようだった。そのままふらふらとエレベーターホールに入ってきた。

そのとき、彼の抱えていた荷物のどれかが、壁にあったスイッチにふれたらしい。辺りが真っ暗になった。閉店後のことで、エレベーターホールをのぞいて、ほとんどの灯りは落としてあったのだ。

荷物を抱えた広報部員が慌てて、

「あ、電気つけます。ちょっと待っていてください」といったと思うと、何か重いものが倒れ、転がるどさりという音と、パネルが割れる音（どうも踏み抜いたらしかった）、「あいたたた」と、苦悶する声が床の方から聞こえた。「……足を捻《ひね》っちまった。ててて」

「大丈夫か、おい」

彼が身を屈めたとき、灯りがついた。

「――大丈夫ですか？」

エレベーターのそばの壁に手を置いて、結子が心配そうにこちらを見ていた。スイッチは、そこに貼られていた、創業五十周年記念のポスターの下に隠れていたらしい。ポスターのサイズが大きすぎて、そういう貼り方をするしかなかったんだろうな、と、彼は何となく思った。

何かしら違和感があった。そのときは、それが何に根ざしたものかわからなかった。

ころんだ広報部員を助け起こし、荷物を部屋に運んであげた後、結子とふたりでエレベーターに乗って下に降り、三階で別れた。お疲れ様でした、と言葉を交わし合って。

思わぬ遅い時間になっていた。その日彼は早番だったので、とっくに帰っていても良い時間だった。本館のそのフロアにある従業員休憩室のロッカーで私服に着替えていて、ふと彼は気づいた。

(なぜ、あそこにスイッチがあるとあの子にはわかったんだろう?)

エレベーターの扉のそばの壁に電灯のスイッチがあった。もしそれを見た記憶があれば、すぐに灯りをつけることもできたかも知れない。たとえばあのフロアでなくとも、どこかのフロアで、エレベーターのそばの壁のあの位置にスイッチがあると覚えていたら。

(――いや、どうだろうか?)

エレベーターホールは真っ暗で、スイッチは、壁に貼られたポスターの下に隠れていたのだ。

けれど、あのとき灯りはすぐについた。結子がその在処に迷った様子も、それを探すような気配も無かった。この春から星野百貨店で働き始めたばかりの娘なのに。

(不思議な娘だなあ)

ひとけのない休憩室で、彼は思い出した。

(あの子には、例の猫が化けてるんじゃないか、とかいう噂があるんだったっけ)

まさか、猫だから、夜目が利いた？　あの天井のステンドグラスから、この五十年間いつも、店の中を見守っていた猫の化身だから、店の中のことは何でも知っていたとか？

店の天井の一番高いところで、光に包まれ、澄ました顔をしている、金目銀目の白い子猫の姿を、彼は思い浮かべた。――たしかにどこか似ているかも。

「馬鹿な」

彼は笑った。着替え終わって、休憩室を出て、しんとした店の中で、ふと耳をそばだてた。

従業員用のエレベーターを降りて、薄暗い廊下を通り、本館一階の守衛室のそばにあるレコーダーにタイムカードを通した。そこまで誰にも出会わず、誰の気配も感じなかった。

従業員用の出入り口から、外へ出る。初夏の夜の気配が満ちた空と街が、彼を包み込んだ。風に若葉の匂いが満ちていた。さっき別れた芹沢結子は、もう帰っただろうか？　それとも仕事熱心なコンシェルジュのこと、まだ店内にいるのだろうか。

そういえば思いも寄らない遅い時間に、店内で彼女を見かけることがある、と前に誰かに聞いた。閉店後の明かりを落とした店内、ほとんどの店員が帰宅したあとの、品々に埃よけの白い布がかけてあるような時間帯に、ひとり歩いているのを見たことがある、と。

(彼女がどこに住んでいるか知っているひとはいない、なんて噂もあったな。毎日、いつの間にか出勤してきて、いつの間にか帰っている、という話も)

彼女が出社するところも、家に帰るところも、見たひとはいないという噂がある。まるで、この百貨店に住んでいるとでもいうように。

五月なのに、妙に冷たい風が吹きすぎた。

駅までの道を歩きながら、彼は思う。

たしかにあの芹沢結子は、謎のコンシェルジュなんだよなあ、と。

個人的に特に気にかかるのは、さっき広報部で話題になっていたように、「会ったことがないはずなのに、昔から知っているように思える」という記憶を持つひとがなぜかあちらにもこちらにもいる、ということだった。

(記憶違いなのか、それともほんとうは知っているのに、思い出せないだけなのか)

どちらにせよ、収まりの悪い気持ちがした。

などという気分になったのも、夜の暗闇の中のこと。まだ結子という人物のことをよく知るようになる前の五月のことだ。それから数ヶ月が過ぎたいま、秋のさわやかな風が吹き渡る朝の時間では、お化け話など信じる気にもなれない。

ドアマンの制服に着替えて、気合いを入れた彼は、いつもの通りの時間に、百貨店の旗を手袋の手で掲げ、一礼した。白地に青の野の朝顔の花とイニシャルのHは今日も美しく空に翻る。

まだ開店の時間には早い。彼はガラスのドアの向こうのコンシェルジュデスクを見た。結子はデスクに手をつきうつむいて、書類の束を読んでいるようだった。からだつきが華奢で全体的に薄いせいもあるけれど、あどけない少女のように見える。明るい外から店内を見ると、よけいに彼女の年齢はわからなくなる。たれた前髪を耳にかき上げる仕草を見たとき——。

「——?」

一瞬、少女の面影が見えたような気がした。十歳くらいの、ほっそりとした少女だ。

夕暮れ時の、星野百貨店の非常階段だった。そのいちばん上の踊り場、階段の終わりの、屋上に辿り着く、空に近いあたり。非常階段は平常時はお客様には開放されていない。特に屋上に近いその辺りは、危険なので、お客様が絶対に立ち入れないようになっていた。

屋上を囲う、金網の高いフェンスには、その階段に続いている扉がある。平常時は鍵がかかり、その上から、万が一にでも開かないようにと、鎖で固定されている扉だ。

けれどその少女は、その向こうに、屋上に続く扉に寄りかかって座っていて、手の中の紙の束を見つめていた。風に吹かれて長い髪が顔にふりかかるので、何度も指先で、耳にかけ直していた。

彼は驚いて、階段の下から、少女を見上げて、声をかけた。

「きみ、危ないよ」

あれは十数年くらい前のことだったと思う。彼はその時、どうしてその階段を上っていたのか、その辺りはよく覚えていない。ただ彼は昔から、非常階段から見る夕陽が好きだったので、そのときも、太陽を見るために階段を上っていたのだろうと思う。そんなとき、足腰の鍛錬を兼ねて、非常階段を一階から上ることもよくあった。

少女はひとの気配に気づいていなかったのか、はっとしたように腰を浮かせた。手の中から紙の束がすべり落ちてきた。風に舞うそれを、彼は慌てて宙で摑み、拾い集めた。

楽譜だった。「白鳥の湖」と書いてあった。

なんでこんなところで楽譜なんて、と思ったけれど、自分が話しかけることで、目の前にいる女の子が驚いて足を滑らせないようにとそれしか考えられなかった。非常階段の向こうは一面の空。手すりは細くて頼りない。あっというまに空へと落ちていってしまいそうに見えた。

当然、叱ったりなどということもできなかった。ただ怖がらせないように近づいて、拾い集めた楽譜を金網ごしに渡そうとした。彼女は体重がないような軽やかさで金網を乗りこえ、彼のそばに降り立った。

彼女は楽譜を受けとり、「ありがとうございました」と、礼をいった。

目が合ったとき、おや、と思った。――この少女を以前にも見かけたことがあったような気がしたのだ。それも一度きりのことでは無いような気がした。何度も見たことがある少女、よく知っている子のような。

少女は困ったような笑みを浮かべた。彼のそばをすり抜けて、階段を下りていった。

「――ああ、ちょっと」

彼は我に返って、少女の後を追いかけようとして――追いつけなかった。

少女は、まるで妖精のような軽やかさで階段を駆け下りて行き、その下の踊り場にある扉を開けて、中に滑り込んでいった。すうっと風が吹きすぎるように。

彼もまた後を追って走った。足の速さには自信があった。けれど、鉄の扉を開けたとき、その向こうには誰もいなかった。夕方の薄暗い廊下は、ただ、しんとしているばかりで。

しばらく辺りを探したけれど、少女の姿は、どこにも見つからず——彼は、背筋に寒いものを感じた。

もともと怪談の多い場所だ。おまけに、黄昏時——お化けの出そうな時間だった。百貨店の関係者でないと入れない場所に、子どもがひとりでいるはずがない。

（人間じゃないのかも。その、もしかしてお化けというか——）

もっと優しく美しい、妖精や精霊のような。

この百貨店が好きで棲み着いている、そんな不思議な存在のような。

また会えるといいなあと思った。でもそれきり、その少女に会うことは無かった。

彼の視線に気づいたのだろうか。結子がふと顔を上げて、ガラス越しにこちらを見た。

にこ、と笑って、それから自分の腕時計を指さすようにした。

「あ、朝礼の時間か」

彼は結子にうなずいて見せた。従業員通用口の方に足早に歩を進める。

開店前に、全体の朝礼と、各フロアごと、各部署ごとの短い朝礼がある。全体の朝礼は、吹き抜けのそばに皆が集まって行われる。館内放送で、その日の

連絡事項が手短に伝達される。放送が終わると、皆で、一斉に、

「かしこまりました。ありがとうございました」と、唱和する。声は、

「お客様とこの街の幸福のために、今日も一日がんばりましょう」と続く。

それを合図に、各フロア、各部署ごとの朝礼に分かれるのだった。

短い伝達事項。そののち、いらっしゃいませ、ありがとうございました、またお越しくださいませ、の発声練習が、百貨店中のフロアのあちこちで響く。

ドアマンの西原とコンシェルジュの結子は、情報サービス課に所属しているので、エレベーターガールのいさなや、インフォメーションカウンターの宝田ゆかりたちと同じ朝礼となる。情報サービス課長からの伝達事項をメモにとりながら耳を傾け、挨拶を唱和する。

課長が結子の名を呼び、招くようにする。

「今日は午後から半日、コンシェルジュの芹沢さんが、お客様をアテンドして館内を回ります。その間、コンシェルジュデスクはお休みになります。みなさまは、お客様のフォローにいつもよりもさらに気を配るようにしていただきたく思います」

「よろしくお願いいたします」と、結子が笑顔で頭を下げる。

「かしこまりました」と、一階フロアに唱和する声が響いた。

朝礼が終わる頃、星野太郎社長が登場する。その頃には各フロアの責任者たちも、

正面玄関、及び他の玄関に集まってきている。開店と同時にお客様が店内に入ってくる、それを並んで迎えるのだ。

　一階フロア、情報サービス課のメンバーは社長におはようございます、と頭を下げた後、足早に、各自の持ち場に向かう。ある者はエレベーターに。ある者はインフォメーションカウンター、そしてコンシェルジュデスクに。西原もまた、通用口から、他のドアマンたちとともに、持ち場の正面玄関の前へと向かおうとしたのだけれど、そのとき、はっとした。

　自分の前を通り過ぎる星野社長に礼をするコンシェルジュに向けた、社長のその視線が、柔らかくあたたかかったことに気づいたのだ。

　そして、目を上げた結子の瞳に、ちらりと、笑みを含んだような、あたたかさが宿ったことに。

（まさか）

　ふたりの目が似ていることに、彼は今更のように気づいた。笑顔も似ている。透明感があって、どこかあどけなくて。ふわりとしていて。優しく、すべてを受容しようとするような。

　いままで比べようとも思わなかったので、気づかなかったのだった。

（まさか、このふたりは）

　制服の奥の胸がどきどきとした。

社長の視線の優しさも、結子が返した視線の柔らかさも、彼は知っていた。彼にもまた、日々そういう視線と笑みを交わし合う、いとしい存在があったからだ。

それならば、いろんなことに説明がつくような気がした。彼女が、この店のことに異様なほど詳しいわけも。気むずかしい女帝まり子様に、愛され気に入られている、そのわけも。まり子様の表情が最近は明るくなり、和らいでいることが多いようだという、その理由も。

この春から急にコンシェルジュを置くことになり、そこに、どこからともなく呼び寄せられてきた結子が採用されたということも――説明がつくのかも知れなかった。

(もしかしたら、逆だったのか?)

コンシェルジュを置くことになって、彼女が雇われたのではなく、彼女をこの店に呼ぶために、コンシェルジュというポストが用意されたのか。彼女のために。

(そういうことなのか?)

少し前――今年の夏頃だったろうか。星野百貨店の後継者は太郎氏の「別れた妻との間にもうけた子ども」になりそうだという噂が流れた。それは太郎氏と二度目の妻との間に生まれた少年のことだろう、と多くの従業員や関係者は暗い気分になった。百貨店を離れて久しい少年に経営者としての才覚がなさそうだという話は、一時期よく噂されていたので。

（そうか。太郎氏の子どもはもうひとりいた。いたはずだ。その子が帰ってきたのか）

かつて一階の化粧品フロアを率いていたという美容部員。太郎氏の浮気の結果、離婚して家を出た最初の妻にも、たしか子どもがいたはずだ。女の子だったと聞いたことがあるような。見かけたことがあったかも知れない。母に連れられて家を出たときに、まだ小学生だったらしいと誰かに聞いた記憶が——。あれは、そう十五、六年も前のことのはず。

長く太郎氏のもとを離れていたその娘が——どこか遠くの街で暮らし、育っていた娘が、戻ってきたということなのか。店を継ぐために。いまの、斜陽になった星野百貨店を。

西原の胸で、心臓が速く鼓動を打つ。

（ほんとうにその覚悟があるのか見るために、あるいはいまの店を知るために、接客と経営の資質を見るためにも、コンシェルジュという仕事は、ぴったりじゃあないか……）

まり子様あたりが発案したのかも知れない、と西原は思い、結子の姿を目で追った。

芹沢結子は正面玄関に向かった。コンシェルジュはその手で玄関の鍵を開ける。襟元にあしらった、金色の鍵と朝顔の襟章が、きらめいた。

星野太郎社長のそのまなざしが、どこか得意そうに、結子の背中を見送っていた。

その頃には、天井のシャンデリアに光が灯り、さらに天井の吹き抜けの窓からは、朝の光がフロアへと、光る水のように降りそそいでいた。朝の光はシャンデリアのガラスをきらめかせ、宝石のような煌めきの欠片を、店内にまばゆく放っていた。

金銀の光が降りそそぎ溢れる中、結子はガラスのドアに向かって歩いて行く。

地下一階の広場にあるピアノが、静かに自動演奏を始め、館内放送される。ペール・ギュントの「朝」だった。

結子は、内側からドアを大きく開いた。

「おはようございます。星野百貨店へ、ようこそいらっしゃいませ」

身を屈め、綺麗なお辞儀をする。制服の腕を開いて、コンシェルジュはお客様を招き入れる。舞台に立つ、美しい白鳥のように。正面玄関の上のからくり時計の、文字盤に隠れているこびとや妖精たちが楽器を手に起き上がり、奏でるマーチの音が、朝の空に響き渡った。

朝の光に包まれ、お客様を迎えながら、結子は幻のように、頭上に広がる星空を見る。太陽の光に隠されているけれど、いまこの瞬間も頭上には星空が広がり、結子は太陽だけでなく、さんざめく星の光にも包まれているのだ。

左手首の天文時計が、それを教える。その時計は、結子が二十歳の誕生日に祖父から受け継いだものだった。子どもの頃、ともに暮らしていた頃に貰う約束をしていて、けれど子どもにはまだ早いからと、その年に譲る約束をされた、美しい時計だった。

その約束をして、そうたたないうちに、結子は母に連れられて祖父の家を出た。二十歳になったその頃は、結子は海外でひとり暮らしていたけれど、ある日その部屋にＥＭＳ——国際スピード郵便が届いた。

祖父が自ら梱包したのだろう、青いリボンがかかった小さな箱を開き、つややかな紺色の文字盤と、星座盤に描かれた天体の姿を見たとき、結子の耳には、遠い日に祖父に聞いた言葉が蘇った。

祖父は、左腕に巻いたこの時計の、その文字盤を撫でながら、こういったのだ。

「この時計を見ているとね、大切なことを思い出し、忘れずに済むような気がするんだ。眩しい日の光に包まれているときにも、空には星が光っていて、宇宙は巡っているということを。光満ちる空は、果てしない闇と、幾千の星の光を隠しているのだということを。わたしたちもまた、星の上に住んでいて、空は宇宙に繋がっているということを。——子どもの頃、街が焼け野が原で、そこらにまだ闇が満ちていたときにはわかっていたことを、この時計を見ると、思い出すんだ。

おじいちゃんは『偉いひと』になってしまった。耳に優しいことを聞かせてくれるひとはいても、大切なことを教えてくれるひとはいない。大事なことを忘れていても、叱ってくれるひとはいないから、自分で忘れないように気をつけていなくてはいけないんだよ」

それは国産の腕時計。充分高価ではあるけれど、祖父がつけるにはもっとふさわしいだろうものがいくらもあるはずだった。実際、祖父の知人や取引先から、その手の高級な時計が贈られることもあった。けれど祖父はその時計を大切にしてくれそうなひとに譲ってしまうのだった。

「どれも素晴らしい時計だとわかっている。けれどわたしには、この時計があるからね」

天文時計の他に祖父が大事にしていたのは、改まった場に出るときにつける、古い舶来物の機械式時計が一本だけ。若い日、亡き祖母から贈られた品だと聞いた。

「結子。クォーツ時計は正しい時間を教えてくれるけれど、いつかは止まってしまうんだ。機械式の時計よりも寿命が短い。だから大切にしてあげないといけないよ」

「クォーツ？」

「水晶のことだ。日本で開発された技術で、時計の中に水晶が入っていてね。それが決まった速さで振動することで、時を刻むんだ」

言葉の意味はよくわからなかったけれど、祖父の腕にある天文時計の中に、透明な羽の妖精が棲んでいて、針を動かす姿が見えるような気がした。

子どもっぽいかなと思いながら、つい祖父にそう話すと、そのひとは笑った。

「ああ、そうだね。腕時計の中で、水晶の妖精が、時を告げる仕事をしているようなものだね」

一秒一秒、時を刻む。けれど、そんな働き者の妖精の、その寿命が尽きるとき、時計も止まるのだと思ったら、胸が痛くなった。

心のどこかで、ずっと止まらない、死なないものだと思っていた。

「この世界に終わりがないものはないんだよ」

優しい声で祖父はいった。

「いつかは太陽だって星だって、終わる日が来る。星は燃えつきる。たとえばおじいちゃんだって、いつかはいなくなる。結子ともお話しできなくなるときが来るんだよ」

結子がうつむいて涙ぐむと、祖父はそっと背中を撫でてくれた。優しく、温かな手で。

そしてどこか自分にいいきかせるように、いったのだ。

「ひとはいつも生きることに精一杯だ。未来を夢見ることで毎日を忙しく、駆けるように生きる。終わることを意識して、来た道を振り返ってばかりいるわけにはいかない。おじいちゃんだってそうだった。――でもね、ときどきは思いだして、過ぎて行く時間を、抱きしめるように、心に刻まないといけない。

ひとの生は砂時計の砂の上に立っているようなものなんだ。足下の砂はさらさらと落ちていく。思い出も、記憶も、交わした言葉も、みんな砂のようにどこかに落ちていってしまう。宇宙のどこかにね。それは寂しいことだけれど、でもそれがたぶん、『生きる』ということなんだ。空で輝く星と同じなんだよ。あれは宇宙で燃える炎だ。いつかは燃え尽きてしまう。いやとうに燃え尽きて、光だけが宇宙に残っていることだってある。

人間は星よりもずっと小さいし、宇宙で光り輝くことはないけれど、でも、その生涯を通して、この地球の上で小さな炎として燃えて、やがて燃え尽きるものだとおじいちゃんは思ってる。

けれどもしその光で一隅を照らすことができたなら、小さくとも輝かしい光なんじゃないかとおじいちゃんは思う。時代の流れの中で忘れ去られる、マッチの火のような小さな灯りでも、誰かの凍えるてのひらを温めることができたら——そんな人生が送れたらと思うんだよ」

結子は、祖父の言葉を聴きながら、祖父が遠くに見えて、怖くて、そしてさみしかった。

立派な百貨店を作り、街のひとたちに感謝されている祖父の人生は、マッチの火なんて小さなものではなく、数え切れないほどの星が輝くような、素敵な人生だと思うといいたくても、子どもなので、うまくいえなかった。まだ小学五年生。十一歳の頃だった。けっして会話が下手ではなかったけれど、想いが胸にこみあげて、気の利いた言葉にならなかった。

だからただ、時計が欲しいと祖父に願った。その左腕の星の時計をわたしにください、と。

物心がついて以来、祖父にものをねだったことはなかった。なんでも買ってあげるといわれても、首を横に振ってきた。店の経営状態が良くないと子どもなりに知っていたからだった。

（大好きなおじいちゃま。もしいつかおじいちゃまの火が燃え尽きてしまう日が来ても）

（きっと、わたしがその火を受け継ぐから）

（だからおじいちゃまの灯した火は、世界から消えたりしないよ）

言葉で誓うのではなく、自分が祖父の時計を受け継ごうと思った。約束の代わりに。

祖父は大きな手で結子の頭をなで、二十歳になったらきっとあげようと約束してくれた。

いま日差しの中で、からくり時計の奏でる朝の音楽を聴きながら、左腕の時計に手を当てて、結子は瞑目する。肩に背に落ちる光の暖かさに、祖父のてのひらのぬくもりを感じながら。

「いいかい、結子。品物は大切に選ばれ買われ、贈られることで、いつか誰かの思い出になるんだ。物のかたちをした記憶になる。いつかその品物を買い、贈った誰かがいなくなってしまっても、物は長く、宇宙に残る。想いの結晶のように。

それは見えない魔法のようなものかも知れない。お客様自身も気づかない、ささやかな魔法。百の品々、千の品々に息づく、星の光のような、静かな祈りのような魔法。わたしたちは、その想いを大切に包装し、お客様に手渡すんだ。わたしたち自身の想いも込めて」

幾百、幾千もの品々を。その魔法を。太陽と月と星の放つ光の中で。


その日、芹沢結子は、午後からの半日を一組のお客様に付き添うことで過ごした。アテンドを頼むことにしたのは、定年退職した夫、鷹城慎吾《たかしろしんご》氏の発案だそうだ。星野百貨店のいろんなフロアを巡って、ゆっくりと買い物を楽しみたい、ついてはコンシェルジュにアテンドしていただけないだろうか、と、そういう予約が少し前に入っていたのだった。

夫婦ともに、風早の街の生まれ。夫は都会の大学に進み、そのまま大企業に就職（世界中に橋を架けるような仕事をしていました、と柔和な笑顔で彼は語った）、以後、国内外を単身赴任で転々とし、妻は中学高校とフェリーでこの街の女子校に通い、地方の大学の医学部に進んだ後、離島にある実家の産婦人科医院を継いだ。結婚も子育てもしたけれど、いっしょに過ごした日々はどれくらいだろう、とふたりは笑う。

どこか親友同士のような、明るくて素敵なご夫妻だと結子は思った。セーターはさりげなく同じブランドの品で揃えてある。

夫の鷹城氏は、髪をきちんとなでつけていて、品の良い眼鏡のフレームといい、磨かれた革靴といい、清潔感があった。眼鏡の奥の瞳は知的で落ち着いている。それでいて店内のあれこれに向けるまなざしは、少年のように輝いていて、好ましかった。六十という年齢よりも若く見える。

元の職業の関係でなのか、百貨店の内装や構造のあれこれが気になるらしく、店内を移動中も、「あ、あの廊下の端の天井の隅の飾りは」とか、「あちらの窓ガラスに刻まれた彫刻のデザインですが」などと、結子に話しかけてくる。ややはしゃいでいるようだった。四十年ぶりくらいにこの店に来たことが懐かしくて嬉しくて、と話してくれた。結子に質問するそのたびに立ち止まるので、買い物がはかどらない。しまいには、鷹城夫人が腰に手を当てて、「ちょっといい加減にして」と怒って見せた。「そういうのは今度、時間があるときに、ゆっくりお話を伺いましょう。今日は、お買い物をするの。それがメインなの。コンシェルジュさんだって、スケジュールがあるでしょうに」

「あ、これはしまった」

申し訳なさそうに頭を下げる姿が素敵で、結子はお気になさらず、と、笑顔で返した。

「とても興味深かったです。わたしも館内の装飾や建築について調べておきますので、機会がございましたら、またそのときに」

「ぜひ、よろしくお願いいたします」

鷹城氏は笑顔になり、夫人はその隣で、しょうがないわね、というように笑った。夫人の首に巻かれたシルクのスカーフは、昔、夫の海外土産だった物だそうだ。

「若い頃に貰った物だから、ちょっと派手かな、と思ったんですけど、今まであまり使う機会もなくて、かわいそうだったものですから」

日に焼けた頰の赤みが、スカーフのチェリーピンクと馴染んで、愛らしく、美しかった。

まずは一度屋上に上がり、ゆっくりと降りてゆくことを結子はふたりに提案した。シャンデリアの光と、明かり取りの窓からの光に包まれながら、ダブルクロスエスカレーターは、上の階へと上がってゆく。

夫妻は子どものように夢中になって、手すりにつかまり、近づいてくる輝く天井を見上げていた。

光を浴びながら、夫がいった。

「たしかに古くはなったけれど――この店は変わらずに美しいなあ。ほんとうに美しい」

妻も同じ光を浴びながらうなずいた。

エスカレーターを上がってゆきながら、夫妻は結子にこれまでの日々のことを話した。

鷹城夫人は楽しそうに語った。

「いまにして思うと、あっという間の日々でしたけど、いくら実家の助けがあったとはいえ、ひとりで働きながらの子育てなんて、よくできたものだと思いますよ。離島の産婦人科なんて、近所に医師がいないから、専門外の患者さんもいらっしゃるし。妊婦さんと赤ちゃんたちを抱えて、責任は重いし、自分の子どもはほったらかしでしたよ。このひと、いっつも遠くにいて、何にもしてくれなかったんですもの。子どもたち、よく育ってくれたなあって。奇跡じゃないかしら」

二人の子どものうち、母親に代わって家のことを一手に引き受けていた兄は、都会に出て料理人の道を目指し修業して、数年前ついに自分の店を持ち、妹は母と同じく医師を目指して医大に進み、研修も終えて、立派な若い医師になったのだ、と嬉しそうに話してくれた。

「何にもしなかったわけじゃ……」

鷹城氏はいいかけ、でも自信が無かったのか、首の後ろに手を当てて、恥ずかしそうに笑う。

「ほらほら」と、夫人が笑う。頭の回転が速く、ぽんぽんものをいうのに、笑うと眉尻が下がる。まだ学生みたいな、愛らしく、かわいらしい笑顔だった。

娘が病院を継いでくれるというので、夫と一緒に引退することにしたのだ、と結子にいった。

「でね」妻は夫の腕に腕を絡ませた。首を傾けると、カールしたグレイヘアがふわりと揺れた。

「遅くなったけど、いまから新婚生活を楽しもうかな、って思って、春から探し始めて、やっと最近、懐かしい風早に家を買ったんです。駅前のマンション。商店街の近くよ。ここに歩いてこられちゃうの。わたしもこのひとも、この街に郷愁があって、ここを離れていた間、ずっと、いつか帰ろうと思っていたんですよね。だから夢が叶って嬉しくて。

家の中のものをあれこれ揃えようと思って、ふと気づいたら、良い家具とか素敵な置物とか調理器具とか、どこでどう買えばいいのかわからなくて。浦島太郎みたいになっちゃってて」

ねえ、と妻が夫を振り返る。

夫はうなずき、言葉を継いだ。

「それで、そうだ、久しぶりに星野百貨店に行くことにするか、と決めたんです。最初はね、全部百貨店で揃えるなんて、ちょっと贅沢かな、と思ったんですが、我々夫婦も気がつけばいいおとな。それなりに良いものを選ぶこともできるかと話し合いました。

それで先日、下調べにと、こちらをのぞいてみたら、いつのまにか正面玄関に、コンシェルジュデスクができているじゃないですか。そういえば都会の百貨店だと、一日買い物につきあってくれるようなサービスもコンシェルジュがしてくれていたような、と思い出しましてね。問いあわせてそのまま、予約したというわけです」

「ありがとうございます」

結子は微笑み、深々と頭を下げた。

「それにしても、嬉しいなあ」

鷹城氏は、柔和なまなざしで、百貨店の中をゆっくりと見回すようにした。

「またこの百貨店に帰ってくることができて。子どもの頃から、しょっちゅうこのお店に来ていたんです。屋上遊園地も、レストランも、本屋さんも、地下のフードフロアのお菓子のコーナーとかね。小さい頃は家族に連れられて。そのうち、子ども同士、つれだって来るようになって」

くすくすと夫人が笑う。

「デートもしましたね」

鷹城氏は笑ってうなずいた。

「この街の子どもで、あの時代に育った子なら、週末はこの百貨店で時間を過ごすのが、最高の楽しみだったと思いますよ。思い出はたくさんあります。――だから」

鷹城氏は、ふとうつむいていった。

「……この百貨店がまだあってくれてよかったと、そう思いました」

その言葉にそっとうなずいた夫人と、視線を交わし合った鷹城氏を見て、結子は気づいた。

この店で、新居のあれこれを揃えようと決めたのは、店を応援したい、そんな気持ちもあってのことなのだろうな、と。

ありがたかった。けれど、お客様の側から、そうとはっきりおっしゃらないからには、その思いやりをただ受け取ろうと思った。だから微笑んで、結子はいった。

「お客様がいらっしゃる限り、当館はこの地に在り続けるだろうと思います。ここで変わらずお客様をお迎えする、それが星野百貨店の使命ですから」

それは祖父の願いであり、口癖だった。

恒星が天の同じ場所で輝くように、変わらず光を灯し続ける店でありたいと。

星がめぐる時計を腕に、何度も口にしていた。誓うように。願うように。

「けれど結子、この時代に、この店に、いつまでそれが可能なのか……」

珍しく気弱な声で祖父がいった日があった。「わたしももう、年老いたからなあ。もし——」

もし結子が、そういいかけて、何もいわず微笑んで首を横に振ったことがあった。

（いまなら）と、結子は思う。いまの結子なら、いいかけたその言葉の先を訊ねることができたろう。祖父を喜ばせる言葉を返せただろう。

その後すぐに、結子は母に連れられて祖父の家を出た。長い年月が経ち、帰ってきた結子が久しぶりに会った祖父は病床に在り、話しかけても目覚めてくれないのだけれど。

（だけど、もし一言——）

大切な言葉を話しかけたら、目覚めてくれないだろうか、と、結子は夢想する。言い損ねたままの言葉を。呪文のように。もし、それを約束することができたら。


昨年の冬、結子は海外で重い病を得た。当時はフランスの著名なバレエ団の団員だったのだけれど、生きるためにはからだにメスを入れなくてはならなかった。舞台にはもう立てない。失意に沈んでいた頃に、祖父が倒れたことと店が危ういことを人づてに聞いた。祖父は結子に何も話してくれていなかった。

結子は日本に帰ろうとした。まだ手術後の、リハビリも満足に終わっていない頃だった。けれどもう歩ける。松葉杖をついてでも帰国しようとした。結子は杉江まり子に連絡を取った。

するとまり子が、いきなりフランスまで訪ねてきたのだ。電動車椅子の身で。シャルル・ド・ゴール空港から連絡があったときは驚いたものだ。まり子もまた、数年前に病に倒れた身、いまは星野百貨店別館のホテルで養生しながら暮らしているはずなのに。

「久しぶりに海外旅行したくなったのよ」

肩をすくめて、彼女はいった。「考えをまとめるには、乗り物での移動っていいのよね」

お気に入りの、フランスの老舗ホテルのティールームで。

元気な頃の彼女は、美容師として、また百貨店のバイヤーとして、単身で頻繁にパリを訪れていたのだ。その頃の定宿だった。

そして、まり子は、ひとつ提案をした。

もし祖父と店を支えたいと思うのなら、帰国して、星野百貨店を継ぐと宣言すること。

母親の違う弟と違って、彼女ならば、ついてくる従業員もいるだろう。昔から店に勤めていた者たちは、いまだ伝説の美容部員だった、彼女の母のことを慕い、記憶している。そして結子自身には、子どもの頃に、ある意味星野百貨店の象徴だった時期があった。

「ジャンヌ・ダルクみたいなものよね。店がまとまるには、旗印が必要だと思うの。あなたなら、それになれる」

まり子はふふっと楽しげに笑ったものだ。

「人間はね、夢を見たい生き物なの。辛い日々にあっても、欠片でもいい、明日を信じるための要素が——奇跡の欠片のような物があれば、未来を信じて生きていけるのよ」

自分に言いきかせるようなその声に、昔を懐かしむような笑みに、結子は敗戦後の日本で必死に生き抜いてきた、孤児だったひとの、これまでの日々を思った。そんな風にして、生きてきたのだろう。明日を信じて。いまよりもきっと、明るく幸せな場所に辿り着けると信じ続けて。

結子は、心を決めた。——いや、ホテルにまり子を訪ねる前から、その言葉を口にする覚悟ができていたのかもしれない。

二十歳の誕生日に、故郷から遠く離れた異国で、祖父の時計を受け継いだときから。

「わたしが店を継ぎます。そうみなさまに宣言すれば良いのですか？　帰国して、父やほかのみなさまに、わたしがそれを願えば——」

自分にそれができるのだろうか、とは思った。そもそも結子は百貨店の経営についての知識も経験もない。それ以前に、社会人としての経験をまるで積んでいない。

子どもの頃に母の友人のフランス人に、バレエの才能を見出され、フランスに渡り、その地のバレエ学校の生徒となった。師に恵まれ、友人にも運にも恵まれて、苦労などそれから何一つしなかった。

成長後は海外の様々なバレエ団で踊ってきた。バレエ学校時代からの出会いの中で、諸外国出身の友人ができたので、不自由で無い程度には種々の外国語を操れるようにはなった。多少なら諸外国の事情や歴史、常識にも通じているだろう。でもたぶん、結子の特技はそれくらいのものだ。そして代わりに、結子は現代日本で暮らす若い娘が身につけているだろう常識をたぶん知らない。結子が日本で暮らしていたのは、もう十数年も前。小学生だった時代までなのだから。

体力にもいまは自信が無かった。きっとすぐには店に立てない。まだリハビリが必要だろう。そうならないように願いたいけれど、病気の再発の危険だってないわけではない。

（だけど――）

星野百貨店を街に存在させ続けることができるのなら。そのための力になれるのなら。

「わたしは若く世慣れない、不勉強な人間です。でももし――あなたや、父やお店の方々が、無知なわたしを導いてくださるなら……」

結子はティールームの壁に立てかけていた松葉杖に手を伸ばした。少しでも早く日本に帰り、父に会おう。病床の祖父に会いに行こう。

まり子が、それを目で止めた。

「あなたが帰国してみなにそれを伝える前に、ひとつふたつ、いっておきたいことがあるの」

お気に入りの銘柄の紅茶茶碗に、おかわりのお茶を注いでくれながら、いった。

「わたしが知っているあなたは、赤ちゃんの頃のよく笑うふくふくしたあなたと、やがて立てるようになって、歩いたり走ったりできるようになったあなた。そして子どもの頃の、バレエが大好きな女の子よ。あの頃はよく、あなたの舞台を見に行ったわね。みんなで。あなたのおじいちゃんとパパとママと——そして、わたしと。演目にあわせて花束を選んで贈るのが楽しかった。

あなたがユリエさんとあの家を出ることになったとき——そう、あなたは自分が行かないとママがひとりぼっちになるからってそう決めたのよね——あなたは、ほんとうはお店とさよならしたくないって、わたしに教えてくれた。そのときのあなたの、涙をこらえた表情も知っているわ。

そして、いま目の前にいる、あなた。

佐倉結子——いいえ星野結子さん。大好きなものを守りたいといえる娘に育ったのね」

子どもの頃、別れを告げた、その頃と変わらず美しい艶やかさで、まり子はいった。

「店を忘れずにいてくれて、ありがとう。わたしたちが育て、守り続けてきた大切な宝物を、子どもの心から変わらずに、ずっと好きでいてくれて、ありがとう」

綺麗な形の口元が微笑んでいた。笑顔なのに、その目に、うっすらと涙が浮かんでいた。

「わたし思うの。あなたには店を守るための大切な才能があるって。——だってね、たぶん、何かを守り育てるための、いちばん大切な才能は、そのものを好きだという純粋な思いだから。

あなたなら、できるかもね。お飾りの聖女ではなく、店とみなの中心に立つことが」

でもわたしは慎重だから、提案させて欲しいことがあるの、とまり子はいった。

店を継ぎたい、そのつもりがあると父親に告げるのはいいだろう。あるいは古くから店にいる、店の経営に参加している、上層部のごく一部の、たとえば役員たちにならば。彼らも喜ぶ、あるいはほっとするに違いない。——けれどそれを、まだ店の者たちにいってはいけない。

「たぶん、結子ちゃんが思っているよりも、あの店の状況は良くないの。日本の不況だって、まだ先が見えない。デフレはなかなか改善されない。震災の影響もあって、国民はかつてのような、未来への明るい展望も持ちにくくなっている。百貨店にはなかなか辛い時代よね。

あなた、まずはひとりの従業員として、店に立ってみなさいな。仕事の内容は――そうね、コンシェルジュとかどうかしら？」

「コンシェルジュですか？」

「ちょうど、うちの店にもいるといいな、と考えていたところだったの。コンシェルジュとして正面玄関そばに立ち、店やいまの街のことを学び、考えながら、従業員やお客様の様子を観察してみてごらんなさいな。もちろん、自分に接客業や百貨店経営が向いているか、その見極めのためにも使える時間だわ。――そうね。来年の十二月、クリスマスの頃まで働いて、その上でまだ星野百貨店にとどまる覚悟があるというなら、そのとき店の皆に、その覚悟を告げなさい。そうすればきっと、みんなあなたを守り、あなたに続いてくれるでしょう」

そのときまで、自分が星野誠一の孫、太郎氏の娘だということは、口にしてはいけないとまり子はいった。それがわかれば、どうしてもみな、結子が店を継ぐために戻ってきたのだと推測し、素の顔を見せないだろう。店の現状の困った部分、知られたくないようなところを隠そうとするに違いない。それでは意味がない。

結子はまり子の提案を受け入れた。久しぶりに心が弾んだ。だって、まるでオーディションを受けるような話だ。そんなふうにして結子はいままで暮らしてきたのだ。外国でひとり挑戦を続け、友人を作り、さまざまな舞台の上で踊り続けてきた。

言葉にしないまでも、まり子のその提案は、結子の幸せを思うが故だということも感じ取り、それをありがたく受け止めてもいた。無理をして、不幸になってまで店を背負えと、このひとはいわないのだ。――たぶん誰よりも星野百貨店を大事に思う、そのひとりのはずなのに。

「それからね」楽しげにまり子は声を潜めた。「あなた、偽名を名乗りなさいな」

「――偽名、ですか？」

「名字だけでも。だって星野結子ですといってお店に来たら、正体バレバレじゃないの。かといって、ユリエさんの名字の佐倉も、誰か覚えている子がいそうだしねえ。さくら、桜じゃなくて――ええっと、じゃあ、『芹沢』はどうかしら。芹沢結子。それがあなたの新しい名前。どう？」

結子の母、佐倉ユリエの名字を桜にして、さらにフランス語の「桜」、cerisier《スリジエ》にしてもじったのだろう――そう思うと何だかこのひとがかわいくて、結子は「はい」と受け入れてしまった。

一度死んだようなものだもの。違うひとになってみるのも悪くない。そんな想いも、ちらりと頭をよぎったのを覚えている。

そしてまり子は、最後にもうひとつ、結子に提案した。別館の星野ホテルで暮らすことを。

星野百貨店別館にあるホテルならば、足下の平和西商店街に病院もある。いずれリハビリがすみ、手術の傷が癒えたとしても、結子が暮らすには向いているだろう。そして、そこにはまり子も暮らしている。身近にまり子がいれば、店について学ぶこともできる。

そして別館のホテルならば、まり子でも、あるいは太郎氏でも、宿泊費を負担してあげることができる——結子が断ろうとしたら、それくらいは払わせなさい、と、まり子は笑った。

願っても無いことだった。当時の結子には収入が無く、貯金を取り崩して暮らしていたのだから。ダンサーを辞めたあと、どう暮らしていこうかと考え始めた頃のことだった。

かくしてその翌年の春、つまり今年、街に桜の花が舞う頃に、結子は風早に帰ってきた。

星野百貨店初のコンシェルジュ、芹沢結子として、デスクに立つことになったのだった。

鷹城夫妻は、百貨店をのんびり歩く時間、それそのものも楽しんでいた。やがてついた八階屋上遊園地の古く小さな観覧車にはしゃいで乗り、ゴンドラの中から、結子に手を振った。

回転木馬とうどん屋さんが無くなっていたことを哀しみ、ゲームセンターの古いUFOキャッチャーで、ぬいぐるみをとったりした。妻に腕前を褒められ、夫は嬉しそうだった。

鷹城夫人はうさぎのぬいぐるみを腕に抱き、うきうきとした声でいった。

「この子は居間のソファに座らせようかな」

別館六階の時計・宝飾品・贈答品のフロアで絵を選んで買い、テナントの呉服店で、夫の冬の着物地を選んだ。自宅用と近所を歩くためのものと、お出かけ用と。

選んだ品々は、各フロアのレジで精算し、今日持ち帰れるものは一階のサービスカウンターに回して、お帰りのときにお受け取りいただくことになっていた。お客様には手ぶらで店内を楽しんでいただく。そういうサービスだった。

そして、今日夫妻がどんな物を買いたいのか、事前に希望を聞いてあった。好みの傾向なども。そういったことは、前日までに結子から各店の店長たちに伝えてあったので、夫妻が店に着くときには、希望に近い品がすでに揃えてあった。

どのフロアのどの店も、鷹城夫妻を歓迎した。

懐かしそうな目をして、鷹城氏は、選んだ品々を見つめていた。

「親父はまだ家の中で着物を着ていた世代でしてね。ああいった生活をしてみたかったんです。着物姿でお茶を飲んだり新聞を読んだり、たまにちょっと外出もしてみたいなあと」

早いうちに父を亡くしたので、余計に思い出の中の姿をなぞりたくなるのかも知れませんね、と、そのひとは笑った。笑顔でそれを見守っていた古参の販売員が、ふと目元を押さえるのを、結子は見た。

それに気づかないまま、鷹城氏はいった。

「子どもの頃は、このフロアには足が向かなかったんです。ほら、呉服って高級品だから。子どものぼくが行ったら、汚してしまいそうな気がして。でもほんとはね、着物の匂いが懐かしくて。行けば父に会えるような気がして、このフロアを訪ねてみたかったんです」

夫婦が呉服店を出るとき、販売員たちは、出口まで付き添い、見送った。上客には普通にすることだったけれど、ありがとうございました、と深く頭を下げるひとびとの、特に昔からそこで働いている、老いたひとびとのまなざしが、懐かしそうで、優しそうで。結子が見つめていることに気づいた、古参の店員のひとりが、笑いかけてきた。ほんとうによかった、と、その笑顔はいっていた。

「——立派になってねえ」

そんな風に、小さい声でささやき交わす声を、結子だけは聞いていた。

夫妻は楽しそうに、先に進んでいたので。

鷹城夫人は家庭用品のフロアで、自動で煮物やシチューが煮える鍋を買おうとした。

「仕事をしている間に、勝手に煮えてくれてる鍋がずっとほしかったんですよ」

と、いいかけて、あら、と笑った。「もうそういうことは考えなくていいの、忘れてた。自分で鍋のそばにいて、本を読んだりしながらことこと煮ていていいんだわ。お仕事は好きだったんですけど、ずーっと忙しかったんです。責任も重いお仕事でしたしね」

そして夫人は、外国製の高いフライパンと、よく切れそうな包丁を買うことにした。

結子はそっと微笑む。夫妻に何を相談されてもいいように、いろんな売り場の品物を事前にチェックしてはいたけれど、夫婦ふたりであれこれ選ぶ様子が楽しそうなのであえてこちらからは何もいわずに、一歩離れたところから見守っていた。

それはこのフロアの販売員も同じで、夫妻が求めているものを確認し、必要とされるときには相談相手になるものの、基本的には、ただ見守っていた。笑顔で。楽しげに。そして、懐かしそうに。

夫人が銅のやかんを手に、しみじみといった。

「若い頃ね、こんなふうに時間をかけてお店のいろんなものを手に取るのが夢だったんです。その夢が叶ったんだなあって思っちゃって。おまけにいまは、好きな物を買って帰れるのね」

子どもの頃、百貨店で遊んでいた、その頃のことを、結子はふと懐かしく思い出した。

あの頃の結子は、お客様や店のひとびとの邪魔にならないように注意しつつ、館内のいろんなところを歩いていた。ピアノの自動演奏や、地下一階の広場の噴水の音に耳を傾けたり。非常階段で本や楽譜を読んだり。母の親友がいるコスメフロアには、甘えたい気持ちもあって、特に足繁く通っていた。

店は、結子にとって、大切で神聖で、それでいて遊び場でもあり、友達のような場所だった。

あの頃の結子の名前は星野結子。祖父は星野百貨店創業者にして会長の星野誠一、父は社長兼店長の星野太郎。いわば、結子はこの百貨店の子どものようなものだったから、結子が行けない場所はなかったし、知らないところもなかった。非常階段のように、見つかれば危ないからと叱られるところもあったけれど、あの金網を乗り越えるくらい、結子にはたやすく、誰も来ない場所だからこそ、とっておきの秘密の場所になってもいたのだった。

祖父も父も結子には甘く、結子が店にいても何もいわなかった。

そんな結子に、従業員たちも優しかった。子どもを邪険にする店では無かったし、結子が誰か知っている者は、笑顔を向けてくれた。結婚を機に店を辞めた母が、みんなに愛されていた従業員だったから、ということもあったろうし、いま思うと、いずれこの子が店の後を継ぐのだからと、そんな視線もあったような気もする。温かい目で成長を見守られていたのかも知れない。

その頃の結子を見た記憶があるらしいひとびとは、今のこの百貨店でもある年齢層よりも上にはたまにいるようで、おや、という視線を向けられることがある。それを感じたとき、結子は嬉しくなる。結子がそのときの少女の成長した姿だと気づくひとは、なかなかいないだろうと思うのだけれど。何しろ、十数年も前に、結子は店からいなくなったのだから。

そしてその正体に気づかれないために、結子は必要以上に、みんなの中に溶け込むことができなかった。どんなに懐かしく、慕わしいひとがいても。

(ほんとうはみんなに話しかけたり、思い出話をしたり、友達になったりしたいんだけどな)

あの頃は、百貨店は結子の家、そこに勤めるひとびとは、みんな家族のようだった。

結子が十二歳のとき、母とふたり、この百貨店から離れることになった。それが決まった夜、結子は閉店後の星野百貨店に会いに来た。正面玄関のからくり時計を見あげて、いつかきっとまた、ここに帰りたいと思った。涙をこらえて、それを誓った。

おやすみなさいのメロディを奏で、手を振って眠りにつく、古いからくりの人形たちに。

夫妻は、子ども服売り場に足を運んだ。

「うわあ、『リトルスター』の子ども服がたくさんある。やっぱり素敵ね」

鷹城夫人がうっとりとした表情でつぶやいた。

「リトルスターは星野百貨店のプライベートブランドだから、ここでしか買えないのよね」

鷹城氏が、おお、と声を上げた。

「よだれかけが一万円もするのか……」

「そりゃ高級なお店ですもの。そのかわり、素材も作りもいいものばかりなのよ」

ふたりはしみじみと、くだんのスタイを見つめる。はしからはしまでフランス製の高級なレースが縫い付けてある（日本の職人の手縫いで）ので、出産祝いの品として人気があるらしい。

夫人が、店に飾ってあった看板を見上げた。ティアラをいただいた幼いバレリーナのシルエットが、この店のマークだった。白地に薄桃色で染め抜かれた、そのマークを見つめて、

「あれは二十年くらい前になるのかしら、リトルスターのコマーシャルが話題にな

ったのって。海外向けに作られた長編のコマーシャルが、海外の大きな賞を受賞したの」

「ああ」と、鷹城氏がうなずいた。

「あのコマーシャルは素敵だったねえ。同じときに撮影されたらしい写真が、国際線の機内誌のリトルスターの広告に使ってあったのを覚えているよ。名作映画のスチール写真みたいだった」

結子は面はゆい気分のまま、ふたりの話を聞いていた。――懐かしかった。

リトルスターのコマーシャルは、母の友人である映像作家が作った作品だった。交友関係が広かった母には、才能のある友人が多かった。そのひとりがたまたま、海外で放映するためのリトルスターのコマーシャルを手がけることになったのだ。

バレエが好きな少女をモチーフに映像が作られることになった。主演の少女は、オーディションで選考されることになったのだが、なかなか決まらなかった。打ち合わせで店に来た母の友人が、バレエのレッスンに出かけようとしていた当時十歳の結子を見かけ、その手にあったトウシューズを見て、何かの予感が働いたのだろう、その場で回転してみて欲しい、と頼んだ。

結子はトウシューズを履き、いわれるままにその場で軽くピルエットをした。

どうして、と、そのひとを見たら、優しく笑っていたので、つられてにっこり笑った。

そのひとがひとつ大きく手を打った。

「よし、きみにしよう」

そうして結子は、そのコマーシャルに登場することになったのだった。

映像になったのは、結子の日常そのままだった。小学校に通い、友達と遊び、街を歩き、部屋で宿題をする。たまにさぼってテディベアと遊んだり、居眠りしたり。そして、バレエのレッスンをする。オーディションがあり、主役に抜擢され、そして本番の日が訪れる——。

光と影の演出が美しい映像だった。結子の表情を巧みに捉えた映像でもあった。

そして、コマーシャルは海外で大きな賞を得た。海外だけでなくこの街でも流そうということになったけれど、海外仕様のコマーシャルは日本で流すには尺が長すぎる。短縮バージョンが編集されることになり、そのとき、百貨店のコマーシャルも作られたのだった。

紙の媒体用の広告も作られたので、一時期の結子は星野百貨店の顔のようになっていた。

美しい広告は、街のひとびとに愛され、もちろん従業員たちにも愛されたのだった。その広告での結子を知っているひとびとはいまもいるだろう。

そして、そのコマーシャルが縁となって、のちの結子にバレエ留学の話が来たのだった。母の友人のひとりのフランス人が、パリでバレエ学校の講師をしていた。

コマーシャルで踊っていた結子を記憶にとどめていて、手元で育てたいと母に連絡を取ってきたのだ。

　そのとき母と結子は星野家を離れたばかりだった。結子はまだ中学に上がる前。そんなこと考えられないと思った。かわいそうな母をひとりにしたくなかったし、何より自分がこの上母親とも別れてひとりで外国に渡るなんて、そんなさみしいこと、絶対に嫌だった。

　けれど、母は結子を友人のもとに旅立たせたのだった。あなたは才能だけでなく、運にも恵まれたのだから、と。天からの贈り物を無駄にするなと。

（あのときは、ママはひとりでさみしくないのかって、恨めしくなったけれど）

　叱られるように、喧嘩するようにして、フランス行きの飛行機に乗せられて、ママなんか知らない、とふてくされたのだけれど。

（大きくなってから、わかるようになった）

　愛しているからと手元に置くよりも、あえて手放し旅立たせる、そんな愛情もあるのだ。

　会えば話が長いくせに、筆無精で手紙もメールも返事をよこさない母だ。けれど、春に店に戻ったと連絡したら、もてあますほど大量の蜂蜜をホテルの部屋に送ってきた。手紙もメモも添えずに、蜂蜜だけ。そういうひとなのだ。不器用で、なんでも勝手に決めてしまって、振り返らない。

故郷を離れたあと、病んで舞台を降りるまで、結子は母の友人を始めとするたくさんのひとびとと出会い、そのそれぞれに愛された。異国でひとり踊り続ける日々は、苦しいこともあったけれど、同時に幸福な日々だった。いま思い返しても、一瞬の夢のようだった。だからたぶん大好きな星野百貨店を離れていても、さみしさに泣くことがなかったのだ。

自分はとても幸福な子どもだったのだ、と、いまの結子は思っている。

（意識してバレリーナになりたいと思ったことは、無かったような気がする。それを夢見たことも）

ただ子どもの頃から踊ることが好きで、踊り続けていただけだ。たまたま音感と身体能力が優れていた。星野家にバレエのレッスンを受けられるだけの、金銭的な余裕もあった。選ばれた一流の品々に囲まれて育ち、おとなたちに知らず教育され、教養を身につけて育った。

苦労せずに育った才能を優しいおとなたちに見出され、引き立てられてきた。

夢はいつも勝手に叶っていた。夢の中で踊り続け、いくつも素晴らしい舞台を踏んだ。

だから再び舞台に立つ可能性を失ったとき、もう立ち上がれないと思った。どうやってそこにたどりつき、立っていたのか、自分ではわからなかったから。

もともとこの夢は自分のものではなかったのだと、失って初めて気づいた。

結子は、ある日、行くあてもなく、入院中の病院から松葉杖をついて出かけた。十二月——真冬だった。凍えそうに寒かった。病院のあったパリ郊外の街をさすらううちに、古く見事な百貨店の前に出た。

クリスマスの飾り付けをされた百貨店は、誇らしげに輝いていた。まばゆいほどに光って見えるショーウインドウは、クリスマスの夢をすべて詰め込んだようだった。クリスマスの——年に一度の、夢が叶う季節を祝うように、闇を払い、夜に燦《さん》然《ぜん》と輝いていた。

懐かしかった。幼い日、自分のそばにあった星野百貨店の、クリスマスの頃の姿が思い出された。この百貨店よりはずっと小さく、地味だったけれど、毎年、見とれるほどに美しい姿になって、地上に明かりを灯した。世に悲しいことや寂しいことはいくらもあるけれど、ここにひとの世の美しいものも、楽しいものもそろっていますよ、いらっしゃいと声をかけるように。

静かに、雪が降ってきた。凍えながらも、店の前に立つうちに、ふと思った。

(わたしはなぜ、踊っていたのだろう?)

天から降ってきたように、そう思った。それまで、そんなことは考えたことがなかった。

なぜ、踊ることが楽しかった? ——なぜ、踊らなくてはいけないと思っていたのだろう?

（舞台に立ちたかったから？）
（違う。そうじゃない。それに憧れたことも、願ったこともなかったもの）
（踊ることが好きだったから？）
（違う。ひとりでお店を歩いたり、品物やお客様たちを見ている方がずっと好きだった）

異国の百貨店の幸せそうな光景を見ているうちに、ゆっくりと思い出した。店の放つ灯りに照らされて、笑顔で通り過ぎる、家族連れや子どもたち、恋人たちの姿を見ているうちに。雪の中、ひとりだけ、光から外れた路地に立ち、凍えながら、旅人の目でその風景を見ているうちに。

（みんなに笑っていて欲しいからだった）

子どもの頃、十歳から十二歳にかけての、いつも笑顔で舞台に立っていた頃の自分を思い出すと、結子は当時の自分のけなげさに頭をなでてやりたくなる。頑張ったね、と。抱きしめてあげたくなる。

あの頃の結子は、よく声を殺して泣いていた。自分の部屋で泣いていると家族に心配されるから、店の物陰で膝を抱えて泣くこともあった。父の浮気をきっかけに家は荒れた。大好きな祖父や、よく出入りしていたまり子が母をかばい、父のことを悪くいうのを聞いているのも辛かった。結子には優しい、素敵なお父さんだったから。父を責めようとしない代わりに、すべてを諦め、さみしい目をするようになった母が悲しかった。みんなに仲良くして欲しいと思っていた。

あの頃、結子がバレエの発表会にでるときは、ふだん不仲な両親が、花束を抱いて、そろって見に来てくれた。祖父も、そして大好きだったまり子も、結子のバレエを喜んだ。まるで魔法のようだと思った。魔法使いになったようだ、と。

結子が素敵に踊れば、みんなが笑顔になってくれるのだ。幸せになってくれる。コマーシャルに出ることになって、みんな喜んでくれた。家のひとたちだけでなく、お店のひとも。そして街のひとたちも。たくさんのひとたちが。

そんなある夕方、ひとり泣いていた結子のそばに、どこからともなく白い子猫がやってきた。子猫が来るはずも無い場所、屋上に続く非常階段のてっぺんに。

まるで空から降りてきたように、金目銀目の子猫はやってきて、結子の涙に濡れた頬を舐めたのだ。

「魔法の子猫」って、もしかしたら、この猫のことなのかしら、と思った。

その子猫は、子どもが好きなんだそうですよ、と、店のひとたちに聞いたことがあったから。泣いている子どもがいると、いつのまにかそばに来たりもするらしいです、と。

結子は涙を拭き、子猫に語りかけた。

「みんなを笑顔にできるひとになりたいの。サンタクロースのように笑顔を贈れるひとになりたいの。わたし、そんな魔法が使えるひとになれるかな？」

子猫はわかった、というように一声鳴いた。空に駆け上がるようにして消えた。だから、いまのは魔法の子猫なのだと思った。それはほんとうに存在していたのだと。

でもそれから年月が経つうちに、幼い日の自分が見たものが、ほんとうにその猫だったのかどうか、自信が無くなってきた。孤独な子どもが見た、優しい幻覚だったのかも知れない、と。

(それでもいい、と思った)

(それなら魔法は自分でかければいい、と思ったんだ。夢は自分で叶えればいいんだって)

結子にはバレエがあった。舞台に立てば、そのときだけは、仲違いしている家族も仲良くなり、笑顔で、綺麗な花束を持ってきてくれた。家を出て、プロのダンサーになってからは、もっとたくさんのひとたちが、チケットを手に結子のバレエを見に来てくれた。ひとりで、そして仲間たちと夢の時間を作り出すことができたのだ。それが結子の魔法だった。

だけど。もう舞台に立てなくなった。そんなとき、祖父が倒れたという話を聞き、自分が何も知らずにいたことに焦って、日本に帰ろうと考えたのだ。もちろんそれは、家族や店への愛ゆえのことだったけれど。

（自分が救われたかったのかも知れない）

誰かに必要とされたかったのかも。魔法が使えなくなった自分でも。

結子は、どこか懐かしく、いとおしささえ感じながら、そのときの気持ちを思い返していた。


鷹城夫妻は、のんびりと店内で買い物を楽しんだ。彼らはどのフロアでも大歓迎を受けた。見守る笑顔の中で、とても良い雰囲気で買い物を続けていたのだけれど──。

四階の民芸品の店を出て、そのフロアにある甘味処で休憩していたときのことだ。

ふと、鷹城氏がいったのだ。嬉しそうに。

「どこへ行っても、こんなに歓迎していただいて、何かこう、申し訳ないというのか。さすが星野百貨店、こんなに客を大切に思ってくださるんですね」

「あ、それわたしも思ったわ」

鷹城夫人も笑顔でうなずいた。「何か急にアイドルになったみたい、って思ってたんですよ。みんなにこにこで、目をきらきらさせて歓迎してくださるものだから」

「そうですね。たしかにみんな大歓迎で」

結子は梅昆布茶を味わいながら、にっこりと笑った。「でもそれはきっと、当館が褒めていただくようなことではなく、鷹城様たちが、それだけ素晴らしいお客様だということでは無いかと存じます」

そうかなあ、そうかしら、と、夫妻は顔を見合わせて、けれど嬉しそうに笑った。

「子どもの頃から大好きで、思い出がたくさんあって、憧れてもいた百貨店に、おとなになってから帰ってきて、こんなに大歓迎されるなんて、なんていうか」

鷹城氏は、眼鏡を外して、目元をハンカチで拭った。「すみません、年をとると涙もろくなっちゃって。なんていうかその、百貨店そのものの魂みたいなものに、歓迎されているような気持ちになっちゃったんですよ。よく帰ってきたね、って。昔の自分が」

隣で鷹城夫人も、同じく涙ぐみながら、うんうんとうなずいていた。

結子はただ微笑んで、頭を下げた。


『お利口くん』と『福の神ちゃん』。

そのふたりの名前は、初夏の頃に、ドアマンの西原保から聞いた記憶があった。かわいらしくもインパクトのある二つ名だ。一度耳にしたら、忘れるのは難しい。

そして、そのふたりと星野百貨店の間に起きた、ささやかな出来事もまた——一度聞いたら忘れられなかった。何しろ、あの西原保の、いちばんの思い出の物語だ。

四十年ほども昔。この百貨店がまだ若かった頃の、ある美しい物語。だから結子は、今日のアテンドの準備のために回ったいくつかの店で、その名が出たとき、すぐに思いだしたのだ。

結子が鷹城夫妻の名前と略歴を店で告げると、古くからの販売員がいる店のいくつかで、その名前が挙がった。

「『お利口くん』ですか。そう、『福の神ちゃん』といっしょに来店されるんですか。懐かしいなあ。どんなおとなになったのかなあ」

語られる話は常に同じだった。話を聞くうちに事情がわかってきた。かつてふたりはアイドルだった。この店で働くひとびとに密かに愛されていた、年若いお客様だったのだ。

「ありゃどれくらい前のことになるのかなあ」

地下一階の市場の、総菜も置いている鮮魚店の老いた主が話してくれた。「この百貨店、子どもや学生さんの来客が多いじゃないですか。ほら、街中の店ですしね。で、いつも来てる子たちだと顔を覚えちゃって。お利口さんな子どもや学生さんだと、特にやっぱりね、かわいくなってきたりするんですよ。で、鷹城さん夫妻は、ふたりとも、そういう子たちだった、というわけです」

百貨店に限らず、店に対して、懐かしみや親しみを覚えるひとは多い。結子は自分自身も他の店では客の立場なので、その辺りの感情もわかる。すると店や店員さんたちが、家族や友人のように大事になったりもするものだ。――ちょうど、鷹城夫妻のように。

一方で、店で働くひとびともまた、馴染みのお客様や印象の強いお客様のことを覚える。客側と同じような愛情を持って見守っていることもある。彼らの側からは、その感情を表に出さないこともあるけれど。けれど彼らは、客のことをいつも見て、記憶しているのだ。

接客業のひとびとは、もちろんすべてのお客様に対して、安定した、誠実な応対をすることを求められている。それが「プロの対応」でもある。けれど、彼らもひとの心を持っている。もし最高のサービスが見たいなら、客の側もプロの客になればよい。それは、カジュアルな店から、一流の店やホテルまで、すべてにいえることだと結子は思っている。

「このお客様のために、何かしてあげたい」

「このお客様に、喜んで欲しい」

そう思ったときうまれるサービスは百パーセントを超えるレベルと熱量のものとなる。

鷹城夫妻は、その昔ひそかに星野百貨店のひとびとから愛されていた。百貨店はみなでお客様の情報を共有する。そのせいもあって、いつも彼らの話は癒やされる子どもたち・学生さんとして、語られ、伝えられてきた。特に『お利口くん』と呼ばれていた、子どもの頃の鷹城少年はそうだった。

彼は最初は幸せな子どもとして、店のひとびとに記憶されていた。日曜ごとに一家で百貨店に来る家族の、彼は優しいお兄ちゃんとして、小さな弟と妹の面倒を見る子どもだった。両親も人の良さそうなひとたちで、買い物をするときも、常に笑顔で物腰は穏やか。レジを打つとき、癒やされた、絵に描いたような幸せそうな一家だよねえ、と、ひそかにささやかれていた。

ところがあるとき、おもちゃ売り場の販売員が、「『お利口くん』の家、なんかあったらしいですよ」と、心配そうに、話した。

クリスマスが近づいたある日、元気の無い『お利口くん』が、おもちゃ売り場にやってきて、

「小学校一年生の男の子と、二年生の女の子が喜ぶようなおもちゃは、どれになるでしょうか？」

折りたたんだ千円札が数枚入った、小さな財布を持っていたという。

「今年からサンタクロースがうちに来ないから、ぼくがサンタさんになるんです。ちゃんとプレゼントを弟と妹の枕元に置かなくちゃいけなくて」と、笑顔でいったのだという。

社員食堂でそれを聞いた、遊園地でアルバイトをしている学生が、ああ、と声を暗くした。

「あの子ね、こないだ、屋上遊園地でひとりで泣いてるところを見ましたよ。気になって話しかけたら、お父さん死んじゃったって。病気で長く入院なさってたらしくて」

そうなの、そうかあ、という声が食堂のあちこちで上がったそうだ。

「この頃、『お利口くん』ちのお父さん、姿を見かけなかったものな」

「いいひとだったよなあ」

空気がしんみりとした。

ひとりがおもちゃ売り場の販売員に訊いた。

「それで、『お利口くん』にはどんなおもちゃを薦めたんだ？　あまり高いものじゃなくて、その、何かいいものがあったのか？」

その頃は、この百貨店にあった、家電・電化製品売り場のフロアの販売員だったそうだ。

「いや、とっさのことだし、ちょっと思いつかなかったから、宿題ってことにして貰って、いったん帰って貰ったんです。店長やメーカーのひとたちに相談しようと思って。だって――」

彼は唇を嚙んだ。涙をこらえるように。

「あの財布に入ってたのって、あの子のお小遣いだと思うんですよ。お年玉とか使わずに貯めておいたんじゃないかなあ、何か自分の欲しいものを買うために。そんな大事なお金で、死んだお父さんの代わりに、自分がサンタクロースになって、きょうだいにプレゼントを買おうって。自分もまだ子どもじゃないですか。サンタさんからプレゼントが欲しい年でしょうに」

もし店内のおもちゃが自分の物ならば、その子に無料で何もかもあげたいと思っただろう。その場にいた皆が思った。けれどここは百貨店。置いてあるものは売り物だ。

だから、彼は上司や取引先のおもちゃ会社のひとびとに相談した。おとなたちは、意見を出し合い、少しでも少年の負担にならない方向で、小さな妹と弟が喜びそうな物を考えた。次の日にやってきた『お利口くん』に、おもちゃ売り場の販売員は、プレゼント候補の品々を見せた。少年は顔を輝かせて、プレゼントを選び、何度もお礼をいって帰っていった。――少年は、この贈り物を選ぶのに、どれだけのひとびとが時間と頭を使ったか知らなかっただろう。

それでいいのだと星野百貨店のひとびとは思っていた。ただ、優しい精霊が見守るように、彼と、残された一家のことを見守っていたのだ。

その後、『お利口くん』と家族が店に来るごとに、いつも少しだけラッキーなことが起きた。地下一階の市場でお母さんが量り売りのお漬け物を買ったら、「切りのいいところまで入れてあげるね」と、少しだけ多めに袋に詰めてもらえたり。まだタイムセールの時間ではないはずなのに、お総菜が安くなったり。そのたびに一家はとても喜んだのだった。

ほんのささやかな贈り物が、いつもひそかに彼らには用意されていたのだった。

そんな話を結子に懐かしそうに話してくれた、化粧品売り場の販売員がいる。国産のブランドの美容部員。年齢不詳の元気で強気なおばさまだった。

「わたしも当時、若かりし日にね、『お利口くん』一家を見守っていたひとりよ。小さな妹ちゃんに粗品のぬいぐるみをあげて喜ばれたりしてたの。正直、わたしはふだん、そんなに善人じゃないのね。子どももたいして好きじゃない。でもあの『お利口くん』はほんとにいい子だったから。つい、ね」

照れくさそうに笑った。「あの子がおとなになって帰ってくるって、定年ですって？　まあそりゃわたしも年をとるはずよね。すっかりおばあちゃんになっちゃってさ。でも立派になってくれて、ほんとうによかった。亡くなったお父さんも、天国で喜んでらっしゃるでしょうね」

鷹城、という名字はあまり聞くものではない。そして当時『お利口くん』に接していたひとびとは、その後の彼がどう成長したか、いつも気にかけていた。なので、大学進学を機にこの街を離れていた彼が、成長後、新聞に取り上げられるような立派な人物になったとき、百貨店のひとびとはすぐに気づいた。子ども時代の面影がある写真入りの記事を見、切り取って回覧して、みんなでよかったよかったと喜んだのだそうだ。――もと『お利口くん』だった青年は、そんなことは知らないまま、遠い街や国を旅して成長してゆき、そしていま、風早に帰ってきたのだった。

（それはまあ、大歓迎にもなるわよね）

結子は微笑んで、梅昆布茶をすする。何しろ、本物のアイドルの帰還なのだから。

ふと、有線放送のＢＧＭが賛美歌を奏でた。二九八番「やすかれ我が心よ」だ、と結子は思った。

店内には甘味処のイメージにあう、琴の曲がずっと流れていたのだけれど、琴で賛美歌、おまけにこの時期に、と、結子が顔を上げると、鷹城氏も同じことを考えたのだろう。

「ああ、賛美歌じゃない、『フィンランディア』ですよ」

といった。賛美歌には、オリジナルのものだけではなく、古今東西の曲を取り入れて、それに詩を乗せたものがある。「フィンランディア」も、そんな風にうたわれているのだ。

「素敵なアレンジだなあ。これは誰のアレンジなんだろう。あとで調べてみよう」

メロディを追うように、鷹城氏は目を閉じた。テーブルの上でそっと両手の指が動く。

鷹城氏は、アマチュアながら、ピアニストとしても一部で有名なひとだった。もともと趣味で自分の好きな曲をアレンジして弾くことで、単身赴任の寂しさを紛らわせていたらしい。ところがそのピアノがとても良いというので、仕事仲間が演奏を撮影して、動画サイトにアップした。たまたま海外の著名な歌手がそれを見て話題にしたことをきっかけに、再生回数が伸びた。

やがていろんな国の言葉でコメントがたくさんつくようになり、気がつくと、鷹城氏はインターネットの世界で有名なアマチュアミュージシャンになっていた。

「そんなつもりはなかったんですけどね。だから最初は、びっくりしてしまって」

鷹城氏は、甘味処を出て次に向かったテナントの古い楽器店で、電子ピアノの鍵盤を撫でた。照れくさそうにうつむく。

「でも世界中に、ぼくのピアノを喜んで聴いてくれるひとがいるんだなって思ったら嬉しくなってきて。いまじゃ自分でアップしてます。はは、ただの目立ちたがり屋のおじさんですよね」

結子は鷹城氏のピアノを昨夜、動画サイトで視聴していた。笑みを浮かべて電子ピアノを奏でる、そのアレンジはエレクトロニカ、あるいはハウス、というジャンルになるのだろうか。不思議な懐かしさと安らぎ、波紋のような揺らぎを感じる曲に仕上がっていた。クラシック以外はほとんど聴いてこなかった結子の耳にも心地よくしみ通るような。

聴きながら、結子は思った。——これはたぶん、このひとの魂の音色なんだろうな、と。

澄み切って、お洒落で、どこか遠くの空を夢見るような、静かで軽やかなメロディ。

「昔ね、ピアノを勉強したかったんですよ」

鷹城氏が笑みを浮かべたままつぶやいた。

「でも、早くに父を亡くしましてね。音大に行きたいなんてとても母にはいえなかったんです。仕事に繋がると思えませんでしたしね。早く独り立ちして、弟と妹を進学させたかったですし。母は察したのか、音楽の道に進んでもいいといってくれたんですが、断りました。

我ながら優等生で、何でもできたので、難度と就職率が高い大学に合格できて、やがてひとに感謝される仕事に就き、長く続けられました。自分でいうのもなんですが、いい人生だったんですよ」

鷹城夫人は、横でにこにこ笑いながら、夫の言葉を聞いている。夫が若い日に夢を諦めたことも、そばで見て、知っているのかも知れない。「いい人生だった」といいつつ、苦労もあったかも知れない。なのにその一言で済ませるひとを、しょうがないなあ、というまなざしで見守っているように見えて——。

（いいなあ、素敵なご夫婦）

鷹城氏の指が、メロディを奏でる。

「フィンランディア」だった。アレンジが途中で賛美歌風になっていった。

「どうしても、星野百貨店さんにいると、クリスマスの気分になってしまって。子どもの頃から、特にクリスマスには楽しい思い出がたくさんあるんです」

そんな彼を、楽器店の老いた店長も笑顔で見守っている。

彼のことはよく覚えています、とそのひとも昨日結子に話してくれた。

「ほんとにね、あの子はピアノがうまかったんです。亡くなったお父さんがピアノを弾くひとで、そのひとに手ほどきを受けたっていってました。たぶん経済的にゆとりがあれば、海外に留学して、著名な先生の教えを受けて、やがては世界的なコンテストで優勝するような、そのレベルの才能がある子どもだったと思いますよ。もったいないなあと思いました」

鷹城氏は、音大に進まなかったものの、趣味でピアノを弾くことはやめなかったのだろう。学生時代、長期の休みごとに、この街に帰ってくる度に、本館七階のレストランでピアノ弾きのアルバイトをしていたのだそうだ。どんなジャンルの曲も弾きこなすし、場が明るくなるような演奏ができるというので、人気があったらしい。そのアルバイトを斡旋したのは、若き日のこの店長だと聞いた。それまで地元の音大の学生しか雇わなかったレストランが、店長の強い推薦でそう決めたのがきっかけだったそうで——つまり彼も、『お利口くん』の成長を見守るおとなたちのひとりだったのだ。穏やかに見える店長が、そのとき、どれほど強く彼を推したか、ということを、たぶん鷹城氏は知らないいままだろう、と、あれはレストランの部長に聞いたのだったか。

結子は「フィンランディア」——賛美歌二九八番に耳を傾ける。その音色に込められた、青くはてしない空を見上げるような陰りのない明るさに聴き入る。きっと、いまのこのひとは幸せなのだろう。

ふと、鷹城氏がいった。

「ぼくね、学生時代、この百貨店でサンタクロースに会ったことがあるんですよ。サンタさんから、クリスマスプレゼントを貰ったことが。——夢みたいな話でしょう？」

振り返った目がいたずらっぽく笑う。

「そのおかげで、ぼくは——ぼくと妻は、幸せになれたんです。いまも感謝しています」

最新式の電子ピアノを一台、いただきます、と彼はいい、店長は微笑み、頭を下げた。

結子は、鷹城夫妻とともに、店内を回った。ふたりのこれまでの半生を聞きながら。

百貨店というものは、ひとの人生に寄り添い、必要な品々を用意できる場所だ。婚約、結婚、子どもたちの誕生。七五三。入学式に出席するための、一家の服。卒業式。成人式。育ってゆく子どもたちの代わりのように、老いていった両親との別れ。葬儀。法事。

そしていま、かつてこの百貨店に見守られてきた少年はおとなになり、立派な仕事を終えて、この街に帰ってきた。同じようにこの店とこの街を愛した妻とともに、静かにピアノを弾いて暮らすために。

五月に、ドアマンの西原保が広報部で話していた思い出話を、結子は思い出す。

さほど広くもない部屋のこと。もともと地声の大きい西原の声はよく響いた。

「『お利口くん』はわたしになついていてくれましてね。わたしのことをかっこい い、ヒーローみたい、っていってくれて。なんだか弟のようで。なので、他の連中のように、あの子をかわいく思ってきました。正面玄関で、十年くらいの間になりますか、あの子が成長するのを見守ってたわけです。そして彼が大学生になった頃、この店にはもうひとり人気者がいたんです。通称『福の神ちゃん』。おもに別館のテナントの食堂街のアイドルでしたね。当時医大生だった彼女は、離島の子で、冬休みに帰ってきていたんですが、この街にフェリーで週に二回通ってきて、進学塾で講師のアルバイトをしていたんです。

その子がね、帰りの船の時間にあわせるためもあってか、いつも食堂街で夕食を食べてたんです。これがいつ何を注文しても、美味しそうに食べてくれる、ってみんなに好かれてたんです。食べ方も綺麗だし、混んでいるときは食後すぐに席を立ってくれる。店員や他のお客様が話しかけると、楽しげに受け答えをする。いつも笑顔で、小さな子どもはかわいがるし、年寄りや具合が悪そうなひとがいれば自然に気を遣う。人間が好きだっていう表情をいつも浮かべてる子で。

その上に彼女は福の神だった。彼女が店に入ると、不思議なほど客が増える。お客様を呼ぶ客だったんです。そういうわけで、店の者たちからは、ひそかに『福の神ちゃん』と呼ばれていたわけです。実際、そばで見ていると、こちらも幸せになりそうな笑顔でにこにこ笑う女の子でね。

その『福の神ちゃん』が、たぶんレストランで知り合ったんでしょうね。『お利口くん』と仲良くなっていったんです。まあふたりとも心根の綺麗な子たちでしたから、店の者たちは、微笑ましく見守っていたものです。ふたりで趣味の読書や音楽の話をしていた、楽しそうだった、なんて、食堂街の連中が、会話に聞き耳を立てていたみたいです。

お似合いなんじゃない、ってみんないってましたね。ふたりとも幸せになって欲しい子たちでしたしね。このままお友達から、初々しい恋人同士になるのもいいんじゃないか、なんて、みんなで勝手に応援してました。そんなこと、彼らは気づかなかったでしょうけどね。わたしたちもそっと、見ていましたし。そうっとね、陰から見守るだけで」

けれど、その年の十二月。若いふたりには、ひそかな別れの危機が訪れていた。そのことを、百貨店のひとびとは知るべくもなかったのだ。そしてある日――。ドアマンの西原は、『お利口くん』と『福の神ちゃん』が、連れだって店に入るところを見た。というより、正面玄関でいつものように彼らを迎えて、いらっしゃいませ、と声をかけたのだ。

彼らは驚いたように笑い、挨拶をしてくれた。――なぜってその日の彼は、いつものドアマンの制服ではなく、赤いサンタクロースの衣装を着ていたからだ。その年のクリスマスは、そんな仮装をしてみようと誰かがいいだして、そういうことになったのだった。――結局、評判が今ひとつだったので、その年だけのイベントで終わったのだけれど。

「そのときにね、『お利口くん』も『福の神ちゃん』も、どことなく寂しそうに見えたんで、気になっていたんですよ。あとで店の連中に訊いたんですが、みんなもそうだった、気になってた、といってました」

すべての買い物を終わらせて、鷹城夫妻は、最後に本館七階のレストランに向かった。

鷹城氏が学生時代にアルバイトをしていたという、思い出の店だった。いまも店の中央にグランドピアノが置いてある。夕方、まだ早い時間のいまは、自動演奏で曲を奏でていた。

「――こうしてワイフとふたりでいると夢みたいなんですけどね。ぼくらほんとうはこんなふうに一緒にいるはずじゃなかったんですよ。学生時代のある冬に少しの間だけ、友だちづきあいをして、そのまま何の縁も無く、さよならしてたかも知れなかったんです」

夫人が笑った。メニューを見ながら。「そうしたら、お互いもっといいひとと出会えてたかも知れないですけどね。――わたしクリームソーダがいいな」

あなたは、と、訊かれたので、結子は同じものをと答えた。あとで自分の分は別に精算することになっている。

「巡り合わせなのかも知れないね。というよりも、あれはやはりサンタクロースの魔法だよねえ」

楽しげに鷹城氏は笑い、手を上げて店のひとを呼んで、みんなの分の注文を頼んだ。

「これを話すと、その、照れるんですが、ぼくね、その日はこのひとにいうことをいわねば、と思っていたんです。その日が冬休みにこのひとに会える最後のチャンスでした。冬休みが終われば、このひとは遠くの街に帰り、自分も都会の大学に帰ってしまう。その前に一言――ええと、おつきあいしていただけませんか、といわなくてはと覚悟を決めてきていたんです」

照れくさそうに、でも当時の自分を慈しむように、鷹城氏は微笑んだ。

面白そうに、それを聞きながら、鷹城夫人は、こちらも懐かしそうな笑みを浮かべた。

「わたしはわたしで、覚悟を決めてました。今日辺り、告白とかされちゃうかな、ってそういう勘ってあるじゃないですか。一方で、逃げたいような気持ちにもなっていました。いっそ会うのをやめちゃおうかな、って。そういう告白を受けるわけにはいかない事情があったんです。――ああこのひとが嫌いだったとか、そういうのじゃないですよ。むしろ好きで、大好きだったから、困ってしまったんです。嬉しくて、でも悲しかった」

鷹城夫人は、そっと目を伏せた。結子には、その目の中に、遠い日の少女のまなざしが揺らいで見えたような気がした。

「どきどきしながら迷いながら、一緒に時間を過ごしました。そばにいることが嬉しかったから、逃げなかった。レコード屋さんに行って、本屋さんに行って、屋上の遊園地に行って、ベンチで寒い中お話をして、うどん屋さんでうどんを食べて、またベンチでお話をして、って、繰り返して。

　でもこのひとったら、何にもいわないの。その言葉を聞くわけにはいかなかったから、こちらからも聞かなかったの。そのうち島に帰る船がでる時間が近づいて来て。これはもう何もいってもらえないのかな、って思うとそれはそれでつまらないというか。このひとがわたしのこと好きだって思ってたのは、わたしの勘違いだったかな、って思うと、さみしくなってきたりもして」

　乙女心は複雑ね、と彼女は笑う。

　そしてふたりは黙り込んだ、のだという。せっかくその日は、彼も彼女もアルバイトを休んでいたのに、無理して友達に頼んで、代わって貰っていたのに、そこまでして時間を作って一緒にいたのに、いつもどおりに時間が過ぎた。最後のデートの日だったのに。

「いま思うと、その日がたぶんわたしたちの子どもとおとなの境の日だったんですよね」

　夫人がいった。優しいまなざしをして。「もうふたりとも、夢見る時間のタイムリミット、夢から覚める頃合いだったんです」

　彼女は、離島の産婦人科医院のひとり娘だった。地方の医大を卒業したあとは、故郷に戻って、病院を継ぐことが決まっていた。何よりそれが本人の子どもの頃からの望みだったからだ。

一方で彼は都会の大学に進学した学生だ。冬休みにこちらへ帰ってきていたけれど、新学期にはもう戻ってしまう。卒業後は海外を渡り歩く仕事に就くことが決まっていた。

「このひとのことが大好きだけど、いっしょにいるととっても楽しいし、尊敬もできるけれど、生きていく道が違いすぎる、って思ってました。——同じことをこのひとも考えてるんだろうなって。実はわたしね、一生ひとりで暮らすつもりでいたんです。恋愛とかどうでもいい、そんな浮ついたことをしている暇があったら、大好きな故郷の島のひとたちをこの手でひとりでも多く救うんだ、と思ってました。その夢が叶うなら、他に何もいらないと思っていた。

だからね、諦めたんです。ここまででいい、と思った。この冬休み、夢みたいな時間を過ごすことができた。これが一生の思い出でいい、ほんとうに楽しかったから、もういいかって」

「ぼくも同じようなことを考えてました。大学生なんて子どもみたいなものです。その先の人生のことを考えると、未来が膨大に思えましてね。——ぼくね、立派な夢を持つこのひとを、その夢ごと好きだな、と思ってたんです。でも、大好きなこの女の子を、自分が幸せにできるのかと思うと自信が無くて。それにもし、自分が好きだと告げることで、このひとの夢をたわめてしまうことになるんじゃないかと思うと、恐ろしかった。するともう何もいえなくなってしまって」

　まあ、若かったんですよね、ふたりは同じ言葉を同じタイミングで口にした。

　夫妻は互いに噴き出し、結子もつられて笑ってしまったのだった。あまりに幸せそうで。

「夕方――夜近くになって、『お利口くん』と『福の神ちゃん』のふたりが、浮かない顔をして、正面玄関に戻ってきました。おや、変だな、と思ったんですよね」

　ドアマンの西原は、あの日――五月の夕方、広報部で、半ば身を乗り出すようにして、話していた。広報部員たちも、うなずきながら耳を傾けていた。

「事情はわからなかったんですが、ふたりともひどくさみしそうに見えて。このクリスマスが近い素敵な時期にどうしたんだろう、と心配したんです。喧嘩でもしたのかな、と。

　そのとき、ふと思いだしたんです。自分がサンタ服の懐に持っているもののことを。――福引き券を一枚、持っていたんです。ええ、クリスマスの品々や商品券があたる、毎年うちの店がやってる、あれですよ。それも、『必ずいいものが当たる券』という不思議な福引き券を」

　くすりと懐かしそうに、彼は笑った。「その頃、仲がいい占い師のおばあさんがいましてね。正面玄関前の道で転んだところを助けてあげたのがきっかけで仲良くなった、辻占《つじうらな》いのおばあさんです。ちょっと不思議な魔女みたいなひとでね。当時、この界隈をよく歩いてたんです。いまは――どこに行ったんでしょうねえ。いつからか見なくなりました。

そのおばあさんがね、兄さん――わたしのことです――はいいひとだから、この福引き券をあげる、クリスマスだからね、って、ある日渡してくれたんです。『この券を使うひとには必ずいいものが当たって幸せになる。なぜって、魔法の猫にそうなるように願掛けをした福引き券だからさ』。面白いことをいうなあ、と思ったんです。ありがとうと受け取って、懐に入れていました。

といっても、わたしはこの店の人間ですから、店が出している福引き券を使うわけにはいきません。だから、誰かにあげようと思いました。その頃気になってる女の子がいたんです。花屋でバイトをしている子でした。でもなまじ一目惚れしてしまったものだから、照れてしまって、話しかけることができなくて。それに花屋じゃ男には、買い物に行きようもなくて。でも、この福引き券があれば、話しかけやすくなるかな、と思ったんです。

それとね、その子の笑顔を見たかったんですね。魔法とか占いとか、女の子が好きそうな話だから、笑ってくれるんじゃないかなと思って。当たるかどうかなんて、その辺りのことは考えてなかったです。――そもそも、占い師のおばあさんの言葉を信じてなかったのかも知れません。

懐で温めていた福引き券だったんですが、『お利口くん』と『福の神ちゃん』のしょぼんとした顔を見ていたら、そんなことどうでもよくなってしまいましてね、いや、ほんの少しくらいは惜しいって思ったんですけどね、差し出していたんです。『メリークリスマス。良いクリスマスを』って。『この福引き券にはいいものが当たって幸せになる、魔法の力があるらしいですよ』」

七階のレストランで、鷹城氏は、窓から秋の空の景色を見る。優しいまなざしで。

「いきなりサンタクロースから、福引き券を差し出されて受け取ってしまったんですね。そもそも、そのひとは子どもの頃から、よくぼくに話しかけてくれていた、ドアマンのお兄さんだったんです。ええ、ほんとうのお兄さんみたいに慕っていました。そんなひとにもらってしまったからには、引かないと悪い。せっかくいただいたものですし。で、このひとに頭を下げて店の中に戻って、福引き会場に行ったんです。くじ引き、けっこう長い列になってましたね。このひとの船の時間を気にしながら、順番を待ったんです。

で、当たったのが、花屋さんの商品券、三万円分だったんです。わあ、すごい、と彼女が喜びました。お花が大好きなんですよ、このひと、今も昔も。で、それなら君にあげるよ、といって、一緒にお花屋さんにいって、あるだけの赤い薔薇の花で花束を作って貰ったんです。だってほら、花束といえば薔薇じゃないですか。それも深紅の。いや実は花のことは詳しくないので、薔薇しかわからなかったんです。

できあがった見事な花束を見た瞬間、誰かにどんと背中を押されたような気がしました。さあ告白しなさい、って。魔法がささやいた、そんな気持ちがしたのを覚えています。で、いっちゃったんです。花束を渡しながら。ぼくとつきあってくださいい、って」

鷹城氏は、耳まで赤くなった。ああ、といいながら顔を両手で覆った。

「恥ずかしいなあ。あのときはどうしてどこから、あんな勇気がわいてきたんだろうか?」

ふふ、と鷹城夫人は笑った。こちらも頬を赤く染めて。それがとてもかわいらしい。

「そこに花束があれば、そんな気持ちになるものじゃないんでしょうか。だって、薔薇ですからね。それも深紅の。魔法がかたちをとって、そこにあったようなものですよね」

「『お利口くん』と『福の神ちゃん』が笑顔になって、正面玄関に戻ってきたとき、よかったなあと思いました。『福の神ちゃん』が薔薇の花束を抱えているのを見て、ああ福引き券がこの花束に化けたのかと、ならよかったと。——で、実はもうひとついいことがあったんです。

次の日、花屋のバイトの子が、正面玄関まで、わたしを訪ねてきたんです。素敵な笑顔で。『福引きの券をお客様にプレゼントした優しいサンタさんって、あなたのことですか?』って。『お利口くん』が、薔薇の花束を作って貰うときに、サンタクロースからプレゼントにもらった福引き券で当たりました、って話したらしいんですね。で、彼女はわたしに興味を持って、会いに来たらしいんです。――実はそれがきっかけで、彼女と話すようになりまして、つきあうようになり、結婚して、いまは我が家におります。もう大きい娘がいますが、変わらず笑顔がかわいいです。……と、そんなことがいいたいわけじゃなくて」

西原は、優しい笑みを口元に浮かべた。「魔法なんて、ほんとうにあるものかどうか、いまもわたしはわかりません。ただ、あの一枚の福引き券には、みんなを幸せにする力があったんだなと思うんです。クリスマスには、優しい奇跡が起きる。この百貨店には魔法を使う猫がいるのかも知れない――そう考えるのは素敵なことのような気がして」

帰りがけ、夫妻は西原に正面玄関で再会するだろう。西原にはあえて事情を話さないまま、その時間そこにいてくれるように頼んである。再会のその瞬間、彼らは互いに気づくだろうか。

（お気づきにならなければ教えてさしあげるつもりだけれど）

おそらくはその必要はないだろうと結子は思っていた。

そしていま、星野百貨店のひとびとに見守られていたかつての少年は、七階のレストランで、懐かしいピアノの音色を聴いていた。

ふと、そのひとがいった。コーヒーを美味しそうにのみながら、独り言めいたい方で。

「あの花束は、この百貨店からぼくへの、プレゼントのような気もしたんです。幸せになりなさい、ってそんなメッセージのような。童話みたいな話ですが、ぼく、自分がこの百貨店に見守られているような、そんな気がいつもしていました。優しい精霊のような存在が、あたたかく見守ってくれているような。幸せであるように、さみしくないように、って。——ええ、子どもの頃から、大学生になってこの街を離れるまでの間ですね。いつもあたたかなまなざしを感じていた。

早くに父親を亡くしたこのぼくが、まっすぐに育つことができたのは、少しは世のひとのためになる仕事ができる人間になれたのは、この百貨店が見守ってくれていたからのような気がするんです。この街を離れてからもいつも、懐かしい場所として、この百貨店の姿がありました。遠い異国でさみしいときも、仕事がうまくいかないときも、心の中でいつも、まるで灯台のように、この百貨店の灯りが、ぼくを照らしてくれていたんです」

おや、と結子はまばたきをした。どこか楽しい気分で。

気づかないようでいて、このひとは実は、気づいていたのかも知れないな、と。自分を見守っていたひとびとがいたことを。それが誰のものかは気づかなくても、いつも優しいまなざしがそこにあったことを。

そしていま、かつての少年は明るく笑う。

「そうだ。ぼく、ひとつだけ願い事があるんですよ。――ええ、この百貨店に、もし噂のとおりに魔法の猫がいるのなら、叶えて欲しい願い事がありました」

ピアノが弾きたいです、と、彼はいった。「できればこのレストランでまたピアノが弾きたいんです。こんなおじさんになってしまっては、もう無理かなと思うんですが。でも懐かしいレストランで、またピアノを奏でてみるのが、ぼくの長年の夢だったんです。

自分もこの百貨店の、その一部になれるような――お店とここに集うひとびとが大好きだという思いを、この手で奏でることができる気がして、学生時代、大好きな仕事だったんですよ」

結子は微笑んでうなずいた。

「でもその願いでしたら、魔法の猫に願わなくても、叶うような気もしますけれど」

鷹城夫妻は気づかなかったろう。彼らの背後にあるグランドピアノ。その足下を、そのとき通り過ぎた小さな影があったことに。

金と銀の瞳の子猫は、床からひとびとを見上げ、いたずらっぽく、笑っていた。

そしてその年の十二月二十四日。

星野百貨店は、例年の通り、美しく飾り付けられ、商店街に煌々と明かりを照らしていた。

ショーウインドウには今年も見事なディスプレイが飾ってある。子ども部屋で笑みを浮かべて眠る子どもと、その枕辺に贈り物を置こうと、扉越しにそっと様子をうかがうサンタクロースの人形だ。眠る子どもの胸元はゆっくりと動き、サンタクロースはたまにまばたきをし、笑みを浮かべる。

そして建物全体に、壁面を横切るように、金色のイルミネーションの帯が縦横に幾重にも光っている。建物を箱に模して、金色のリボンがかけてあるように。リボンの上を、サンタの橇《そり》のシルエットがすうっと滑っていくこともある。子どもたちが、それを目にとめると声を上げた。

街のひとびとは頻繁に店を出入りし、館内BGMのクリスマスソングが鳴り響いた。館内には数カ所にクリスマスツリーが飾られていて、そのうちいちばん大きいものは、一階フロア、正面玄関を入ってすぐのところにあった。吹き抜けのロビーにそびえたち、電飾に彩られていた。

そこはコンシェルジュデスクのすぐそばになる。ケープのついた冬の制服に身を包んだ結子は、きらめくツリーを見るともなく見上げていた。今日はデスクを訪れるひとが少なく、するとここ数日感じていた疲労が、すうっと波のように押し寄せてくる。

手袋の手を額に押し当てて、うつむいた。

入院中の祖父の具合が良くなかった。昨夜は仕事のあとほぼ徹夜のような状態で付き添った。今日もまた行こうと思っている。そんな日々が続いていた。まり子や父からは休むようにいわれていた。今日の昼間には母ユリエも帰ってきているはずだった。みんなに任せていいのだろう。けれど、自分がそばを離れている間に祖父の魂が肉体を離れてしまったら、と思うと。

いまだって、ほんとうはそばについていたいのだ。

（だって——）

祖父にまだいっていない。聞いて貰っていないのだ。結子が店を継ぐというその決意を。

眠っているその耳に何度も語りかけたけれど、聞こえているとは思えない。

（このままお別れなんて、結子は嫌よ、おじいちゃま）

デスクにうつむき、滲んだ涙を歯を食いしばってこらえた。

そのときだった。

「——泣かないで」

風が吹くような、優しい声が聞こえたような気がした。「もうそんな風に泣かなくたっていいんだよ」

顔を上げると、そこに笑顔の少年がいた。デスクの前で結子を見上げている。品の良い雰囲気の男の子だ。デザインは古風だけれど、仕立ての良い服を着ている。どこかで会ったことがあるような、そんな懐かしい顔立ちをしていた。

「メリークリスマス。よいクリスマスを」

少年は大人びたいい方で、楽しげにいうと、ふと、結子の後ろの辺りの壁を指さした。

「ぼくね、あれをさっきから見てたの。ねえ、綺麗だねえ」

振り返るとそこには、この店の象徴である、野の朝顔にイニシャルのHがあしらわれたロゴが額装して掲げてある。そしてその横の壁に、金色の文字で、フランス語の文章が綴ってあった。

星野百貨店の社是と企業理念の一部をフランス語に訳したものだ。この建物が建ったそのときに、大理石の壁に刻まれたものだった。文字は玄関ホールのシャンデリアの光に照らされ、あたかも神聖な誓いの言葉、魔法の呪文のようにそこに輝いていた。

「綺麗でしょう?」

結子も微笑む。「このお店の大事な言葉が綴ってあるの。ずっと忘れないために」

星野百貨店のロゴは、青い朝顔の輪に取り巻かれ、デザインされた「H」の文字だ。そのロゴは、包装紙やエレベーターの扉にも描かれ、社員章にも誇らしげに輝いている。結子の制服の襟元にも、黄金の鍵にからむように、エナメルの朝顔が咲いている。

朝顔が取り巻くHは、星野百貨店のイニシャルであり、また百貨店が建つ、平和西商店街のイニシャルでもある。heart、hope、healing、そしてhomeの頭文字でもある、とされる。

『――その頭文字は、真心でお客様と相対し、この場所で明日への希望と、ささやかな癒やしの時間を、あたたかな家庭のように提供する店であろうとする想いの象徴である』

結子はフランス語を読み上げ、そして日本語に訳して少年に語りかけた。

金色の文字は、壁を見なくてもそらんじることができる。ここにコンシェルジュのデスクが置かれるようになる以前から、小さな頃からいつも、ここで見上げていた言葉だから。

日本語でなく、フランス語で刻まれたのは、百貨店という形態の店が最初に発案され、作られたのがフランスだったから。その最初の店に敬意を表して。

そして、日本語で刻むことを、祖父が好まなかったからだった。

「だって何か、恥ずかしいじゃないか。お客様にお見せするために飾っているわけでもないからね」

祖父は結子にそういって、笑った。「英語だと読めてしまうお客様も多い。だからフランス語なんだ。あの言葉の意味を知らないひとには読めなくてもいいんだよ。ただわたしや店のみんなが、あの場所を通る度に、この店がどういう店なのか思い出せればいい。いってみれば、そのためのおまじない、魔法の呪文だね」


「――忘れないわ、おじいちゃま」

祖父の残した言葉を、自分は忘れないだろう。この先、そのひととの永遠の別れがあるとしても。

ふと呟くと、少年がふいに訊いた。「ほんとうに忘れない？　ずっとおぼえていてくれる？」

怪訝に思いながら、結子はうなずいた。

「ええ、だってこれは、この百貨店に勤める者にとって、とても大切な言葉ですもの」

少年はにっこりと笑った。それは大輪の花が咲いたような、晴れ晴れとした笑顔だった。

「約束」

そういって少年はデスク越しに身を乗り出し、結子にその右手をさしのべた。

結子は小さな手を握り返した。

少年もその手を強く握り返し、そして、手を離した。そのまま軽く手を振ると、いった。

「元気でね。きみを信じてる」

はっとしたのは、そのとき、結子、と少年に名前を呼ばれたような気がしたからだった。

店内へと駆け去って行こうとする少年を目で追ったとき、てのひらに違和感を覚えた。

握手した手に、キャンディがひとつあった。少年が振り返る。いたずらっぽい笑顔で。

「元気が出るように、おまじない」

さあっと風のように去って行った。賑わうお客様の波の中へ。幸せそうに。

＊

いさなは、その日、フル回転状態で、お客様を一号機に乗せ、降ろしていた。

閉店時間間際になって、やっとひとなみが途切れたとき、彼女は空になったエレベーターのかごの中で、操作盤に寄りかかって、ため息をついた。

「……とんだクリスマスイブだわ」

冬の制服はケープ付きでかわいいけれど、今日のような満員御礼の日は、ひといきれで蒸し暑い。額にかいた汗を手袋の甲でぬぐい、そして、ふっと笑った。

「まあでも、お客様がいらしてこその百貨店よね」

操作盤に光が灯った。

屋上で誰か呼んでいるひとがいる。真鍮のレバーを操作して、一号機を上昇させながら、いさなはガラスとアクリルの窓と壁の向こうの夜景を見つめた。

今夜の夜景はひときわ美しい。地上に一面に灯る街の光が、故郷の海で見た夜光虫のようだった。儚い、でも、強い生命の力に満ちた、光の波。

「来年のクリスマスもまた、ここからこの夜景を見たいなあ。ある意味、特等席だよね」

この光を、たとえばサンタクロースも見るのだろうか。と、ふと思った。空の上から。

「サンタさんにとっても、年に一度のとびきりの夜景を楽しめる夜なのかもね」

世界中の夜景を、空から見下ろすのは、きっと楽しいだろう。

くすりと笑うと、「そうかもね」と、声がした。

「サンタクロースだって、十二月の街が大好きなんだと思うよ。きっとね」

いつのまに乗っていたのだろう。男の子がひとり、横にいて、いさなを見上げていた。

育ちが良さそうなかわいらしい少年だ。でもどこか年齢がわからないというのか、不思議とおとなびた笑みを浮かべていた。

「おお、いらっしゃいませ」

不意を突かれて、いさなは一瞬、口ごもった。

「ええとお客様、何階にご用でしょうか？　でももう、閉店ですよ。おうちに帰らないと」

「大丈夫」と、少年はにっこりと笑った。

「ぼくはたぶん、いまから帰るんだ。――屋上、八階をお願いします」

「たぶん？」

少年は何も答えない。

やがてエレベーターは屋上へ着き、薄金色の扉が開いた。

扉の向こうには、きらびやかな明かりを灯した屋上遊園地と庭園があった。

さすがにこの時間なので、もうひとけはない。けれど少年は箱を降りていった。

扉の外には誰もいなかった。たしかに呼んだひとがいたと思ったのに。

(気が変わって階段かエスカレーターで降りたとか？)

首をかしげたとき、気づいた。白い子猫がいる。

金目銀目の子猫が、屋上の開いたままの扉の前に前足を揃えて座っていたのだ。

まるで、エレベーターを待っていたように。ぼんやりと光を放って。
少年の手が、子猫の額を撫でた。いとおしむように。子猫も顔を上げ、目を細めた。
「あら、魔法の子猫さん」
いさなは身を屈め、笑いかけた。「メリークリスマス」
まさかこの子が呼んだのだろうか？
（まあ、魔法の猫だしね）
（今日はクリスマスイブだし）
そんなこともあるでしょう、と微笑んだ。
ここは風早の星野百貨店。魔法や奇跡や、不思議な出来事の多いお店なのだから。
「そういうのも、慣れてきたわ」
いさなは、扉を押さえたまま、輝く屋上と、その上に広がる空を見た。
冬の澄んだ風が駆け抜けるように空を行く。高い空を雲が流れ、星がきらめいていた。
ふと気がつくと、少年の姿がどこにもなかった。子猫だけが、ぽつんとそこにいる。
とっさに扉から身を乗り出して少年を探したとき、いさなは気づいた。
幻のように、空を駆けてゆく小さな少年の姿に。少年は楽しげに、スキップするようにして、空の高みへと舞い上がっていった。星々の海へ、吸い込まれるように。目をこすった。ちょっと今日は忙しすぎたし、と思った。

少年の姿は、空のどこにももう見えなかった。ただ音も無く星が瞬いているだけで。

いさなは、足下に目を落とした。

白い子猫が、にこにこと笑って、こちらを見上げている。金と銀に輝く瞳をして。

いさなは何もいわずに笑った。子猫の頭をそっと撫で、そしてエレベーターに戻った。――あちこちのフロアに光が灯っている。家へ帰るお客様たちだろう。

「よーし、もう一働きがんばるぞ」

エレベーターに声をかけ、手袋の手を真鍮のレバーに置いた。

窓の外に見える夜景に、そこに光を灯すたくさんのひとびとの今夜に、幸いあれと願いつつ。それぞれの場所で、今夜みんなが笑顔であるといいな、と、祈りつつ。

誰にも聞こえない言葉を、そっと口にする。

この街に光を放つ、エレベーターの中で。

「メリークリスマス。どうか、良い夜を」

あとがき

『百貨の魔法』は昭和の時代に創業した、とある小さな百貨店を舞台にした、ささやかな奇跡と魔法の物語です。特別なひとびとではなく、人生のどこかで出会ってきたような、あるいは自分がそうだったような、そんなひとたちの過去や現在、そしてこの先の未来についての物語です。

今回、百貨店を舞台にした物語を描くことになったのは、長い付き合いの担当編集者、ポプラ社Nさんの発案でした。もう三年くらいも前のことだったと思います。

それがあまり突然だったので、なぜどうしてわたしが百貨店の話を？　と、戸惑ったのを覚えています。百貨店はもちろん好きでしたが、それまでは特に、その物語を描こうと思うきっかけがなかったのです。

でももともとわたしは、経済紙や経済誌を読むのが好きで、物の売り買いの現場には興味も好感もあったので、じゃあ書いてみましょうか、と、約束したのでした。

自分は百貨店という場所にまるで詳しくないという自覚はありましたが、そこは勉強や取材をするしかないか、と思いました。楽しそうだな、と思ったのと、大変そうだな、と思ったのと、半々だったような気がします。

舞台となる百貨店の設定も、登場人物も何もない状態から、物語を考えていきました。「百貨店とは何だろう?」と考えるところから、少しずつ、世界を作っていきました。自分にとっての百貨店、というものについても考えずにはいられなかったですし、気がつけばわたしは、そこは一体「何」なのか、スーパーやファッションビルとはどこがどう違うのか、なんてことも考えたことがなかったのです。

原稿執筆に入る前の企画段階では、Nさんとの打ち合わせの度に、「百貨店って一体何なんだろうね? どんな場所だろう?」という会話をいつもしていたような気がします。

時間をかけて考えをまとめ、百貨店についての資料を読みながら、言霊が降りてくるのを待ちました。いつも物語は最初の段階で、魂のようなものが降りてこないと書けないのでした。無意識の降霊術のようなものです。

機が熟するまで、儀式のようにひたすらに資料を読み、考え続ける時間が要るのでした。

わたしは昭和の三十八年の生まれです。ある意味、百貨店のいちばん華やかな時代が記憶にある世代かも知れません。日曜日には家族でそこにお買い物に行って、屋上の遊園地で遊び、レストランでお子様ランチを食べ、地下のお菓子売り場でキャンディを買ってもらって帰った、そんな子どものひとりでした。

おとなになってからは、コスメや香水に凝って、季節ごとにお気に入りのブランドのカウンターに通ったりしました。美味しいものが食べたいときに、いわゆるデパ地下で、ちょっと高級なお惣菜を買ったりもしました。老舗のお菓子屋さんのお菓子を、お世話になった方に贈る手続きをすることもありました。それから物産展。百貨店のちらしでチェックして、遠い街から来た珍しい品々をうきうきと買いにいったものです。クリスマスの時期には、友人や自分のためにアクセサリーを選んだり。綺麗な箱に入れてリボンをかけて、丁寧に包装してもらえるのが嬉しくて。

そこは日々の暮らしの中に、当たり前に存在するお店。少しだけ背伸びして訪ねる、ちょっとだけ特別な、美しい空間でした。

そんなことを懐かしく思い出しながら、そういえば最近は百貨店に足を運ばなくなったなあ、どうしてだっけ、と首をかしげました。

そうして今更のように、百貨店業界が、逆風の中にあるということの実感がわいたのでした。不思議なものです。そのときまで、新聞や雑誌で、閉店してゆく百貨店の話題に触れたり、芳しくない状況についての記事をいくらも目にしていたはずなのに。

昭和の子どもだったわたしにとっては、そこは絶対に揺らがないと信じていた、大きな存在だった、ということなのだと思います。いつ足を向けても、街角に変わらずにあって、一流の品々を揃え、わたしを待っていてくれる場所だと無邪気に信じていたのです。

そのときになって——ほんとうに今更のように、その場所を自分がどれほど好きだったのか気づいたのでした。

好きだという思いが、たぶん言霊を呼んでくれました。わたしの中でそのとき、この物語の卵が生まれたのだと思います。

星野百貨店と名付けた架空の百貨店と、そこで働くひとびとのことを、卵をあたためるように、じっくりと考えてゆきました。そのひとびとが日々何を思い、何を夢見て生きているのか。彼らが立つお店の、各階のフロアは、どんな内装で、どんな匂いがし、どんな音が聞こえているのか。どんなお客様が行き交い、空間に、どんな光が満ちているのか。——そもそもその百貨店はどういう歴史を持ち、その街のその場所に建っているのか。その空間にどんなひとたちの想いを抱いて、創業の日から今日まで続いてきたのか。

少しずつ考えて、少しずつ書いてゆきました。長い枚数を大切に描き上げてゆきました。

物語を描いているときは、自分もその空間に降りたって、登場人物たちと同じ場所の空気を吸っているような、そんな日々を過ごします。わたしは原稿はもっぱら夜に書きます。夜通し書いて、朝に眠る繰り返しで書き進めていったのですが、その日の仕事を終わらせて、パソコンの電源を切るときには、店の売り場から帰ってくるような、そんな錯覚を覚えていたほどです。

八階建ての、本館と別館がある百貨店の、いろんなフロア、いろんな場所にいるひとびとの物語を、時間をかけて描いてゆきました。百貨店と、そこにそれが建つ前にあった敗戦後の焼け跡に生きたひとびとの昭和と平成の日々を、彼らとともに生きてゆきました。

あまり長く深くその場所にいたので、どこかの駅前に行けば、こんな百貨店が実際にあり、登場人物たちに会えそうな、いまはそんな気持ちがしています。

原稿が完成してしまったので、もうわたしは星野百貨店に通って、みんなと一緒に店に立たなくてよくなります。依頼された仕事を無事に終わらせることができたことにはほっとしているのですが、もうあの店には帰れないということを、切なくさみしく思います。

けれど——わたしにはもう帰れなくなるあの場所に、これからこの物語を読んでくださる皆様が訪ねていってくださること、そうしてもしかしたら、星野百貨店と、そこで働くひとびとを気に入ってくださるかも知れないこと——それを楽しみに、わたしはこの百貨店といまはお別れしようと思います。

いちばん気に入っていた、一階正面玄関前の空間から、中央に吹き抜けのあるフロアの方を振り返り、そこに天窓のステンドグラスから降りそそぐ、宝石のような光の欠片を最後に眺めて、さよならを告げましょう。


最後になりましたが、この物語を描くに当たって、オーケストラ関係の記述については、Twitterのフォロワーである、彩花さん、辻眞理さんに助けていただきました。

また、ポプラ社Nさんの学生時代の友人にして、元百貨店勤務の坂本誠一さんには取材におつきあいいただき、興味深いお話を聞かせてもいただきました。

みなさま、ありがとうございました。

そして、元書店員のNさん、版元営業のMさんとの女子三人で、新宿駅前の百貨店ふたつを一日かけて回ったのは、いい思い出になりました。あの日買った銀細工の猫のネックレスを見る度に、あの日のことを思い出すと思います。綺麗なものをたくさん見て、美味しいものを食べて、たくさん笑った一日でした。この作品を書いていた間、ずっと時間と責任感に追われていたのですが、あの一日だけは子どもに返ったような、夏休みのような時間でした。NさんMさん、ありがとうございました。またいつか、百貨店に行きましょうね。

それから、いつもの「チーム風早」のみなさま、今回もお世話になりました。わたしの筆が滑っても、矛盾したことを書いていても、きっと見つけて指摘してくださる、校正と校閲の鷗来堂さん。信じてお任せしていると、魔法使いのように綺麗な本に仕上げてくださる、next door designの岡本歌織さん。いつも心から信頼させていただいている、印刷と製本の中央精版さん。この物語の企画から完成まで、長丁場をずっと伴走してくださった、ポプラ社Nさん。最後に細部をチェックしてくださった、もうひとりのNさん。ほんとうに感謝しています。

そして、本に美しい魂を与えてくださった、画家の坂本ヒメミさん。タイトルそのままの、素敵な絵をありがとうございました。

刊行までお待たせしてしまったにもかかわらず、ずっと楽しみに待っていてくださった、読者の皆様。書店員や図書館関係者の皆様。

『百貨の魔法』できあがりました。

楽しんでいただけますように。

二〇一七年八月十八日

夏が去りつつあり、秋の気配が日々募る頃に最後にもう一言だけ。昨年二〇一六年秋にPHP研究所から刊行された『桜風堂ものがたり』は『百貨の魔法』と舞台を同じにする、姉妹作となります。テナントの銀河堂書店から始まる、本屋さんの物語です。ご縁がありましたら、そちらも手に取っていただけますと幸いです。

逆に『桜風堂ものがたり』を既読の皆様には、『百貨の魔法』を読んでいただければ、なるほど、と思っていただける事柄も、あるいはあるやも知れません。

村山早紀

文庫版のあとがき

気がつくと数年が過ぎ、『百貨の魔法』もこうして文庫になるときとなりました。今回の文庫版、校正と校閲の鷗来堂さんの再度のチェックが入り、また当然、わたしも読み返しましたので、以前よりさらにブラッシュアップされた作品になっているかと思います。単行本版で既読のみなさまも、比べてみると、あちこちの小さな変化に気づいて、楽しいかも知れません。同じデザインで小さくなっているはずなので、本棚に飾ってもきっと可愛いですし、仕事や勉強をしている机の片隅に載せたりと、お手元にいつも置いていただけると嬉しいなあ、なんて思います。

文庫化までの日々の間に、『百貨の魔法』は二〇一八年の本屋大賞の候補にしていただいたり、姉妹編にあたる『星をつなぐ手』（これも姉妹作である、二〇一七年に同賞にノミネートされた『桜風堂ものがたり』続編。ＰＨＰ研究所二〇一八年）が刊行されたりしました。

この『星をつなぐ手』、『百貨の魔法』の舞台である星野百貨店内部の書店、銀河堂書店の創業者が登場してきますので、興味のある方は手にしていただけますと、物語が共鳴し合って、より楽しめるかと思います。星野百貨店の創業当時の逸話も出てきますし、登場人物もいくらか共通しています。

星野百貨店、どうにも愛着がありまして、わたしが書いた他のお話にもたまに登場してきます。見つけたときは、結子やいさなは元気かな、と思っていただけたら嬉しいです。そのお話では姿が見えないときも、きっとみんな、元気に働いていると思います。


風早の街の星野百貨店、たくさんの想いと願いを抱いて、この先も地上に在り続けると思います。

たとえば、本編には登場していないのですが、駅前商店街の古い電気店の今の代の主は、ヒロインのひとり芹沢結子の幼なじみであり、その人物や商店街の人々のバックアップもあって、この先、星野百貨店はオンラインの世界へも進出する予定になっています。

そこから、まるでオセロのコマをひっくり返してゆくように、古く小さな百貨店が逆転してゆく未来も、この先に続くはずなので——いまは幸せな未来を楽しみに想像していていただけたらと思います。

地上に在り続けることを願って誕生した百貨店は、そのときどきの時代に関わる人々の手で、きっとこの先も在り続けます。

いつも、どんなときも。はるかな未来まで。

魔法の白い子猫の瞳に見守られて。

さて、このあとがきを書いているいまは、二〇二一年の二月なのですが、まだまだ世界はコロナ禍の渦中にあります。本が出る春にはいくらか落ち着いているといいなあと願っています。

報道を見ると、百貨店業界もかなりのダメージを受けた、このたびのコロナ禍ですが、どのお店も、百貨店ならではの様々な能力を生かして、生き残りを図り、努力されているようです。どうか、コロナ禍を越えて、あの美しい場所が残ってくださるように、と祈ります。

お買い物も、店内のそぞろ歩きも、平和で幸せな日常の中でこそ、楽しめるもの。あの日常が再び帰ってきた日には、久しぶりに上から下までおめかしをして、メイクもフルメイクで決めたりして、あの光と笑顔に溢れた場所へ、出かけたいと思います。

今回の文庫化にあたって、たくさんの人々にお世話になりました。

やはりこの本の表紙はこれしかない、と誰もが思った、素晴らしい表紙絵の坂本ヒメミさん。単行本と同じ絵になるのですが、文庫版はまた違った趣で仕上がっているかと思います。このサイズになった姿も見ることができて、著者は幸せです。

デザインは、こちらも単行本と同じ、岡本歌織さん（next door design）。今回も美しい本をありがとうございました。大切な宝物がまた一冊増えました。

校正と校閲の鷗来堂さん。ほんとうにいつもいつも、心強いお仕事をありがとうございます。特にこの物語のような、長編でかつ入りくんだ物語ですと、鷗来堂さんの存在のありがたさが身に染みます。

印刷の中央精版さんも感謝です。いつもこちらの仕上がりが遅れたり、ぎりぎりまで直したり、差し替えたりとすみません。日本の西の果ての街から、お詫びして、感謝しています。

担当編集者のポプラ社Nさんも、いつもお付き合いいただきまして、ありがとうございます。お互い元気に生きていきましょう。できる限り、健康に。良い本を作れるように。


最後になりましたが、全国の書店のみなさま、図書館のみなさま、応援をありがとうございます。みなさまが拙著を平台に置き、棚にさし、お客様に薦めてくださる、その応援の力で、『百貨の魔法』、文庫化されることになりました。この文庫を通して、さらに多くの人々の元へ、この物語が届きますように。

そして、読み手のみなさま。心からの愛と感謝を。ありがとうございます。ずっと拙著を読み続けてくださっているみなさま、ほんとうにありがとう。あなたたちがいてくださるから、ずっと書いてゆけます。

今回が初めての出会いだったみなさまは、楽しんでいただけましたでしょうか。

愛された小さな百貨店の物語、少しでも気に入ってくださるところがあれば、と願います。

二〇二一年二月二日
節分の日に

村山早紀

本書は二〇一七年十月にポプラ社より刊行されました。

百貨の魔法

村山早紀

2021年 4 月 5 日　第1刷発行
2021年 5 月19日　第2刷

発行者　千葉 均
発行所　株式会社ポプラ社
　〒102-8519　東京都千代田区麹町4-2-6
　ホームページ　www.poplar.co.jp
フォーマットデザイン　bookwall
校正　　株式会社鷗来堂
印刷・製本　中央精版印刷株式会社

N.D.C.913/454p/15cm　ISBN978-4-591-17005-2

P8101424